단편들, 한국 공포 문학의 밤

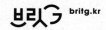

단편들, 한국 공포 문학의 밤

장은호
배명은
이산화
윈손
유사본
해도연
지현상
사마란
엄성용
우명희

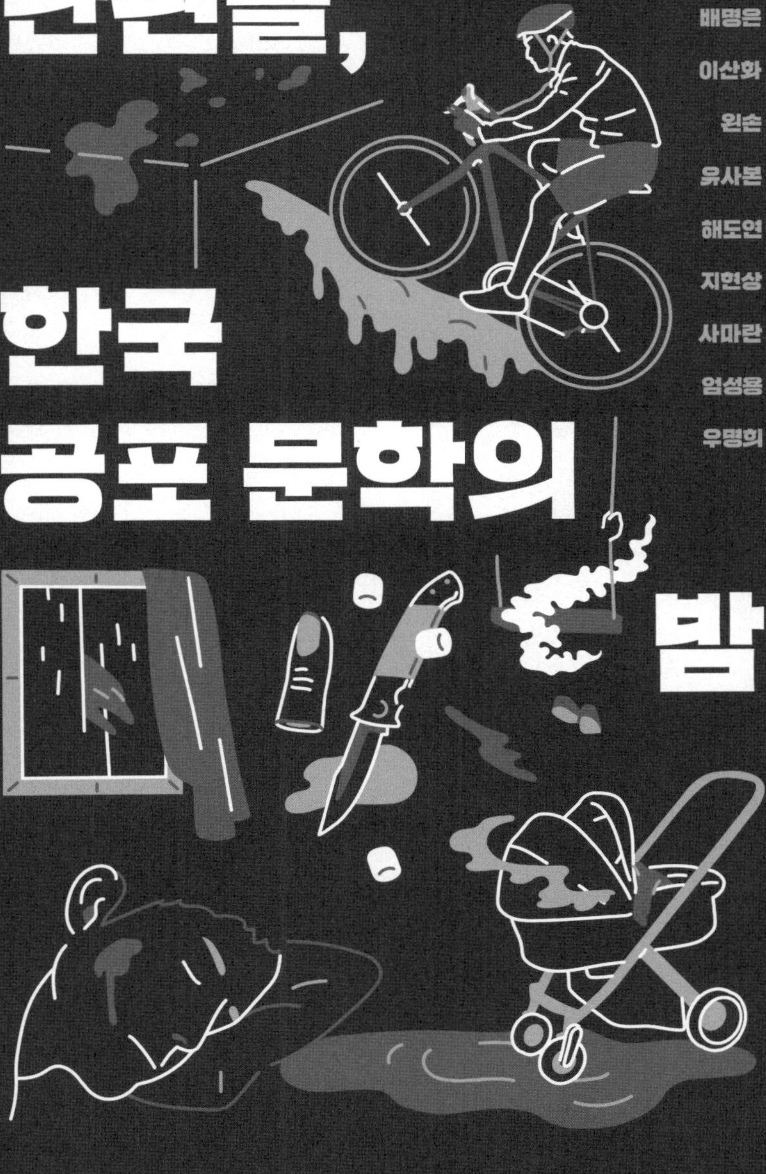

황금가지

차례

허수아비

배명은

1982년생. 2008년 『한국공포문학단편선』을 보고 매료되어
공포문학에 입문. 좋은 선생님들을 만나 글쓰기에 기본을 다짐.
일상과 자연의 틈에 토속신앙을 입힌 공포를 쓰는 걸 좋아함.

배명은 작가의 브릿G 게재작 목록

후득, 비가 쏟아졌다. 드디어란 생각이 들었다. 서울에서 출발할 때부터 잔뜩 찌푸린 하늘이었다. 공기는 습했고, 간혹 배 앓는 소리도 눅진 바람결에 들렸다. 휴게소에 진입하자마자 비가 내렸다. 갑작스러운 빗물 세례에 휴게소에 진입한 차에서 내리던 사람들이 손으로 머리를 가린 채 황급히 건물로 뛰어들었다. 비를 좀 맞았다 호들갑을 떠는 사람들의 행렬이 내 옆을 지나쳤다.

나는 묵묵히 종이컵에 든 커피를 마시고 담배를 빨아들였다. 매캐한 담배 연기가 폐부로 스며들자 기침이 터져 나왔다. 피우기 시작한 지 얼마 안 되어 아직은 이 연기가 익숙하지 않다.

휴게소에 딸린 화장실은 밖의 통로와 이어졌다. 그렇기에 최 군이 내가 선 곳까지 뛰어올 땐 입고 있던 셔츠를 벗어 머리에 뒤집어쓴 모습이었다. 큰 키에 삐쩍 말라 전봇대 같은 최 군은 오자마자 투덜

대기 시작했다.

"뭔 놈의 비가 지랄 맞게도 퍼붓느냔 말입니다. 안 그렇습니까, 김 피디님!"

"장마철의 비가 다 그렇지, 뭐."

"젠장!"

이제 막 카메라맨으로 입사한 신출내기는 선배 앞에서도 말 한 마디 한 마디에 거침이 없다. 선배들이 주의를 줄 만큼 쳤겠지만, 변치 않는 입담은 서울에서 이곳까지 오는 몇 시간 동안 어느 정도 익숙해졌다. 예전 같았으면 벌써 신경질을 부려 입도 벙긋하지 못하게 쐐기를 박았을 것이다. 그러나 2개월간의 휴가가 막 끝난 직후였고, 복귀하자마자 새로운 프로그램에 투입이 된지라 일일이 신경 쓸 정도로 나 자신이 여유롭지 않았다.

구형 회색 아반떼 조수석에 오르며 빗물을 털어냈다. 빗발이 굵어 와이퍼를 최대로 돌려도 앞이 보이지 않았다. 차를 때리는 빗소리에 귀가 먹먹해서 최 군의 질 낮은 욕지거리가 아득했다.

"이 상태로 강진까지 무리 아니겠습니까? 운전하는 제 입장도 생각해 주시란 말입니다. 이러면 오늘 안에 도착이나 할지……"

"최 군, 나 복귀하고 첫 외근이야. 부탁 좀 하자, 응?"

적당히 달래주자 그는 별다른 말없이 비상등을 켜고 천천히 차를 몰았다. 좌우로 오가는 와이퍼 너머 앞차의 반짝이는 꽁무니가 빗물에 녹아들었다. 점멸하는 빛이 빗물에 쓸려 내렸다가 다시 나타나는 모습을 가만히 응시했다. 우산을 쓰고 지나치는 사람들의 자취가 어렸다가 사라졌다. 노란 우비를 입은 사람이 앞으로 뛰었다. 붉은 경고등을 휘젓는 사람이 빗속에서 소리쳤지만, 소리침은 비에 먹혀 들었다. 물에 번지는 그 모든 모습에 저도 모르게 올칵거리며 기억의 한 조각이 떠올랐다. 애써 잊었던, 어떻게든 묻어버렸던 그 날의 기억.

아내가 죽었다.

홀로 여행 중, 산 위의 절벽에서 강으로 떨어졌다고 한다. '한 떨기의 꽃송이가 떨어지는 것과 같이.' 방송 일 때문에 아내와 함께하지 못한 내게 목격자들은 그렇게 말을 전했다. 그 많은 이목에도 실족사인지, 자살인지 불분명했다. 분명한 것은 아내가 절벽에서 떨어졌고, 아직도 그녀를 찾지 못했다.

아내가 남긴 가방을 손에 쥔 채 전날 폭우로 불어난 강 하구의 둑에 주저앉아 물속을 이 잡듯 뒤지는 경찰들과 구조대들을 마냥 바라봤다. 초여름이었지만, 이른 장마였다. 해는 구름에 숨어들었고 습기가 가득 실린 바람에 온몸이 덜덜 떨렸다. 비는 수시로 쏟아지고 구조대의 외침은 잦아들었다. 강물은 계속 불어나고 구조대는 안전의 이유로 비를 피했다. 나는 맥없이 아내의 가방만 잡아 쥐었다. 아내의 가방이 내 발목을 붙잡고 놓지를 않았다.

하루가 지나고 이틀이 지나고 그 자리 그 곳에서 구조대의 뒷모습을 바라보자니 아내가 살아있단 믿음은 빛이 바랬다. 시체만이라도 찾게 해달라는 하늘에 대한 호소는 깡그리 무시당했다. 결국, 나는 장인어른의 권유대로 시체 없이 아내의 장례를 치렀다.

생각해 보았다. 그날, 아내의 장례는 어땠던가? 허무하다가 마냥 어이없음에 멍하다가 속에 꽉 막힌 무언가가 있는데 그것이 무언지 알 수가 없어 답답함에 사무치다가 정신 차려보니 장례가 끝나 있던. 한마디로 잘 모르겠다. 아내가 죽었다는 것도 실감이 나지 않았다. 어차피 아내의 무덤엔 빈 관만이 덩그러니 자리를 차지하지 않는가? 그래서 그 이후, 아내의 무덤을 부러 찾지 않았다. 믿기지 않는다는, 그녀 생각에 미치겠다는 그런 장황한 이유보다 그저 나 자신이 이름 석 자 묘비에 적혔다 하여 그곳에서 아내의 죽음을 슬퍼하며 추억할 정도로 궁상맞을 인간은 아니었다.

집에서 아내의 물건들을 정리하다가 슬그머니 궁금증이 고개를 든다. 그날, 아내가 여행을 가기 전날 말이다. 그날 우리는 뭘 했던가? 어떤 저녁을 먹었고, 어떤 식의 부부간 대화가 오갔나? 그녀의 기분은 어땠으며, 그녀에게 어떻게 행동했나? 곰곰이, 빨랫줄에 걸려 있는 그녀의 옷을 접으면서 생각해 보았다. 아! 짧은 한숨이 터져 나왔다. 그날, 난 방송 편집 일 때문에 외박했다. 아내는 홀로 이 넓은 집에서 맛없는 저녁을 먹고, 홀로 텔레비전과 대화를 했을 것이다. 그래도 전화통화는 했겠지. 옳거니! 그날 편집실에 들어가기 전, 아내와의 통화가 떠올랐다.

"나야."

"어."

"밥 먹었어?"

"아니, 바빠서."

"그래."

"어, 왜?"

"어디 여행 좀 다녀올까 해서, 답답하거든."

"어, 그래."

곱게 접은 옷이 바닥에 떨어졌다.

"염병!"

최 군의 외침에 까물거리는 기억 속에서 헤어났다. 잠시 상황을 몰라 멀뚱히 두 눈만 끔벅였다. 도로에 길게 이어진 차들의 후미등은 미동조차 없었고, 갓길로 레커차가 연달아 달려갔다. 잠시 뒤 경찰차와 구급차가 달려가는 것이다. 뭔가 사달이 나도 단단히 난 모양이다.

"어느 놈이 이런 날 뒈지려고 달렸나 보네. 죽으려면 혼자 처죽지 다른 사람들한테 뭔 민폐야?"

조급증이 이는지 최 군은 핸들 위에 올린 손을 신경질적으로 퉁겼다. 그 손짓을 보다가 그의 오른손목에서 번쩍이는 금빛 시계에 시선이 갔다. 오후 한 시가 조금 넘은 시각. 평일의 고속도로라지만, 멀쩡한 날씨도 아닌 이런 날씨에 사고까지라면 최 군의 말처럼 오늘 안에 도착한다 해도 한밤중일지도 몰랐다.

"국도로 빠질까요?"

최 군은 내게 물었다. 난 잠시 고민하다가 고개를 끄덕였다.

요금소를 빠져나오자 억수같이 내리던 비가 수그러들었다. 국도는 고속도로보다 비교적 한산했다. 초록빛으로 만연한 들에 안개가 차올랐다. 지역 라디오 방송에선 전화 노래자랑이 한창이었다. 자신을 주부라고 소개한 사람이 떨어지는 비에 옛사랑이 그립다며 비 오는 날의 수채화를 불렀다. 긴장한 목소리는 여러 번 음 이탈을 했고 부끄러움에 점점 소리가 줄어들었다. 사회자의 웃음과 최 군의 웃음이 어우러졌다.

갈림길이 나왔다. 라디오에서 나오는 노래를 따라 부르던 최 군이 상체를 앞으로 쑥 빼더니 두리번거렸다.

"피디님, 어디로 가야 해요? 내비게이션도 이상한 곳으로 가라고 하고, 이정표도 없네. 뭔, 이런 동네가 다 있답니까?"

"잠깐만."

최 군이 스마트폰을 들고 이리저리 자리 이동을 했다. 나는 구석에 처박혀 있는 지도책을 꺼내 들었다. 거미줄같이 복잡하게 이어진 검은 줄 하나를 찾아 손으로 짚고 밑으로 내렸다.

"오른쪽이다. 오른쪽으로 가."

자욱한 안개를 뚫고 차는 나아갔다. 4차선에서 2차선으로 도로는 좁아졌고, 논길을 지나 숲으로 들어섰다. 쭉쭉 뻗은 노송들이 희끄무레했다. 숲으로 들어선 뒤부터 라디오에서 잡음이 이어졌다. 심심한지 최 군은 주파수를 계속 맞췄다. 잦아들었던 빗방울이 또다시 앞창에 부딪혔다. 방울은 굵었고 하늘에선 번개가 쳤다. 나는 하릴없이 지도의 파란 줄을 계속 짚어나갔다. 아내는 어디에 있을까? 내 손이 거쳐 간 곳 중에 있을까? 그때 최 군이 단말마 같은 비명을 내지르고 핸들을 꺾었다. 지도가 허공으로 날았고, 난 손잡이를 찾아 쥐었다. 한쪽으로 쏠린 몸을 주체할 새 없이 차는 둔탁한 충격과 함께 멈췄다.

"아, 씨발! 괜찮으십니까?"

핸들을 꼭 쥔 최 군이 날 봤다. 빗길에 미끄러진 차는 노송나무를 들이받고 멈춘 상태였다. 둘 다 어디 크게 다친 상태는 아닌 듯했다. 단지 놀라서 최 군을 멀뚱히 바라봤다. 마른 입술을 핥았다.

"갑자기, 뭐야?"

"뭐가 튀어나와서 그거 피한다고 이 사달이 난 거예요."

"자네는 괜찮아?"

"무섭습니다. 사고 냈다고 잘리지는 않겠지요?"

"……이 상황에 그 말이 나와?"

"어차피 고물차지만, 그래도 회사 소유잖아요. 아, 엄청 깨지겠네."

최 군은 안전띠를 풀고 밖으로 나갔다. 따라나서서 보니 앞에 범퍼만 찌그러졌다.

"생각보다 양호하네."

나의 말에 최 군은 그제서야 맘이 풀리는지 목과 허리를 움직이며 아프다며 징징거렸다. 뒤를 돌아보았다. 들이치는 비에 눈을 제대로 뜨기란 어려웠다. 안개 너머를 보려 애쓰며 최 군에게 물었다.

"근데 그게 뭐야, 쳤어?"

"아뇨. 재빨리 돌려서 피했어요. 노루인가?"

"그래도 확인해 봐야지, 이 사람. 참."

차가 미끄러지기 전의 도로까지 걸어갔다. 길가에 서서 주위를 둘러봤지만, 풀이 무성한 숲엔 내리는 비가 전부였다. 온몸이 비에 젖어 몸이 으슬으슬 떨렸다. 멀리서 최 군이 날 부르는 소리가 들렸다.

"여긴 뭐 없는데 그쪽은 어때요?"

"어, 여기도."

대답과 동시에 숲에서 바스락거리는 소리가 들렸다. 나는 입을 다물었다. 비바람 소리 같지 않은 어떤 인위적인 소리가 다시 들렸다. 소리가 나는 숲으로 한 발짝 더 다가갔다. 바람에 흔들리는 나무들 사이로 하얀 옷을 입은 여자가 나타났다가 금세 사라졌다. 난 내 눈을 의심했다. 이런 궂은 날씨에 의외의 장소에서 만난 여자의 모습은 전혀 현실성이 없었다. 다시 나타났다가 사라지는 하얀 옷자락을 향해 소리쳤다.

"여보세요. 잠시만…… 요……"

그녀가 날 돌아봤다. 소나무들 사이로 그녀와 눈을 마주 보았다. 비에 젖은 하얀 민소매 원피스는 굴곡진 그녀의 몸에 달라붙어 나신을 여실히 드러냈다.

"……아저씨도 누구 찾아?"

"네?"

"아저씨는 누굴 찾는데?"

두서없는 물음에 아내의 얼굴이 떠올랐다.

"내가 데려다줄까? 나는 어디 있는지 알 거든."

몽롱한 그 목소리는 단호했다.

"피디님, 큰일 났어요. 시동이 안 걸려요!"

여자의 창백한 얼굴이 한참 날 들여다보다 최 군의 목소리에 놀라 달아나기 시작했다. 나도 모르게 멀어지는 여자를 따라 뛰기 시작했다. 비바람에 눈을 제대로 뜨지 못했다. 가는 눈을 뜨고 하얀 흔적을 좇았다. 미끄러운 숲길에 넘어지지 않으려 다리에 힘을 줬다. 젖 먹던 힘까지 짜내어 달렸는데도 그녀를 따라잡을 수 없었다. 그야말로 초인적이었다. 숲은 어두웠고 비바람에 치대는 잎사귀들의 소음이 귓속으로 파고들었다. 앞을 가리는 빗물을 소매로 닦아냈다. 그 순간, 다리를 헛디뎌 내리막길로 미끄러졌다. 잔가지에 온몸이 긁히고 나서야 미끄러짐은 멈췄다. 가슴이 오르락내리락하고 거친 숨이 뱉어졌다. 늘어진 내 위로 비가 쏟아졌다.

숨이 잦아들자 '왜'란 생각이 불쑥 들었다. 왜 나는 축축한 낙엽 위에 엉망진창인 채로 누워 있나? 왜 여자를 쫓아야만 했던 걸까? 그 누군가를 찾아준다 해서? 아내가 어디 있는지 안다고 해서? 머릿속에 떠오르는 생각들이 온통 뒤죽박죽이어서 딱히 답을 내릴 수 없었다. 그 누군가가 아내라는 것을 그녀가 알 리 없음에도 이성보다 몸이 먼저 반응했다.

아내의 직업은 방송작가였다. 나와 같은 프로그램을 맡았었는데 참으로 활달했다. 그녀의 웃음은 생기로 가득 차 있어서 그 웃음에 많은 위로를 받았다. 난 그녀에게 프러포즈했고 그녀는 그러자고 다짐했다. 그녀를 평생 아껴주고 지켜줄 자신이 있었기에 고생하는 거 보기 싫으니 일을 관두라 했다. 내 딴엔 호기에서 나온 권유였지만, 아내의 입장에선 강경한 명령이었을지도 몰랐다. 마음에 들지 않는 표정이 역력했으나 이내 결혼이란 이렇게 서로 맞춰주는 것이리라 여겼는지 평소의 활기찬 아내로 돌아왔다. 처음엔 모든 것이 좋았다고 생각한다. 아내도 나도 같은 공간에서 같은 꿈을 꾸며 행복했다.

그러나 어느 순간 아내의 웃음은 사라지고 묻어나던 생기는 가뭄이 온 듯 점점 말랐다. 결혼한 지 2년 째, 우리는 아직 아이를 갖지 못했다. 함께 어디를 가면 모두 하나같이 물었다. *결혼하셨어요? 아이는 있으세요?* 그 빤한 레퍼토리에 아내는 불편해했고 죄스러워했다. 나는 말로는 괜찮다고 하면서도 부쩍 외로움을 타는 아내를 두고 겉돌기 시작했다. 나는 나만의 외로움을 달래기 위해 다른 여자를 만났다.

아내를 아껴주고 지켜주겠다는 그 옛날의 다짐이 떠올라 입이 썼다.

바스락, 바스락. 수풀 소리에 감았던 눈을 떴다. 창백한 얼굴이 날 내려보다가 사라졌다. 난 고개를 돌렸다. 여자는 어느새 내가 누운 밑까지 내려와 유유히 옆을 지나 머리맡을 휘돌아 걷는다. 종아리에 붙은 치맛단은 흙탕물로 얼룩졌고 두툼한 맨발엔 낙엽이 들러붙었다. 그녀는 산 아래로 내려갔다. 놓칠세라 벌떡 일어나니 온몸이 쑤셨다. 주춤하는 사이 길도 아닌 곳을 나아가는 여자의 하얀 옷자락이 사라졌다. 다시 뛰기 시작했을 때 왼발목이 시큰거리는 것을 깨달았다. 그녀를 붙잡아 세워도 별다른 할 말이 없는데 조바심이 나서 절뚝거리면서까지 산 아래로 내려갔다. 저만치서 그녀가 서 있다 내가 나타나자 다시 걸음을 옮겼다. 그녀가 숲을 빠져나가고 따라나서자 너른 들판이 펼쳐졌다.

어둑한 숲보다 상대적으로 그곳은 훤했다. 탁 트인 공간에 나서자 옅은 안개 속 전경이 눈에 들어왔다. 여자는 손만 뻗으면 닿을 거리에서 느긋이 걸었다. 그러나 나는 앞서가는 여자를 쫓지 못하고 그 자리에서 멈춰 섰다.

숲에 둘러싸인 들판의 둑마다 사람들이 길게 줄을 섰다. 남녀노소 가릴 것 없이 한 방향으로. 모두 음울한 표정에 어깨를 축 늘이고 쏟아지는 비를 맞으며 걷는다. 아니, 그렇지 않다. 그 자리에서 그들은 제자리걸음을 하고 있다. 뒤뚱거리면서.

거친 숨을 들이켜 꿀꺽 삼켰다. 심장박동이 손끝에서 느껴졌다. 두 눈에 고인 빗물을 쓸어내렸다. 다시 쓸어내렸다. 계속 쓸어내리고 앞을 보아도 나 자신이 뭘 보는지 몰랐다. 번쩍 번개가 쳤다. 온 사위가 밝아졌고 난 놀라 그 자리에 주저앉았다. 그들 사이로 아내가 있다.

흠뻑 젖은 아내가 뒤뚱거릴 때마다 축 늘어진 두 팔은 대롱대롱 흔들렸다. 창백한 낯빛, 굳게 다문 입술, 내리깐 두 눈이 무척 어색했다.

"은영아……"

그녀를 불러보지만, 그녀의 이름은 입안에서 맴돌았다. 낯선 공간에서의 낯선 아내였다. 아내는 왜 저곳에서 저러고 있는 걸까? 반가운 마음보다 두려운 마음이 먼저 들었다. 여기에서 뭘 하는 걸까? 그동안 쭉 여기에 있었던 걸까? 쭈뼛거리며 일어서서 아내를 불렀다.

"은영아."

나의 부름에도 아내는 들리지 않는지 고개를 아래로 숙였다. 아내에게로 천천히 다가가며 다시 한 번 더 소리 높여 아내의 이름을 불렀다.

"은영아, 거기서 대체 뭐하는 거야! 은영아! 나야, 네 남편 김창식!"

비에 먹혀들새라 목청껏 소리를 높이자 바람이 몰아쳤다. 그때, 사람들이 하나둘씩 뒤돌아서기 시작했다. 어느 순간 은영이를 포함한 모든 사람이 뒤돌아서 날 보았다. 번개가 치고 천둥이 쳤다. 모든 이가 날 경멸 어린 눈길로 쳐다봤다. 그 눈길이 섬뜩해서 말문이 막혔다.

누군가가 움츠러든 내 어깨를 잡아챘다. 화들짝 놀라 돌아보니, 최 군이었다.

"뭡니까? 무슨 일이기에 숲으로 달리신 거예요? 찾느라 엄청 고생했잖아요! 괜찮으세요?"

"……최 군."

"네, 최 군 맞아요. 어이구 꼴이 이게 뭡니까? 얼굴이 고새 수척하시네. 피디님, 괜찮지 않아 보여요."

"저기에, 사람들이, 있잖아……"

"예?"

내가 손으로 가리키자 그제서야 최 군은 내 뒤를 흘끗 보았다.

"주인도 참 고약하지."

최 군은 혀를 끌끌 찼다. 난 멀뚱히 최 군의 얼굴을 본다. 최 군은 놀란 기색이 없다.

"뭔 놈의 허수아비들을 둑에다가 쭉 세웠답니까? 정신상태가 궁금하네. 근데, 저게 왜요? 호! 특종입니까? 그러네! 독특하다면 독특하네! 우리 프로그램에 딱 맞네! 어? 저기, 집 아닙니까? 김 피디님! 집이에요! 이 밭주인 집인가 봅니다. ……피디님, 괜찮으세요?"

최 군이 연방 괜찮은지 물었다. 난 멍하니 들판을 보았다. 비바람 속에서 뒤뚱거리던 사람들은 어느새 최 군의 말처럼 허수아비로 변했다. 아내 또한 여자 옷을 입힌 허수아비였다. 내가 봤던 건 대체 뭐였지? 내가 정말 잘못 본 건가? 해쓱해진 나에게 최 군은 비나 피하자며 밭주인 집으로 끌었다.

"계십니까?"

낮은 콘크리트 담벼락 너머를 흘깃거리던 최 군은 슬며시 초록 대문을 밀었다. 이 산골에서의 낯선 방문객은 생각도 못 했는지 거친 쇳소리와 함께 문이 열렸다. 최 군은 휑한 마당으로 성큼 들어가서는 다시 주인을 불렀다. 집은 여느 시골집과 다르지 않았다. 마루와 이어진 방과 따로 떨어진 부엌, 우측엔 헛간 겸 창고가 다였다. 여전히 대답이 없자 최 군은 대문 앞에서 주춤거리는 나의 팔을 잡아 부축하며 처마 밑으로 끌었다. 괜찮다는 데도 기어이 마루에 앉혔다.

"교통사고에 산에서 헤매고, 구르고, 장대비를 뒤집어쓰셨으니 절대 안 괜찮습니다. 어차피 차가 퍼져서 근처 카센터에 전화도 해야 해서 겸사겸사 집 주인의 도움 좀 받자는 건데, 그게 큰일은 아니지 말입니다. 그리고 그 발목도 한번 접질리면 관리 잘해야지 그냥 내버려 두면 습관성이 된단 말입니다. 잠시 여기 계십쇼. 전 집 안 좀 둘러보고 오겠습니다. 이 날씨에 문 열어두고 어딜 간 것 같진 않고……"

최 군의 말처럼 나는 괜찮지 않았다. 몸은 으슬으슬 떨리고 접질린 발목은 욱신거렸다. 몸을 움츠리며 젖은 옷을 더욱 여몄다. 아내의 서늘한 그 눈빛이 날 탓하는 것만 같았다. 나는 괴로움에 바지 주머니에서 담배를 꺼냈다. 젖은 담배를 입에 물었다. 불을 붙이는 손이 떨렸다. 라이터의 부싯돌이 헛돌며 불꽃을 튕겼다. 불이 붙기를 바라며 계속 시도를 하는데, 집 안 어디선가 신음이 들렸다.

금방이라도 숨이 넘어가는 소리였다. 고개를 들어 빗속에 섞인 미약한 그 소리를 찾았다. 마루를 두고 마주 보는 두 방에서 들리는 소리가 아니었다. 헛간 쪽으로 간 최 군을 불렀다. 어디로 갔는지 최 군은 내 목소리에도 반응이 없다. 난 자리에서 일어나 부엌으로 고개를 들이밀었다. 아궁이엔 불씨가 타오르고, 가마솥엔 한가득 채운 물이 모락모락 연기를 내뿜었다. 다시 귀를 쫑긋 세웠다. 신음은 어느새 멎었다. 아마도 잘못 들은 것 같다. 부엌으로 들어가 아궁이 가까이 손을 쬐다가 최 군을 찾아볼 생각에 뒤란으로 향하는 반대편 문으로 나갔다.

"최 군?"

낮은 담에 가지런히 놓인 장독대들, 장작들. 그리고 처마 밑에서 누군가의 목을 조르는 왜소한 노인의 뒷모습. 그 모습이 나의 목소리에 반응했다.

고개를 돌린 그가 나의 등장에 심드렁한 표정을 지었다. 노인의 주름지고 깡마른 두 손이 붙든 새끼줄이 눈에 밟혔다. 파르르 떠는 두 팔의 근육은 나의 등장에도 멈추지 않았다. 당황스러워 어쩔 줄 몰랐다. 축 늘어진 사람의 두 다리에 시선이 박혔다. 노인이 손을 털었다.

"뭐요?"

"……예?"

"무슨 일이기에 남의 집에 왜 그리 서 있냔 말이오!"

멀거니 선 내게로 다가오는 노인의 뒤편으로 사람의 두 다리가, 몸통이, 그리고 얼굴이 보였다. 목에 새끼줄이 감긴 허연 얼굴. 이목구비가 없는 민낯에 듬성듬성 잔가지가 튀어나왔다. 난 뒤늦게 숨을 쉬었다.

"허수아비로군요."

백태 낀 노인의 눈이 내 몸을 훑었다.

"헤매었소?"

"아…… 죄송합니다. 멋대로 들어와서요. 사고가 있어서 그리되었습니다. 차 시동이 걸리지 않아서 도움 좀 구하려고요."

그제서야 내 몰골이 말이 아니라는 생각이 들었다. 흠뻑 젖었고 산에서 굴러 흙투성이였다. 나뭇가지에 긁힌 팔뚝엔 붉은 핏기가 맺혔다. 난 슬그머니 팔을 뒤로 뺐었다.

"이렇게 소낙비가 퍼붓는데, 요 도로를 지나갈 땐 특히 조심해야 허요. 워낙 외진 숲길이라 짐승들이 간간이 튀어나오거든. 얼마 전에도 웬 가족이 밤길에 속도 내서 달리다가 멧돼지를 치지 않았소. 그때 가족이 다 죽었더랬지. 재수 좋은 줄 아시오. 그 덕에 카센터 윤 씨를 알게 됐거든."

짐승들이 튀어나온다는 말에 숲에서 만난 여자가 떠올랐다. 기침과 함께 목에서 끌어올린 가래를 뱉어낸 노인이 다가왔다.

"다친 듯헌데, 따라오오."

노인은 뒷짐을 지고 날 지나쳐 걷다가 멈췄다. 그리고 뒤돌아 허수아비에 시선을 두었다. 부엌 문간에 선 그가 벽에 손을 짚고 구부정한 허리를 폈다.

"허수아비들을 보았소?"

"……네?"

"아, 오는 길에 보지 않았소?"

다시 떠오르는 그들의 눈빛에 손끝이 떨렸다.

"네, 보았습니다. 꽤…… 인상적이더군요."

나의 말에 노인이 해죽 웃었다. 입술 주름 사이로 앞니 없는 잇몸이 드러났다.

"내 취미요. 유일한 취미. 밭일하다가도 생각나고 밥하다가도 생각나고. 밥 얘기가 나와서 말인데 국수 삶아 먹을까 하거든. 드시고 가쇼. 암튼, 저 연놈들 만드는 게 꽤 재미나. 낄낄."

뒤란에서 우리를 발견한 최 군이 다가오다 허수아비 앞에서 섰다. 늘어진 허수아비를 내려다보던 최 군이 노인의 말에 고개를 들어 나를 향해 어깨를 으쓱였다. '그렇다지만, 세상 별사람 다 있어요. 그죠?'라고 말하는 것 같았다.

산중에 밤이 찾아들었다. 시간을 좀먹는 괘종시계를 멀뚱히 쳐다봤다. 온종일 컴컴한 하늘에 비바람이 몰아쳐서 그런지 도낏자루가 나도 모르는 사이 삭은 느낌이다. 노인은 잘 안다는 카센터에 전화를 해놨고 카센터 사장은 이런 날씨가 대목이라 시간이 좀 걸리겠다는 모호한 대답을 한 뒤로 감감무소식이었다. 얼마든지 편히 쉬라며 노인이 기꺼이 내준 작은방에서 최 군은 늘어지게 잠을 잤다. 불을 끄고 코까지 고는 최 군의 옆에 누웠다. 아무래도 오늘은 이곳에서 묵어야겠다. 취재가 맘에 걸렸지만, 내일 아침까지 차를 고친다면 촉박하게나마 끝마칠지도 몰랐다.

마루에 켜 놓은 백열등 불빛이 창호지를 덧바른 문에 어른댔다. 그 위로 검은 가지들이 늘어져 휘적댔다. 쉽게 눈을 감을 수 없었다. 빗발이 잦아든 바람에 허수아비들의 옷가지들이 스치는 소리가 들렸다. 눈을 감자 밟히는 어둠이 익숙해질 때 그 사이로 번뜩이는 시선을 느꼈다. 사방에서 쏟아지는 허수아비들의 시선이 한데 섞여 달려들었다. 그 시선은 맹렬하면서 지독했다. 어깨를 움츠려도, 이렇게 최 군 옆에 누워 이불을 뒤집어써도 눈만 감으면 득달같이 달라붙었다. 그들 속에 서 있는 아내마저도 날 저주했다. 난 고개를 흔들었다.

'그건 그냥 허수아비야! 아내가 날 왜 그런 눈으로 날 보겠어?'

찰박찰박. 진창을 밟는 소리에 눈을 뜨고 문으로 시선을 돌렸다. 휘적거리는 검은 가지들이 검은 인영에 먹혔다. 노인이 잠을 안 자고 나왔던가? 그러나 노인은 허리가 굽었고 저 인영은 상체가 올곧았다. 두 팔을 활짝 편 그림자의 움직임은 덩실덩실 춤추는 듯하다. 혹여 누군가와 어깨동무를 하는 자세. 좌우로 움직이는 그림자가 점점 커졌다. 이제 마루를 울리는 발걸음 소리가 작은방 앞으로 다가왔다. 불쑥 뒤란에서 노인이 만들던 허수아비가 떠올랐다. 그 허수아비를 노인이 어쨌던가? 노인에게 새끼줄로 목이 졸린 채로 바

닥에 널브러져 있겠지? 그 모습이 떠올라 식은땀이 났다. 숨이 막히
는 신음이 지척에서 들리는 듯했다. 덜컥 겁이 난 나는 손을 뻗어 최
군의 팔을 잡았다. 최 군을 깨우려고 팔을 놀리려 할 때였다. 좌우로
움직이던 그림자가 쿵쿵 뛰어들어 방문을 벌컥 열었다. 열린 문에
꽉 찬 그림자가 소리쳤다.

"왜 날 죽게 내버려 뒀어?"

굵은 남성의 목소리에 눈을 번쩍 떴다. 천둥이 쳤다. 눈을 감지 않
으려고 애썼지만, 어느새 잠이 들었다. 그건, 꿈. 난 자리에서 일어나
식은땀을 닦아냈다. 마루를 밝히던 백열등은 꺼진 지 오래였고 대신
창호지 문엔 옅은 새벽빛이 물들었다.

"아이고, 아야. 그런 몰골로 또 밤새 돌아다닌 거야? 어쩌자고 여
기에 또 왔는가!"

마당에서 노인의 목소리가 들려왔다.

"아저씨. 소라가 안 보여요."

희미한 여자의 목소리. 어제 산속에서 만난 여자가 떠올랐다. 아
직도 떨리는 다리를 추스르며 방문을 열었다. 나의 등장에 두 사람
의 시선이 모였다. 그 여자였다. 밤새 산을 헤매었는지 몰골이 말이
아니었다. 헝클어진 머리카락과 진창으로 얼룩진 원피스, 팔과 다리
에 난 상처들. 여자의 공허한 시선은 이내 집 안 구석구석으로 옮아
갔다.

"소라 못 보셨어요?"

"진수는 또 어디 있고! 얼마나 너를 찾겠는가. 이리, 이리 들어오

게. 여기 앉아서 잠시 있으라고. 진수에게 연락하고 소라 찾으러 감세!"

노인은 여자를 마루에 앉히고 멀뚱히 선 나에게 손짓을 했다.

"서울 양반, 잘 봐주쇼. 전화 한 통화만 하고 올 테니."

여자는 상체를 숙이고 몸을 흔들면서 희미한 목소리로 중얼거렸다. 오돌오돌 몸을 떠는 여자의 뒷모습이 안쓰러워서 방에서 이불을 가져다가 덮어주었다. 여자는 그 어떠한 자극에도 별 반응이 없었다. 그저 손톱을 깨물며 눈알을 뒤룩 굴려 활짝 열린 대문 너머 허수아비들을 흘끔댔다.

"여기에 없어. 없다면 허수아비가 데려간 거야. 망할 허수아비가 우리 소라 홀려서 데려간 거야. 어디서도 찾을 수 없다면 따라가야 해. 놈들을 따라가면 찾을 수 있을 거야. 그러면 우리 소라 구해낼 수 있어. 데리고 와야 해. 데리고 와야 해. 데리고."

중얼거리던 여자가 날 쏘아보았다. 옆집 여자를 몰래 훔쳐보다가 걸린 것처럼 당황스러웠다. 어쩔 줄 몰라 엉거주춤 일어서려는데 그녀가 우악스럽게 팔을 잡았다.

"아저씨, 아저씨는 홀리기 전에 가버려. 놈들이 쫓아오기 전에, 어서 가. 나는 우리 소라 찾으러 가야 해."

"아이고, 아야……"

방에서 나온 노인은 난감한 표정을 지었다. 노인의 등장에 여자는 슬그머니 내 팔을 놓아주었다. 최 군이 작은방에서 나왔다. 아직 깨지 않은 두 눈이 여자를 훑더니 멋쩍은 웃음을 짓는다. 정신 놓은 여자를 신기해하는 모습이다.

여자의 남편이 와 여자를 끌고 갔다. 여자는 끌려가지 않으려고 두 다리에 힘을 줬지만, 결국 남편이 어깨에 들쳐 메고 데려갔다. 종종 일어나는 일인지 노인은 대강 그 여자의 사연을 설명하고는 옷을 툭툭 털고 창고로 향했다.

한바탕 소란이 끝난 뒤라 잠도 안 오고 딱히 할 일도 없어 산책 겸 집 뒤에 난 오솔길을 걸었다. 길은 산 위로 곧장 이어졌다.

남편의 손에 끌려 나가는 여자의 뒷모습과 허수아비를 두려워하는 눈빛이 떠올랐다. 그녀의 딸이 죽은 지 한 달여도 안 됐다는 노인의 말도 떠올랐다. 허수아비를 좋아하여 매일이다시피 놀러 온 소라는 어느 날 노인이 잠시 아들네에 다녀온 사이, 강가로 혼자 놀러 가 물에 빠져 죽었다고 했다. 그 말에 아내의 얼굴이 다시 떠올랐다. 잔뜩 물 먹은 풀숲에 바짓단이 금세 젖어 발목에 감겼다.

"이게 다 뭔 일이래요."

어느새 뒤쫓아 온 최 군이 물었다. 난 잠시 멈춰 다시 머릿속을 정리해 보지만, 고개를 저었다.

"글쎄."

"참 안되긴 했지 말입니다. 그 아줌마 생긴 건 예쁜데 아이도 그리되고, 정신 줄도 그리 놓고 말입니다. 그나저나 촬영 말입니다. 그냥 이걸로 하죠? 차도 수리하러 안 오고 언제 내려가서 촬영한답니까? 또 언제 올라오고요? 저 노인네도 촬영 감이지 않습니까?"

"그렇지만……"

내키지 않은 제안이었다. 최 군의 말대로 촉박하긴 했다. 하지만, 저 노인과 허수아비들을 취재하기 위해 이곳에 남는다는 건 탐탁

지 않았다. 한곳을 응시하는 그들의 눈이 틈만 나면 날 흘끔거리는 것 같아 소름이 돋았고, 그 두려움에 여자의 충고대로 도망치고 싶었다. 굳은 나의 표정에 최 군은 '그럼, 말고요.' 입맛을 다신다. 다시 운전대를 잡을 것이 영 못마땅한 모습이다.

정상에 오르자 거센 바람 때문에 몸을 가눌 수 없었다. 산 밑으로 휘도는 강은 전날 비에 불어서 그 소리가 바람에 섞여 요란했다.

"에이, 오늘 날씨도 영 글러 먹었네."

거무죽죽한 하늘을 올려다본 최 군이 구시렁대다가 강가에서 노인을 발견했다.

"저 노인네는 뭘 한답니까?"

노인네는 리어카에서 긴 갈고리를 찾아 들고 강가로 향했다. 노인은 말뚝에 묶인 밧줄로 허리춤을 둘러메고 거침없이 강으로 나아갔다. 불어난 강물이 노인의 몸을 삼켰다. 가슴팍까지 물이 차오르고. 그제서야 노인은 그 자리에서 멈췄다. 멀리서 내려다보기에도 거센 물줄기 속 노인의 모습은 아찔했다. 가만히 서 있기에도 힘이 부친 사람이었다. 그런데 그는 그 속에서 오롯이 섰으며 긴 장대를 이용하여 뭔가를 끄집어내 강가로 던졌다. 그에겐 땅보다 그곳이 더 편해 보였다. 검은 물체들이 수풀 사이로 떨어졌다. 그것들이 정확히 보이지 않았지만, 노인은 손놀림을 멈추지 않았다.

"저 노인네, 대체 뭘 하는 걸까요?"

최 군의 혼잣말 같은 물음에 어떠한 대답도 하지 않았다. 몸을 웅크리고 앉아 노인의 행동을 가만히 쳐다봤다. 아내를 찾으려 수중 속을 쑤시던 구조대를 떠올리며 무수한 감정들에 사로잡혔다. 아내의 죽음이 떠올라 서글펐고, 노인이 찾는 것에 호기심이 일어 몸이 달았으며, 어렴풋이 그 과정을 알 것 같아 두려웠다. 주머니를 뒤적거려 담배를 꺼내 물었다. 하얀 연기가 폐부까지 빨렸다. 기침 대신 현기증이 일었다.

어느새 일에 집착했던 옛 습관이 슬그머니 고개를 치밀었다. 두려운 내 감정 따위는 잠시 접어두자고. 최 군 말대로 기묘하면서 섬뜩한 이 첫 취재는 대박이었다. 시청률은 보장된 셈이다.

한숨과 함께 하얀 연기를 내뿜으며 최 군을 돌아봤다.

"장비 챙겨 왔지?"

"아, 아, 허어. 이것 참. 어떻게 하면 되는 거라고?"

노인은 마당에서 옷가지를 정리하고 덥수룩한 머리를 매만졌다. 카메라 속 노인은 연방 어색한 웃음을 흘렸다.

"너무 카메라 의식하지 마시고, 그냥 카메라가 없다고 생각하시면서 평소처럼 행동하세요."

"허어. 이것 참."

난 최 군이 준비를 마쳤는지를 다시 확인한 뒤, 허수아비에 관해 물었다.

"논밭에 허수아비들이 많던데 할아버지 솜씨세요?"

"그렇지. 다 내가 손수 만들었지요. 하나하나 손 안 간 데가 없어!"

손사래를 치며 노인이 말했다. 자신이 아끼는 허수아비들이 방송에 나간다니 절로 흥이 나는 모양이었다. 노인은 계속 말을 이었다.

"할멈이 오 년 전에 죽고, 서울에 간 자식도 연락이 뜸할 때 오죽 외롭고 쓸쓸하던지. 어느 날 논에 꽂아 넣을 허수아비를 만들다가 이게 재밌는지라. 하나둘 세워두니 때 되면 산에서 내려오는 멧돼지도 뜸해지고, 말동무도 되고, 밭일하다가도 뒤 돌아보면 눈 마주쳐 주고 말이여. 외로운 것이 물러나고, 마누라 생각도 안 나고, 자식새끼 생각도 안 나고. 셋 만들다가 넷 만들게 되고 논밭이 복작복작해지니 다 내 가족 같아서 더 정도 들고 말이오. 하나의 마을 같지 않으냔 말이오. 내가 이 땅의 이장이지. 남들은 다 께름칙하다지만, 남들이 여기 사는가. 다 내 맘 아니오?"

"허수아비를 본 사람들의 반응이 어떻던가요?"

"신기해하는 사람들도 있고, 재밌어하는 사람들도 있고, 누구는 노인네 노망나서 저런다고 하고, 누구는 무섭다고 없애버리라고도 하고. 아, 어떤 미친 할망구가 와서는 요망스럽다고 굿판을 벌여야 한다질 않소! 내 그 여편네를 가만두는 게 아니었어. 쯧. 그러고 입 방정을 떨어서 진수네 마누라가 제 자식 죽은 걸 내 탓으로 돌리는 게 아니오? 그게 당최 말이 되느냔 말이오? 내 허수아비들이 왜 그러겠소? 애 시체는 강에서 찾았구면!"

시뻘게진 얼굴로 자신의 허벅지를 때리다가 치미는 화를 참지 못하고 카메라가 마치 그 사람인 양 삿대질을 해댔다. 난 최 군을 돌아보고 고개를 내저었다. 이 장면은 찍지 말라는 뜻이었다. 잠시 숨을 고른 노인이 헛기침했다.

난 질문을 다시 시작했다.

"아까 강에서 뭘 건지시던데, 그 모습이 보기에도 참 위험했거든요. 그런 위험을 무릅쓰면서까지 뭘 건지시던 건가요?"

나의 질문에 혼탁한 노인의 눈자위가 번뜩였다.

"아아. 그게 말이지. 재료라오. 하느님이 아담을 만들 때 흙으로 빚은 것처럼 내 허수아비들은 대개 떠밀려 내려온 것들을 주워 만든 게지."

"떠밀려 내려온 것들이라면……"

"강에서 말이오. 것도 비 온 뒤에 가보면 재료들이 많이 있거든."

자리에서 일어난 노인은 창고로 걸어갔다. 앞면이 툭 터진 창고는 오래되어 노인처럼 구부정했다. 낮은 슬레이트 지붕을 간신히 떠받치는 기둥에 철사로 엮은 너른 채반이 좁은 공간을 차지했다. 그 위로 덕지덕지 늘어진 수풀과 굵은 나무둥치와 온갖 종류의 쓰레기들이 널렸다. 각종 비닐봉지는 기본이요, 출처를 알 수 없는 옷가지, 짝 잃은 신발 등등이 바람에 물기를 말리고 있다.

노인이 급류 속에서 건져 올리는 것이 이런 잡쓰레기들이라니 조금 실망스러웠다. 뭔가 기대했던 건 사실이었다. 사람 시체나 빗물에 휩쓸린 짐승들의 사체나. 뭐 그 자체가 말이 안 되었지만, 노인의 음흉한 가슴속에 섬뜩한 뭔가가 도사리고 있을 거라는 생각을 했다. 최 군의 한숨이 들렸다. 그 날숨에 나의 한숨도 실렸다.

김창식, 정신 차리자. 아내를 잃었다고 정신까지 놓으면 안 돼. 아이를 잃어 정신 놓은 여자의 말에 휩쓸리면 어쩌자는 거야. 너까지 미쳐 돌아버리면 어쩌자는 거냐고. 뭐가 무서워? 이런 쓰레기들이. 별것도 아닌 허수아비들이. 날 탓하는 아내의 눈이.

이런 잡동사니로 만든 허수아비들에게 두려움을 느꼈던 자신이 초라해지는 순간이었다. 툭 툭. 빗방울이 하나둘씩 슬레이트 지붕 위로 떨어졌다. 진귀한 보물을 만지는 것처럼 쓰레기를 잡아 쥐는 노인의 손길은 섬세했다.

"내가 이것들을 건져 올리는 것이 위험해 보인다 했소? 그렇지, 위험하지. 그러나 목숨을 내놓아야 이것들이 올라온다오. 장대 끝에 걸리는 그 손맛이 웬만한 낚시보다야 낫지. 어차피 강에서 떠돌아다 닐 것들, 내가 새 생명 불어넣어 준다는데 마다할 것들이 어디 있겠 소. 마다해봤자 자기들이 어쩔 거야?"

"할아버지, 그러면 강에서 이것들 건지는 거 한 번 보여주실 수 있 으세요? 잠깐이면 돼요."

"보고 싶소?"

최 군의 부탁에 노인은 히죽였다. 보여줘도 상관없는 모습이었다. 난 최 군을 돌아봤다.

"분량은 채워야 하잖아요. 괜찮죠?"

"비가 오는데 괜찮으시겠어요?"

"지금 이 시각에도 불어난 물에 휩쓸려오는 것들이 많으오."

"영감님, 계세요?"

장비를 챙기는 최 군의 뒤로 대문을 밀치며 한 중년의 남자가 들 어왔다. 숱 없는 머리를 길게 하나로 묶은 남자는 최 군보다 더 말라 보였다. 등산용 조끼를 입고 있어서 등산객인 줄 알았던 그 남자는, "윤 씨!"라는 노인의 알은체에서 카센터 사장임을 파악했다. 저 덩 치로 카센터를 운영할 수나 있을까 싶었다. 멍키 스패너 하나 들 힘도 없어 보였다.

"아이고, 드디어 왔네. 서울 손님들이 얼마나 목 빠져라 기다렸는지 아는가."

"이런 장마철이 더 바쁘다니까 그러시네. 안녕하십니까? 근데 뭔일 있어요? 이게 다 뭔 장비예요?"

"알고 보니, 이 서울 손님들이 방송국에서 나온 분들 아니던가. 글씨 내가 티브이에 나온단 말이지. 이분들이 다 찍어준다지 뭔가. 나도, 내 집도, 내 허수아비들도!"

"아, 방송국이요? 이 동네도 이런 날이 다 있네. 어쨌든 반갑습니다. 좋은 일이니, 내 싸게 해주리다! 근데, 차는 어디 있습니까?"

윤 씨의 물음에 최 군이 날 돌아봤다.

"제가 영감님과 함께 다녀오겠습니다. 피디님은 차 좀 봐주세요. 저는 영 기계치라서 말입니다. 그래도 피디님이 저보다 나이가 쪼끔 많으니, 기계에 대해선 좀 아시겠지요?"

귀찮은 내색이었다. 그냥 귀로 듣고 눈으로 보고 머리로 외우면 그만인 일을 나이 운운하며 떠맡기는 최 군을 물끄러미 쳐다보다 고개를 끄덕였다. 강에 가서 하릴없이 노인이 던져주는 쓰레기들을 카메라에 담는 것보단 나을 것 같았다. 나의 고갯짓에 윤 씨가 먼저 앞장을 섰다. 나는 최 군에게 최소한의 것만 일러준 후 부랴부랴 그의 뒤를 쫓았다.

축축한 바람이 불자 허수아비들의 옷가지가 펄럭거렸다. 윤 씨는 입술을 삐죽 내밀고는 두 손을 감색 조끼 주머니에 쑤셔 넣었다.

"좀 개나 싶더니, 비가 또 오려나봅니다."

난 대답 대신 허수아비들을 흘긋거렸다. 강에서 쓸려 내려온 쓰레기로 만들어진 그들이 바람에 쓸려 몸을 휘청댔다.

"허수아비들이 신기하긴 하지요. 하지만, 전 좀 께름칙해서 말이죠. 솔직히 말하자면, 여기 오기 좀 그렇더란 말입니다. 전 저 허깨비들이 사람 잡아먹는다는 말을 믿거든요."

그러더니 잠시 발걸음을 멈추고 주위를 휘둘러보더니 고개를 푹 수그렸다. 누가 들을세라 목소리도 한껏 낮춘다.

"산 뒤에 영탄 강이 흐르고 있는 거 보셨습니까? 국도로 오셨다면 그 줄기를 보셨을 겁니다. 그곳에 사람이 많이 빠져 죽었죠. 해마다 장마철이면 비가 올 때마다 동네 사람들은 물론 낚시꾼들, 물놀이하러 온 사람들, 야영객들이 그곳에서 익사한단 말입니다. 모르는 사람들은 그곳에 물귀신이 있다고 떠들지만, 동화 할매 말마따나 저 허수아비들의 부름에 그들이 강에 빠지는 거라 저는 생각하거든요. 저걸 다 태워버려야 그 사고가 끝날 터인데. 저리 노인이 쩡쩡하시니, 엄두도 못 내지요."

"그저 쓰레기로 만든 허수아비일 뿐인데 그렇게까지 생각하신단 말입니까?"

앞서던 윤 씨가 멈춰 서서 뒤를 돌아 허수아비를 보았다.

"방송국 양반 눈엔 쓰레기로만 보이십니까? 제 눈엔 귀신들린 인형입니다."

그렇게 말한 윤 씨는 슬그머니 눈길을 돌려 가던 방향으로 나아갔다. 그의 표정에서 두려움을 읽은 탓에 접어두었던 나의 두려움이 마음 한 귀퉁이에서 볼록 불거졌다.

"말씀하신 동화 할머니는 어떤 분이십니까?"

"이 동네에서 오래 사신 분이외다. 수년 전에 이곳에 와서 한바탕 난리를 치셨지. 손수 허수아비들을 불태우겠다면서. 저 노인이 반대 하고 나섰는데 어찌나 벼락같이 성을 내던지 둘 다 무슨 일이 생기 는 게 아닌가 싶다 했죠. 파출소에서 순경이 나와 뜯어말려서 겨우 진정이 됐지. 안 그랬다면 뭔 사달이 나더라도 났지요. 그 이후 할매 가 풍으로 쓰러지셔서 흐지부지됐지마는 저 허수아비들은 없애야 해요. 안 그래도 또 진수네가 그렇게 돼서 찜찜해 죽겠는데. 소라 어 미 보셨다면서? 어린 것 그리 보내고 제정신일 수가 없지. 비가 오면 이산 저산 돌아다니면서 애를 찾는 답디다. 쩝."

여자의 눈동자가 떠올랐다. 전날 밤 그녀를 산에서 만났을 때 공 허함을 보았다면, 아침에는 그 눈동자에서 두려움과 그 어떤 의지를 보았다. 난 그런 눈을 했던 적이 있었을까? 늘 내 눈동자는 공허했을 까? 빛나던 그 의지는 무얼 뜻하는 걸까?

진창길을 벗어나 도로로 들어서니 멀지 않은 곳에 사고 난 그대 로 차는 있었다. 윤 씨는 차의 보닛을 열고 엔진을 훑어봤다. 그 옆 을 멍하니 지키다가 문득 강에서 긴장대로 강을 치대는 노인을 생각 했다.

"할아버지가 강에서 쓰레기들을 모으는 걸 보신 적 있으십니까?"

몇 번 그걸 목격한 적이 있는지 윤 씨는 나의 물음에 시선은 차에 꽂은 채, "아아, 그거?"라고 싱겁게 반응했다.

"비가 온 뒤 불어난 강에 쓸려 내려온 것들을 잡아채는 건데. 그것 들로 저 허수아비를 만든다지? 기행이라면 기행이지. 하지만, 동화 할매 말로는 그게 영혼을 건져 올리는 거라던데."

"영혼을 건져 올려요?"

"씻김굿 아시오? 그 중 혼건지기굿이 있다더군. 사람이 물에 빠져 죽으면 그 영혼을 건져 올린다는 굿 말이오. 워낙에 물에 빠져 죽는 사람들이 많아서 그 굿이 이곳에 성행했다오. 그걸 봐서 그랬는지 노인이 강에서 그 짓을 하더란 말이지. 할매 말로 아귀를 맞추다 보면 정말 그럴 법하더란 말이죠. 한데 설마 정말 그런 의도로 그랬겠습니까? 뭐, 그 짓이 더 노인 주변을 음습하게 만드는 걸 거요."

별스러운 내용인데, 별스럽지 않다는 표정으로 말한다. 난 아연실색에, 모골이 송연해지는데 말이다. 영감의 능글맞은 웃음 속의 말이 살갗에서 돋아났다.

"어차피 강에서 떠돌아다닐 것들, 내가 새 생명 불어넣어 준다는데 마다할 것들이 어디 있겠소. 마다해 봤자 자기들이 어쩔 거야?"

긴 장대가 강을 헤집고 위로 솟구쳤다. "올라와라. 올라와라." 허리께까지 차오른 물살이 버겁지도 않은지 노인은 계속 앞으로 나아갔다. 한 손에 꼭 쥔 작대기를 강 속에 휘적거리며. 카메라는 말뚝에 묶인 밧줄을 찍었다. 한쪽 끝은 노인의 허리에 메여 있겠지. 한참을 급류에 떠밀려 내려가지 않게 버티던 노인이 소리쳤다.

"올라온다!"

그가 장대로 무언가를 잡아챘다. 화면상 식별이 불가능한 검은 물체가 끝에 매달렸다가 바닥으로 곤두박질 쳤다. 그곳으로 최 군이 뛰었다. 수풀을 헤치던 카메라에 검은 모자가 걸렸다. 그리고 줌인.

카메라 밖에서 노인의 흥얼거리는 소리가 들려왔다.

그 소리를 잡아먹듯 번개가 치고 천둥이 쳤다. 슬레이트 지붕에 떨어지는 빗소리가 요란했다. 저녁에 노인은 우리에게 술을 대접했다. 비가 오자 그는 더 활기에 찼다. 비가 그치면 강에 그만의 보물이 바글거리는 모습이 눈앞에 선한지 썩은 이를 드러내놓고 연방 웃어댔다.

잠을 잘 수가 없었다. 윤 씨의 입에서 나오던 동화 할머니의 말이 노인의 말과 뒤섞여 하나의 이야기가 만들어졌다.

노인은 혼건지기굿으로 강에서 빠져 죽은 이들의 영혼을 건져 올려 허수아비로 붙들어 두었다. 혼건지기굿을 모르는 나에겐 윤 씨가 대충 설명해 준 내용이 전부였다. 허수아비들은 이후 산사람을 홀려 강에 빠지게 한다. 동화 할머니는 그 허수아비의 존재를 알고 불태우려 했다. 그리고 마찰. 할머니는 중풍으로 쓰러지고 허수아비는 온전하다. 얼마 전, 소라가 강에 빠져 죽었다. 소라 엄마는 허수아비가 아이를 데려갔다고 생각한다. 그녀의 눈빛이 떠올랐다.

"소라야!"

카메라에서 시선을 떼고 문가를 봤다. 이야기의 끝자락에 맺힌 그 눈빛 때문일까. 설핏 문을 치대는 비바람에 섞여 소라 엄마 목소리가 들렸다. 가만히 카메라를 바닥에 내려놓고 자리에서 일어났다. 나의 움직임에 코를 골던 최 군이 몸을 뒤척였다.

문을 살짝 열자 마당에서 서성거리는 노인의 모습이 보였다. 습한 공기 중에 미미한 담배 냄새가 났다. 아직 동이 트기도 전인데도 그는 리어카를 끌었다. 지긋지긋하게 내리는 이 비가 곧 끝날 거라는 걸 예감이라도 한 모양이었다. 리어카를 끄는 모습이 힘차 보였다. 노인이 대문을 지나 사라지자 난 멍하니 그 너머를 보았다. 그를 따라갈까 말까 고민이 되었다. 혼을 건지는 그의 모습이야 별반 다르지 않을 터였다.

전날 술을 마실 때 최 군이 "얼추 기워 맞추면 신비한 노인 탄생이네요. 우리가 생각한 무시무시한 결말은 아니지만, 어쨌든 과정이야 대박이지 말입니다."라는 특유의 어투로 날 달래는 모양이 그럴싸했다. 그래서 찝찝한 혼건지기굿 따윈 단순한 노인의 오감 만족뿐이라 생각했다. 그렇게 해서라도 생명을 불어넣었다는 망상에 빠졌다 한들 그 누가 신경이라도 쓸까 싶었다. 그리고 이곳에 있는 동안 모든 허상에 의한 착시는 내 머릿속에서 나온 것들이라 단정했다. 그저 아내의 죽음으로 인해 나의 심리 상태가 불안정한 것뿐이다. 그런 마음을 되새김질하듯 다짐하는데도 쉽사리 방으로 들어가지 못하고 그 자리에 서서 대문 밖을 노려보았다. 그를 따라갈까 말까.

저릿한 두 손을 쥐었다 피며 엉거주춤하는데, "소라야!", 하늘이 새하얗게 빛났다. 잠시 잠깐의 찰나, 빛이 스러지는 그 순간, 찢어지는 목소리와 논길을 뛰는 목소리의 주인을 보았다. 옷차림은 달랐고, 멀고, 순식간이었지만, 내가 방 밖으로 나온 이유였다. 소라 엄마다.

죽 늘어선 허수아비들을 헤치며 소라를 찾아 목 놓아 부르짖는다. 사방을 연방 휘둘러보는 모습이 척 보기에도 불안정해 보였다. 빗속을 헤매는 그녀를 마냥 둘 수는 없어서 신발을 꿰어 신었다.

"소라 어머니!"

"소라야! 엄마야, 엄마가 여기 있어!"

내 목소리와 소라 엄마의 찢어지는 목소리가 천둥에 먹혔다. 다리에 감긴 치맛단을 붙들고 논두렁에 서성이던 여자가 한 허수아비를 붙들었다.

"네 이놈! 우리 소라 어디로 데려갔어! 이놈아! 우리 소라 내놔!"

멱살을 쥐고 흔들며 악을 써댔다.

"소라 어머니, 그만두세요. 그래 봤자 허수아비입니다. 그것들이 살아 있다는 게 말이……"

휘청 휘둘리던 허수아비의 팔이 그 순간, 움직였다.

"아악!"

악을 쓰는 그녀의 머리채를 잡아 쥐는 놈의 표정이 살기로 가득했다. 나는 그 자리에서 멈췄다. 놈이 여자를 내던지자 가녀린 몸이 논에 처박혔다. 그녀를 쫓아 뛰는 발걸음이 더는 나아가지 못하고 파르르 떨렸다. 심장의 진동이 온몸에 느껴지고 격렬한 숨소리가 귓가에 파고들었다. 빗발이 내 두 눈을 후볐다. 믿지 못할 현실에 뒷걸음치자 놈이 뒤돌아 날 노려봤다. 그 날선 눈길에 난 그만 그 자리에 주저앉고 말았다. 부라리는 두 눈이 어둠 속으로 사라졌다. 금방이라도 어둠을 뚫고 놈이 내 목줄을 쥘 것 같아 온몸이 빳빳해졌다. 놈이 어디서 튀어나올지 몰라 눈알만 뒤룩거렸다.

다시 사위가 밝아졌다. 그 찰나, 언덕 위에 선 노인을 발견했다. 그

는 가만히 뒷짐을 진 채 우리를 내려다봤다. 바람이 불었다. 허수아
비들이 하나둘 몸을 움직여 한 곳을 응시하며 일렬로 섰다. 어깨를
축 늘이고 제자리걸음을 했다. 수문장처럼 내 앞을 막아선 허수아비
뒤로 쓰러진 소라 엄마가 몸을 움직였다. 소스라치듯 그녀가 고개를
들었다.

"소라야?"

자리에서 벌떡 일어난 그녀가 행렬 앞으로 뛰기 시작했다. 그녀가
뛰자 표정이 없던 노인이 빙그레 미소를 지었다. 껄껄, 음흉스런 웃
음이 들렸다. 그가 발걸음을 재촉하며 리어카를 끌었다. 그 모습이
불길했다.

이를 악물고 두 다리에 힘을 주었다. 그리고 악을 내지르며 소라
엄마를 쫓아 뛰었다.

그녀가 행렬의 끝에서 비탈길로 내려섰다. 행렬의 춤사위, 하나둘
씩 놈들이 웃어댔다. 비바람에 치대는 억새 사이를 지나치는 그녀의
발길이 첨벙거렸다. 강이다! "하하하하하" 놈들의 웃음이 점점 커
졌다. 검은 물이 그녀를 잠식했다. 그녀는 강으로 뭐에 홀린 듯 나아
갔다.

"소라야! 엄마 여기 있어! 내 아가!"

"위험해!"

그녀를 팔을 간신히 잡아 쥐자 웃음소리가 끊겼다. 하늘을 구르는
천둥소리도 멈췄다.

대신 수면 위로 떨어지는 빗방울들이 적막을 채웠다. 자유로운 소

라 엄마의 왼팔이 빗발과 함께 수면을 때렸다. 거센 물살에 발밑이 위태로웠다. 겨우 몸을 가눌 때, 빗속에서 소리가 들렸다.

"……엄마."

"소라야!"

정말 여자아이의 목소리였다. 그것도 한 치 앞도 볼 수 없는 근처에서, 빨려 내리치는 물살에도 전혀 흔들림 없는 목소리가. 왈칵 다른 차원의 두려움이 솟구쳤다.

"엄마, 왜 이제 와? 나 여기 있어. 빨리 나 데리러 와."

소라 엄마는 언제부터 이 목소리를 들었던 걸까?

"아가, 어디에 있어? 엄마가 데리러 왔어!"

아이의 목소리에 여자는 오열했다.

"조금만, 더."

채근하는 아이의 목소리에 맞춰 잇따라 텀벙거리는 소리가 들렸다. 소라 엄마가 몸을 더 앞으로 숙였다. 점점 그녀의 몸부림이 커지자 다른 손을 뻗어 그녀의 허리춤을 단단히 붙들었다. 소라 엄마가 발버둥 칠수록 나 또한 앞으로 빨려 들어갔다. 엄마를 부르는 목소리에 이어 이상한 소리가 들렸다. 그 소리는 불분명하게 들렸지만, 어디선가 들어 본 리듬이었다. 기분이 나빠졌다. 어서 다리를 휘감아 대는 물살을 벗어나고 싶었다. 힘을 내어 그녀를 끌어당길 때 다시 사위가 밝아졌다.

"어?"

빠르게 흐르는 물살을 거슬러 뭔가가 달려들었다. 불어터진 얼굴이 물 위로 솟구쳤고 허연 손이 튀어나왔다. 놀라 허리춤을 붙들었던 손을 놓치며 뒤로 나자빠졌다. 몸이 물살에 휩쓸리는 걸 간신히 팔을 뻗어 수풀을 부여잡았다. 균형을 잃은 소라 엄마도 물살에 쓸렸다. 그런 그녀의 팔을 허연 손이 잡아챘다. 소라 엄마의 몸이 기우뚱하더니 물속으로 빨려 들어갔다. 너무 겁이 나 손에 힘이 빠졌다. 그때 물속에서 소라 엄마가 튀어나왔다. 소라 엄마는 단말마적 비명을 내지르며 거센 물살을 헤치고 내 다리를 잡았다.

"아저씨, 살려주세요."

아이의 목소리에 현혹됐던 그녀가 뒤늦게 제정신을 차린 듯했다. 여전히 아이가 엄마를 찾았다. 그에 섞인 다른 소리가 이제는 또렷이 들렸다.

올라온다. 올라온다.

노인의 목소리. 그녀를 놓친 검은 물체가 빠른 속도로 달려들었다. 그 순간 우리는 이성을 잃었다. 나는 몸을 돌려 물가로 나가려 애썼다. 하지만, 소라 엄마는 악착같이 내 다리를 붙들고 늘어졌다. 그것이 소라 엄마의 머리채를 휘어잡았다. 수풀이 손바닥 안에서 미끄러졌다. 우리의 몸은 물살에 휩쓸리면서 한데 뒤엉켰다. 나는 허우적거려 물 위에 솟아난 돌부리를 잡았다. 소용돌이치는 흙탕물이 입안으로 들이쳤다. 귓가를 울리는 물살 소리에 섞여 머리카락이 뭉텅이로 뽑히는 소리가 들렸다. 내 다리를 붙드는 손은 더욱 굳세졌다. 그녀의 몸이 활처럼 뒤로 당겨졌다.

"아저씨, 나 좀 살려줘. 무서워!"

"으악!"

손톱이 허벅지를 파고들었다. 상처는 그녀가 움직일 때마다 점점 깊어졌다. 나는 못 참고 다른 다리로 그녀를 걷어찼다. 그녀가 새된 비명을 내질렀다.

"어떻게 나한테 이래? 내가 아저씨가 찾는 사람 찾아줬잖아. 만나게 해줬잖아. 살려줘. 살려줘!"

"저리 가! 이거 놔!"

"아저씨, 아저씨!"

소라 엄마의 몸이 떨어져 나갔다. 그녀의 몸이 한 번 물 위로 솟구치더니 곧 물속으로 사라졌다.

숨을 제대로 쉴 수가 없었다. 구역질이 나왔다. 아직도 귓가에 소라 엄마의 비명이 들리는 듯했다. 이곳에서 벗어나야 했다. 허수아비들이 둘러싼 이 빌어먹을 땅에서 멀리. 그러나 마음과는 달리 물살에 몸이 뒤흔들렸다. 두 팔이 후들거렸다. 더는 버틸 수 없다. 폐부에 차오르는 물이 괴로워 밖으로 고개를 내밀자 아내의 얼굴이 보였다. 둔덕 위에서 나를 보는 아내의 표정에 경멸이 가득했다.

겨우 아내의 자리를 정리하기로 마음을 먹었을 때 아내 몰래 바람을 피우던 연수가 만나자고 전화를 했었다.

근처 커피숍에서 만난 우리 사이에 긴 침묵이 흘렀다. 연수는 아내가 그만둔 방송작가 자리에 들어온 신입이었다. 아내 대신 함께 있는 시간이 많아서 관계가 소원해진 아내 대신에 살을 비빈 여자. 그녀가 긴 침묵 끝에 사실을 고했다. 아내가 죽기 전날, 만났노라고.

"임신했다고 거짓말했어요. 안 그러면 피디님 안 놓아줄 것 같아서. 그런데 그렇게 죽을 줄은…… 정말 몰랐어요."

아내가 날 보는 눈길은 매몰찼다. 입술로 나를 비웃었으며 손가락으로 거칠게 흐르는 강을 가리켰다. 거짓말쟁이에 자기가 살려고 여자를 쳐내는 비겁함까지 들먹이는 것 같다. *지켜주기는 개뿔, 구해주기는 등신! 이기주의자, 이 살인마! 네가 날 죽였어!*

"나는…… 은영아, 나는…… 그래도. 내가 많이 미안했다."

나는 악착같이 돌부리를 잡았던 손을 놓았다. 몸이 물살에 휘돌았고 튀어나온 돌들에 두들겨 맞았다. 공기 대신 물이 폐부에 들이찼다. 뭔가를 잡으려 애써보지만, 아무것도 손에 잡히지 않았다. 비 오는 논두렁에 웃음소리가 다시 이어졌다. 먹먹한 귓가에 아련한 노인의 목소리가 들렸다.

올라온다. 올라온다!

* * *

맴맴, 매미의 울음이 사방에 가득했다. 노인이 둑 위에서 한 허수아비를 일으켰다. 최 군이 눈부신 햇살에 인상을 찌푸리며 집 밖으로 나왔다.

"……피디님, 김 피디님?"

타박타박, 꺾어 신은 운동화를 바닥에 끌며 나타난 최 군은 연방 주위를 훑어댔다.

"어르신 혹시 피디님 못 보셨어요?"

노인은 대답 대신 낄낄 웃었다. 떡진 머리를 쓸어 올리던 최 군은
다시 물었다.

"어? 이건 새로 만든 겁니까?"

"새 작품일세! 꽤 공들였지. 낄낄."

후줄근한 옷매무새에 노란빛이 나는 천에 그려진 이목구비가 어
디서 많이 본 듯했다. 그 앞에 서서 유심히 살피던 최 군은 코끝을
긁적였다. 이내 흥미를 잃은 그가 돌아서서 다시 피디를 불렀다.

바람이 불자 허수아비들이 움직였다. 낄낄대던 노인이 한 허수아
비 앞에 얼굴을 들이밀었다. 얼굴에 뒤집어씌운 하얀 천에 검은 머
리카락이 비죽 나왔다. 굽은 손끝으로 꾹꾹 밀어 넣고 때 묻은 원피
스를 정리했다.

"어째, 새 생명 받은 기분이 좋은가?"

증명된 사실

이산화

이공계 대학원에서 과학의 경이와 부족한 연구비의 공포에 대해
배웠다. 현재는 그 공포로부터 도망쳐 SF와 미스터리에 몰두하고
있지만, 문득 뒤를 돌아보면 아직도 고가의 광학장비가 유령처럼
어른거린다. 어쩌면 영원히 벗어날 수 없을지도 모른다. 애인이랑
애프터눈 티 세트를 먹어보는 것이 목표.

깊은 산길을 차로 한참 달리는 동안, 아무래도 속은 것 같다는 생각이 머릿속을 도통 떠나지 않았다. 구인 사이트에 올라온 채용공고를 보았을 때부터 계속 든 생각이었다. 하지만 내겐 당장 일자리가 필요했고, 최종 면접까지 합격한 곳은 여기 하나뿐이었다. 찬 밥 더운 밥 가릴 처지가 아니었던 것이다. 그래도 혹시 수상하면 바로 돌아가야지, 차에서 내리지도 말아야지, 그렇게 생각하고 있던 차에 나를 합격시킨 문제의 연구소가 그 모습을 드러냈다. 한적한 산속에 무슨 거대한 묘비처럼 불쑥 솟아오른 허연 건물이었다.

사전에 통보받은 대로 주차장에 차를 대고 잠깐 기다리니, 호리호리한 중년 여성이 정문에서 나와 이쪽으로 천천히 다가왔다. 위협적으로 보이지는 않았다. 가볍게 비틀거리며 걷는 모습이 오히려 피곤하고 불안해 보일 정도였다. 머뭇머뭇 차에서 내리자 그 여성이 메

마른 목소리로 인사를 건네 왔다.

"이남민 박사님 맞으십니까?"

"네, 맞습니다. 정말로 이런 산속에……"

"반갑습니다. 연구소장 임윤재입니다. 따라오시죠."

그 짧은 문답만으로도 임 연구소장이 어떤 사람인지 파악한 나는, 쓸데없는 소리를 이어가는 대신 그녀를 따라 즉시 발걸음을 옮겼다. 물론 수상하다는 생각이야 계속 하고 있었다. 여기가 정말 연구소일까? 폭력배들한테 속아서 장기적출이라도 당하는 게 아닐까? 지극히 당연한 의심이었다. 영혼과 사후세계를 연구한다는 곳에 부임하게 된 물리학자라면 누구나 품게 될 정도로 당연한.

하지만 연구소 건물에 들어서자마자 그런 의심은 곧 사라졌다. 건물 내부는 조직폭력배들의 장기적출 시설 같지도, 그렇다고 귀신의 집 같지도 않았다. 을씨년스럽거나 괴상하다는 느낌은 전혀 없었다. 오히려 산속에 있는 이름도 안 알려진 연구소치고는 규모도 컸거니와, 모든 곳이 지나칠 만큼 깔끔하게 관리되어 있었다. 무심코 이런 말을 내뱉게 될 정도였다.

"자금 사정은 좋나 보네요."

이전에 있었던 대학 연구실을 떠올리며 한 말이었다. 귀신이며 유령과 달리 이론의 여지없이 존재하는 소립자들을 연구하는 곳이었는데도 항상 연구비 부족에 시달렸으니까. 다행스럽게도 소장은 내 말에 담긴 가벼운 비아냥거림을 눈치 채지 못했거나, 아니면 무시하기로 한 모양이었다.

"본 연구소는 순수하게 기업과 개인의 기부로 유지되고 있습니다."

"아, 기부금이 많이 들어옵니까?"

"우리가 죽은 뒤에는 어떻게 되는지, 그것을 알고 싶어 하시는 분들이 사회 각계각층에 굉장히 많이 계십니다. 이 연구소는 그분들의 뜻으로 설립된 것입니다."

그 설명을 들으니 이해가 갈 것도 같았다. 아무리 돈이 많고 지위가 높아도 죽음이란 사라지지 않는 걱정거리니까. 어느 대기업 회장은 이미 간당간당한 목숨이라도 계속 붙여 놓으려고 최고의 의료진에게 24시간 둘러싸여 있다지만, 그조차도 영원할 수는 없다. 죽은 뒤에 뭐라도 있다는 걸 증명해낼 수만 있다면 돈이야 얼마든지 들이고 싶겠지.

"그러면 제가 할 일도 대강 알겠네요. 물리학자가 필요하다고 해서 지원한 것이니, 뭐 유령의 존재를 물리학적 방법으로 증명하거나, 그런 연구를 하면 됩니까?"

"아뇨."

소장은 딱 잘라 대답했다.

"그것은 이미 증명된 사실입니다."

내가 일하게 될 물리학 연구실은 지하 1층이었다. 새하얀 복도는 지상과 마찬가지로 깨끗했지만, 벽에는 연구 내용을 알리는 포스터며 안내문 따위가 난잡하게 붙은 것이 대학 연구실과 크게 다르지 않았다. 연구실 창 너머로 보이는 이런저런 기기도 익숙했다. 어마

어마한 고가의 장비가 아무렇지도 않다는 듯 몇 대씩 늘어서 있었다는 것을 제외하면.

"여기는 뭐 하는 곳입니까?"

커다란 철문 앞을 지나면서 물었을 때, 소장은 대수롭지 않다는 듯 이렇게 답했다.

"무진동실입니다. 이곳에서의 연구는 종료되어, 지금은 쓰이지 않습니다."

"아니, 영혼 연구하는데 무진동실도 필요합니까?"

"극히 정밀한 저울을 이용해 말기 암 환자가 사망하는 순간의 무게 변화를 측정했습니다. 저울이 외부 진동의 영향을 받을 수 있으니만큼, 이런 시설이 반드시 필요했습니다."

영혼의 무게를 재 보았더니 21그램이더라, 하는 이야기가 문득 생각났다. 과학적으로 영혼이란 걸 연구해 보겠다면 일단 과거 실험결과의 검증에서부터 시작하는 것이 합리적으로 들리기도 했다. 궁금한 것은 그 결과였다.

"영혼의 존재를 이미 증명했다고 하셨는데, 혹시 그 실험으로 입증한 겁니까?"

"아뇨. 영혼의 존재는 훨씬 이전에 증명이 끝난 상태였습니다. 무진동실에서의 실험으로 입증한 것은, 영혼에는 우리가 측정할 수 있는 무게가 존재하지 않는다는 사실이었습니다."

궁금증만 더 늘어날 뿐인 대답이었다. 새로운 걱정거리가 머릿속에 떠올랐다. 이 연구소에서 하는 일이 죄다 이런 식이면 어쩌지? 가장 중요한 전제를 이미 증명했다고, 다 끝난 실험이라고 치고서 무의미한 연구만 계속 쌓아올린다면? 배정된 사무실에 도착하고 나서도, 소장이 출입증을 건네주고 떠난 뒤에도 그 걱정은 한동안 사라질 줄 몰랐다.

하지만 그조차도 본격적으로 일을 시작하기 전의 이야기였다. 연구소에서 발행한 보고서를 읽어보니 과연 소장이 '이미 증명된 사실'이라고 요약한 내용이 아주 자세하게 적혀 있었고, 실험 방법이나 결론 도출 과정에 별 하자가 없다는 사실도 쉽게 알 수 있었다. 영혼의 존재라는 것이 그렇게 번듯한 과학 연구의 형태로 주어지고 나니 받아들이기도 생각보다 어려운 일이 아니었다. 어쩌면 내 뇌가 이미 상식적으로는 납득하기 힘든 소립자 세계의 현상을 이해하는 데에 이골이 나 있었기 때문인지도 모른다.

그런 내게 주어진 일 역시 소립자 연구와 크게 다르지 않았다. 이 연구소에서 물리학자들의 주된 업무는 영혼의 에너지를 측정하는 장비를 개발하는 일이었는데, 마침 나는 다른 입자들과 도무지 상호작용을 하지 않으려 드는 각종 골치 아픈 소립자들을 이론적으로 다뤄 본 경험이 있었으니까. 이런저런 모델을 세우고, 동료들과 토론을 하고, 시뮬레이션을 돌리고, 이런 일들이 전부 익숙하기 그지없어서 스스로도 놀랄 지경이었다.

물론 업무의 모든 부분이 익숙하기만 한 것은 아니었다. 이를테면 연구의 주된 목적이 학회지 기고가 아니라 부자들을 안심시키는 것이라든가, 동의를 받은 불치병 환자들이 수십 명이나 있어 언제든지 인체를 대상으로 실험을 할 수 있다든가 하는 부분이 그랬다. 하지만 그 중에서도 특히 이질적인 점은 한 연구 참여자의 존재였다. '연구원'도 아니고 '실험대상'도 아니기에 그렇게 부를 수밖에 없는 문제의 '참여자'와 처음 만나게 된 것은, 측정 장비 개발이 이론을 넘어 실현 단계까지 거의 도달했을 무렵이었다.

"반가워. 차연주라고 해."

연구실에서 마주친 여자애는 대뜸 그렇게 인사했다. 고등학생쯤 돼 보이는 애였는데, 눈초리가 매서워 약간 움찔하게 되는 걸 제외하면 어딜 보나 평범하기 그지없었다. 하지만 연구실 동료들의 말에 따르면 이 애는 연구소 전체에서 가장 귀중한 존재이기도 했다.

"4층에서 빌려오느라 얼마나 고생했는데. 안 내주려고 하더라니까."

"얘가 그렇게 중요해?"

"당연한 소릴. 귀신 보는 애 없이 무슨 실험을 하겠어?"

그러니까 연주는 소위 말하는 '신기가 있는' 애였다. 영혼의 존재를 느낄 수 있는 사람이라도 그 위치와 모습을 정확하게 짚을 수 있는 경우는 매우 드문데, 연주는 그 정도로 영혼에 민감했던 것이다. 우리가 만들려고 몰두하던 영혼 측정 장비의 인간 버전인 셈이었다.

"물론 얘보다는 더 정확해야지. 정량적으로 측정할 수 있어야 하고. 그래도 기준은 연주야. 연주의 관측이 우리 기계가 내놓는 결과랑 맞아 떨어져야 하니까."

이 여자애의 필요성을 단적으로 설명하는 말이었다. 연주는 우리가 개발하려는 장비의 일차적인 목표이자 기준이었다. 그 말은 즉, 연구가 끝날 때까지는 싫든 좋든 이 애와 함께해야 한다는 뜻이기도 했다.

처음에 내가 연주와 진행하게 된 실험은, 죽어가는 환자의 몸에서 영혼이 떠나가는 순간을 정확히 알아맞히는 일이었다. 연주는 의료장비가 감지하는 것보다 몇 초나 빨리 환자의 죽음을 알아맞혔다. 하지만 얼기설기 만들어진 우리의 첫 측정 장비에는 어떠한 반응도 잡혀주지 않았다.

"뭐가 잘 안 돼?"

세 번째 실험이 실패했을 때 연주가 대뜸 그렇게 물었다. 막다른 길에 부딪힌 것은 자명했기에 고개를 끄덕였는데, 다음 질문이 날아왔다.

"구체적으로 뭐가 문제야?"

이론적인 설명이라도 원하는 건가? 학교 다니느라 낮에는 실험 참여도 못 하는 애가? 하지만 곧 지금 눈앞에 있는 여자애가 영혼에 대해서라면 나보다 훨씬 전문가라는 사실이 떠올랐다. 전문가에게 자문을 구하면 뭔가 돌파구가 생길지도 모르는 일. 밑져야 본전이라고 생각하며 나는 어떻게든 복잡한 이론을 뺀 설명을 해 주었다.

"앞에서 사람이 죽든 말든 이 기계가 대답을 안 하는데, 이게 기계 고장인지, 애초부터 이론이 잘못된 건지, 아니면 이론에는 문제가 없는데 감지 성능이 그만큼 안 나오는 건지 모르겠다. 감지능력을 개선하는 방향으로 가는 건 쉽거든. 이론을 갈아엎으려면 솔직히

답이 없고."

"음…… 감지 성능이 부족하다는 건, 더 강한 혼에는 반응할 수도 있다는 거야?"

정확히 허를 찌르는 지적이었기에 나는 다소나마 놀랐다. 어쩌면 암 환자의 영혼은 우리 장비가 감지하기에는 너무 미약한지도 모르는 일이었다. 정확한 검증을 위해서는 더 강한 에너지를 가진 측정 대상, 그러니까 '강한 혼'이 필요했다.

"혹시 그런 게 어디 있는지 알아?"

내 물음에 연주는 뭔가 각오한 표정으로 고개를 끄덕였다. 그 표정의 의미를 깨닫기까지는 오랜 시간이 걸리지 않았다. 연주가 직접 제안한 계획을 듣고 나서는 나도 각오를 굳혀야만 했으니까.

오랜만에 연구소를 벗어나 차를 모는 기분은 썩 나쁘지 않았지만, 그 목적지를 생각하면 빈말로라도 유쾌하다고는 할 수가 없었다. 이제부터 장마철에 인명피해가 여러 번 발생한 계곡, 산불 피해지역, 주인이 자살한 빈 집 따위를 순회할 작정이었으니까. 연주의 설명대로라면 그런 곳에는 무언가가 '있을' 가능성이 높았다.

"아무나 이승에 남는 게 아니야. 강한 미련이 있어야 돼."

연주에게 더 자세한 설명을 요구했더니, 운전하는 내내 뒷좌석에서 중얼거리는 목소리를 들을 수 있었다. 대체로는 내가 알던 귀신 이야기와 다르지 않은 내용이었다. 대부분의 영혼은 죽은 뒤엔 어딘가로 사라지지만, 때때로 떠나가지 못하고 남는 영혼이 있으며, 그런 영혼일수록 힘이 강해서 위험하다는 것이다.

"위험하다면 뭐, 어떻게 위험한데? 막 물건 집어던지고 그래?"

"아니. 그럴 힘은 없어. 움직이지도 못하고 그냥 그 자리에 있다가, 지나가는 사람한테 들러붙어서 해를 끼치는 거야."

"들러붙어? 야, 그건 또 무섭다. 직접 본 적도 있어?"

"그런 귀신 달래서 떠나보내는 게 할머니 일이었어."

아무래도 연주의 능력은 할머니에게서 이어받은 모양이었다. 영혼을 보는 힘도 유전적인 요소가 작용하는 걸까? 잠깐 의문이 들긴 했지만, 이건 4층 사람들이 연구할 일. 첫 목적지까지 가는 길은 꽤 멀었고, 나는 연구에 필수적인 인원과 조금 더 친해져 보기로 마음먹었다.

"넌 그럼 그, 가업? 그런 거 이으려고 연구 돕는 거야?"

"가업 같은 거 아니야."

친해지려는 내 노력에는 아랑곳없이, 백미러 속의 연주는 창밖을 내다보며 심드렁하게 대답했다. 그 입에서 튀어나온 것은 아주 익숙한 의문이었다.

"나도 궁금해서 그래. 다들 어디 있는지."

다들 어디에 있는가?

내 전공분야의 까마득한 대선배라 할 만한 물리학자 엔리코 페르미도 같은 질문을 던진 적이 있다. 동료들과 외계 지적생명체의 존재에 관한 이야기를 나누던 도중이었다고 한다. 대수롭지 않아 보이는 이 한 마디 질문은 이후 '페르미 역설'이라고 불리며, 외계 지적생명체를 주제로 한 모든 논리적 말다툼의 핵심으로 쓰이게 된다.

개요는 이렇다. 우리 은하에는 태양과 유사한 항성이 수십억 개가 있을 것이며, 그 중 일부에는 지구와 비슷한 행성도 있을 것이고, 그렇다면 또 그 중 일부에는 지적생명체가 살고 있을 텐데, 그들 중 일부는 성간 항해까지 가능할 만큼 기술을 발달시켰을 테니, 계산해 보면 이미 외계인들은 은하계를 샅샅이 탐사하며 지구 또한 방문했어야 한다. 그렇다면 도대체 그 외계인들은 어디 있단 말인가?

유령에 대해서도 비슷한 의문을 가질 수 있을 것이다. 무수히 많은 사람들이 이 지구 위에서 죽고 또 죽어 왔지만, 이 세상은 유령으로 가득 차 있지 않다. 그 많은 유령은 다들 어디에 있는가? 연주의 말대로 오직 강한 집착을 가진 영혼만이 이 땅에 간신히 들러붙어 있을 수 있다면, 나머지 천억 명은 도대체 어디로 갔는가? 논리적으로 두 가지 대답만이 가능하다. 사라졌거나, 아니면 다른 어딘가에 있거나. 후자의 가능성을 점치기 위해 부자들은 연구소에 돈을 댔고, 우리는 측정 장비를 개발하느라 밤을 샜지만, 가시적인 결과는 도무지 나올 생각이 없었다.

사후세계의 존재.

그것만큼은 아직 증명되지 않은 채였다.

계곡에 도착했을 즈음에는 이미 날이 어둑어둑했고, 연주가 바위 사이를 멍하니 돌아다니는 모습은 위험천만하게만 보였다. 이러다가 괜히 물귀신만 하나 늘어나는 건 아닐까 노심초사하며 나는 이렇게 외쳐 물었다.

"꼭 그렇게 가까이 가야 돼? 여기선 안 보여?"

"안 보이지! 바로 앞에 가야지 보여!"

즉 우연히 유령과 맞닥뜨릴 때까지 사방팔방을 샅샅이 뒤지는 것이 유일한 방법이라는 소리였다. 생명체가 살 만한 외계행성을 찾는 천문학자의 노력이 이런 식일까 싶었다. 그렇게 계곡에서 휘적거린 결과는 허탕이었고, 산불 피해 지역도 마찬가지. 세 번째 목적지인 빈 집을 찾아갔을 때는 이미 늦은 밤이었다. 귀중한 장비를 반출했는데 돌아갈 때 빈손이었다간 동료들한테 적잖이 까이겠다 싶었는데,

"여기 있네."

집 문간에 발을 디디려던 연주가 멈춰 서더니 말했다. 내 눈에는 그냥 허공이었는데, 연주한테는 문 앞에 버티고 선 노인이 보이는 모양이었다. 줄줄 읊는 인상착의는 인터넷에서 찾은 집 주인 정보와 일치했다. 차에서 허둥지둥 장비를 내리며 나는 걱정스레 물었다.

"그, 상태는 어때? 막 갑자기 달려드는 거 아니지?"

"괜찮다니까. 내가 멀리 있는 귀신은 못 보는 것처럼, 귀신도 바로 앞에 있는 사람밖에 못 봐. 다가가지 않으면 들러붙는 일 없어."

그 말에 용기를 내서 장비를 들고 한 발짝 다가갔다. 다시 한 발짝, 또 한 발짝—더 다가가기 싫다는 생각이 들 무렵 마침내 모니터에 작은 신호가 흘러가는 것이 보였다.

"어? 성공인가? 잠깐만, 더 가 볼게."

한 발짝을 더 나아가니 신호도 더욱 커졌다. 거리에 따라 세기가 증가하는 양상도 명백했고, 그 양상을 함수로 나타내 볼 수도 있을 것 같았다. 강한 핵력이 펨토미터 단위의 아주 가까운 거리에서는

전자기력보다 137배나 강하지만 조금만 거리가 벌어져도 무시할 만한 수준이 되듯이, 영혼이 가진 힘도 아무리 강력하다 한들 수 미터 밖에서는 전혀 느낄 수 없을 정도로 줄어드는 것일까? 머릿속에서는 이미 그래프가 그려지고 있었다. 데이터를 조금만 더 얻으면……

"조심해!"

그 외침을 들었을 때는 이미 늦은 뒤였다. 머릿속이 순간 멍해졌고, 몸이 마음대로 움직여 주지 않았다. 의식을 잃기 전 내가 마지막으로 한 일은 장비를 안전히 땅바닥에 내려놓는 것이었다.

눈을 떴을 때 나는 땅바닥에 털썩 주저앉아 있었다. 팔다리가 마구 저려왔고, 손전등 빛은 따갑게 얼굴을 비췄다. 그 사이로 연주의 차가운 눈동자가 반짝였다. 아직도 상황을 파악하지 못한 내게 조용한 목소리가 화살처럼 날아왔다.

"다가가면 안 된다니까."

부축을 받아 간신히 몸을 일으키는 동안, 연주는 내 무모한 행동을 몇 번이고 질책했다. 도대체 어디에 정신이 팔렸기에 악령을 향해 성큼성큼 나아갔느냐는 것이었다. 허공으로 몇 발짝 떼었을 뿐인 나로서는 그런 질책이 다소 억울했지만, 아마 연주에게는 불길로 걸어 들어가는 사람만큼이나 멍청하게 보였겠지.

"붙잡힐 뻔했잖아. 내가 달래서 보내드렸어."

"너 그런 것도 할 줄 알아?"

"할머니한테 배웠지."

무슨 된장찌개 끓이는 법이라도 배웠다는 말투였다. 이어지는 설명을 들어보니, 귀신을 떠나보내는 것은 영적인 능력이라기보단 정말로 기술이나 노하우에 가까운 모양이었다. 본래 이승에 남아 있어서는 안 되는 존재가 억지로 매달려 있는 것이라, 한순간이라도 원한을 누그러뜨리는 데에만 성공하면 바로 저세상으로 사라지고 만다는 것이다.

"저승사자가 붙잡고서 계속 끌어당기고 있거나, 뭐 그런 거야?"

간신히 몸을 추스르고 장비를 집어 들면서 그렇게 물었다. 멀리까지 나와서 겨우 발견한 샘플은 사라졌지만 데이터는 얻었으니, 유령이 떠나간 곳에서 같은 방법으로 측정한다면 배경 잡음도 얻어낼 수 있을 테니까—따위의 흐리멍덩한 생각을 하면서. 그런데 대답하는 연주의 목소리에는 희미하게 불안한 기색이 섞여 있었다.

"아니. 빨리 달리는 버스에 매달려 있는 것처럼, 놓치면 떨어져 버릴 것 같대."

"귀신이 설명해 준 거야? 친절한 귀신도 있는 모양이다, 야."

"할머니가 말해준 거야."

연주가 꺼낸 비유가 관성이며 가속도 따위를 설명할 때 흔히 드는 예시와 비슷하다는 사실에 정신이 팔려, 이어진 말이 의미하는 바를 나는 다소 뒤늦게 깨달았다. 아무래도 무거운 화제에 발을 들인 모양이었다. 어떻게 이 상황을 타개할까 급히 눈치를 살피고 있었는데, 연주가 의외로 덤덤하게 제안을 해왔다.

"궁금하면 더 말해줄게."

이럴 때만큼은 억누를 수 없는 것이 호기심이라는 녀석이었다.

"할머니는 마지막에 많이 무서워했어."

돌아가는 차 안에서 연주는 그렇게 운을 뗐다.

"지금까지 귀신들을 속여 왔다는 거야. 좋은 데로 가실 거라고 달래서 보내드렸는데, 사실은 본인도 귀신이 어디로 가는지는 전혀 모른다면서. 막연히 저승이란 게 있겠거니 생각은 하고 계셨지만 막상 돌아가실 때가 되니까 걱정이 된 거지."

아마 연주의 할머니에게 영혼이며 귀신은 불확실한 믿음의 대상이 아니라, 눈에 보이고 대화도 할 수 있는 당연한 존재였을 것이다. 하지만 사후세계는 달랐으리라. 그거야말로 순전한 믿음의 영역이니, 못 믿는 사람은 어떻게 해도 못 믿는 것이다.

"그래서…… 할머니는 나한테 달라붙으려고 했어. 자기가 귀신이 돼버린 거야. 그땐 어떻게 되는 줄 알았다니까."

"잘 해결됐어? 내 말은, 할머님께서 아직 계신 건 아니지?"

"당연히 아니지. 내가 직접 보내드렸으니까. 꼬박 사흘 걸렸어."

연주는 대수롭지 않다는 듯 말했지만, 가볍게 떠는 몸이 백미러를 통해 똑똑히 보였다. 그 모습에서 느껴진 것은 할머니를 자기 손으로 보내드려야 했다는 슬픔이 아니었다. 떨쳐낼 수 없는 두려움이었다. 평생 귀신을 달래 왔지만 결국 죽은 뒤가 두려워서 귀신이 되어버린 할머니의 모습을 직접 보았을 테니까……. 연주가 왜 연구소 일에 적극적으로 도움을 주고 있는지도 이젠 알 것 같았다. '다들 어디 있는지 궁금하다'는 말은 얄팍하게 감싼 진심이었다.

"할머님께서 어디로 가셨는지, 그걸 알고 싶구나."

연주는 대답 없이 고개만 끄덕였다. 사후세계의 존재가 증명되기 전에는 절대 풀리지 않을 의문이었지만, 다행스럽게도 위안을 줄 방법 정도는 마침 손에 넣은 참이었다. 연주 덕분이었다.

"그, 오늘 실험은 그래도 성공했잖아? 이게 아주 큰 진전이야. 장비 민감도 높이고, 나는 또 내 나름대로 계산 돌리고, 그러다 보면 영혼이 어디로 가는지 알아내는 것도 먼 미래 일은 아니라고 보거든. 원래 물리학은 관측 장비 나오면 다 나온 거야. 왜, 중력파 얘기 들어봤지? 관측해낸 게 전부인데 세기의 대발견이라고 그 난리였잖아."

사람을 위로하겠다고 중력파 얘기를 꺼낸 것이 과연 좋은 선택이었을지 고민했는데, 아무래도 먹힌 모양이었다. 연구소로 돌아오는 동안 나와 연주는 더 이상 별다른 이야기를 나누지 않았지만, 적어도 연주는 기대를 품은 채였고 나는 확신에 차 있었다. 돌아가자마자 세워 볼 모델이 적어도 세 개는 떠올랐으니까. 이대로 가면 정말로 사후세계의 존재를 증명할 수 있을 것도 같았으니까.

측정 장비의 감도를 개선하는 작업은 어떻게든 순조롭게 진행되었다. 이론물리학자인 내가 그 틈에서 할 일은 별로 없었다. 개선된 장비들이 3층이며 4층 연구팀과의 공동연구를 위해 이리저리 불려 다니는 동안에도 마찬가지였다. 하지만 여러 연구에서 얻어진 데이터는 매일같이 문 앞에 쌓였고, 그걸 바탕으로 모델을 완성하는 일만큼은 이 연구소에서 오직 나밖에 할 수 없는 작업이었다. 가끔씩 동료가 찾아와서 잘 되고 있는지 물으면 나는 항상 이렇게 답했다.

"괜찮아요. 데이터만 더 보내주세요."

하지만 사실 데이터는 충분했다. 각종 변수에 따라 영혼의 힘을 측정한 결과는 매끄러운 그래프가 되어 나타났고, 이를 하나의 방정식으로 표현하는 일 역시 진작 끝나 있었다. 문제는 그 다음이었다. 얻어진 결과를 기존에 알고 있던 물리학적 틀에 적용하려고 하니, 깔끔하게 딱 떨어지지 않는 부분이 매번 튀어나왔던 것이다. 꼬박 한 달을 그렇게 머리만 싸매고 있었는데, 의외의 손님이 사무실로 찾아왔다. 연주였다.

"진전이 있어?"

어디서부터 말해야 하지? 내가 요술처럼 사후세계의 존재를 입증해 낼 것이라는 기대를 품은 애한테, 복잡한 방정식 속 사라지지 않는 항의 존재에 대해 하소연하는 것은 의미가 없는 짓이었다. 결국 나는 우물쭈물 고개를 젓는 것밖에 할 수가 없었다. 연주가 다시 입을 열었다.

"학교에서 물리 배우는데, 너무 어렵더라."

"그치. 어렵지. 내가 왜 이 길을 골랐는가 모르겠다."

"천재라서 그런 거 아니야? 물리학자들 다 천재 같던데."

그러고서 연주는 이런저런 천재 물리학자들에 대해서 읊기 시작했다. 아무래도 최근에 과학 선생이 조는 애들을 깨우고자 '재미있는 과학자 이야기'라도 해준 모양이었다. 아인슈타인이나 파인만, 아니면 뉴턴의 일화 따위를.

"정말 뉴턴이 연금술 연구했어?"

"나는 물리학자인데 유령 연구하잖아. 뭐라고 말할 처지냐."

"그러면 뉴턴하고 비슷한 거네. 뉴턴처럼 머리에 사과라도 맞아보면 뭐 떠오르지 않을까?"

첫째로 뉴턴은 머리에 사과를 맞은 것이 아니라 떨어지는 모습을 보았을 뿐이며, 둘째로 그 장면을 보자마자 만유인력의 법칙을 깨달은 것도 아니다. 훨씬 이전부터 품고 있던 고민의 해답이 스쳐 지나갔을 뿐이지. 셋째로 지금 내 방정식에서 문제가 되는 항이 바로……

"잠깐, 잠깐만, 중력이야. 중력 항이 언제나 문제였어."

"어, 뭐 떠올랐어?"

"아직은 몰라. 아직은 모르는데, 일단 좀 나가 볼래? 정말로 해결된 거면 내가 꼭 말해줄게. 연필, 연필 어디다 뒀지?"

연주가 조심스럽게 방을 나서는 동안, 나는 급히 종이를 붙잡고서 아이디어를 휘갈기기 시작했다. 방정식을 풀어서 다시 정리하고, 과격한 가정을 대입하고, 그 결과들을 한데 모아 맞추고, 계산이 정확했는지 다시 한 번 확인해 보았다. 그 다음에는 지금까지의 실험결과가 새로운 모델과 일치하는지를 검사할 차례였다. 지루한 과정이 몇 번이고 반복되며 지나갔다. 그 끝에 남은 결론은 명확하기 그지없었다.

영혼은 중력의 영향을 받지 않는다.

믿기 힘든 결과였다. 하지만 수십 수백 번의 검증을 거쳐 도달한 움직일 수 없는 증명이었으며, 수학적으로 너무나 아름다운 해답이기도 했다. 물론 지금까지 배워 온 물리학 이론들은 머릿속에서 끊임없이 태클을 걸어왔다. 빛이나 중성미자조차도 중력의 영향을 받는데, 범우주적인 현상인데, 아이작 뉴턴이 발견해낸 그 위대한 힘조차 영혼에는 어떠한 영향도 끼칠 수 없다고? 그게 말이나 되나? 내면의 아우성에 반박하듯이 나는 속으로 중얼거렸다.

'아무리 터무니없어 보여도, 증명되었다면 곧 사실이지. 받아들여야 해.'

이것만으로는 부족했다. 스스로를 납득시키기 위해서 나는 다른 논리도 고안해냈다.

'중력이라는 것도 터무니없는 개념이긴 매한가지잖아. 보이지 않는 힘이 우리를 지구에 붙잡아두고, 또 천체를 궤도에 따라 운행시킨다고? 유령이나 이거나 뭐가 달라?'

그랬더니 반박은 곧 멈추었다. 하지만 머릿속의 논쟁에서 승리를 거두었기 때문은 아니었다. 납득을 위해 세운 논리로부터 새로운 발상, 지극히 불길한 발상 하나가 떠올라 모든 아우성을 침묵시켰기 때문이었다. 갑작스러운 그 불길함에 사로잡힌 채 나는 즉시 인터넷을 켜 몇 가지 수치를 확인해 보았다. 천문학적인 거리들, 가공할 속도들······.

발견의 환희가 사라지자 공포가 그 자리를 채웠다.

맙소사.

내가 도대체 뭘 증명해낸 거지?

마지막 검증 과정을 마친 뒤, 나는 먼저 소장에게 찾아갔다. 임 소장은 내가 노크도 없이 방에 들어오는 모습을 보고서도 전혀 놀라는 기색이 없었다. 오히려 기다리고 있었다는 듯 희미하게 미소를 짓기까지 했다. 한참 방에 틀어박혀 있던 이론물리학자가 이렇게 직접 등장했으니, 천재적인 이론이라도 들고 왔으리라고 기대하는 걸까?

"용건이 뭐죠?"

"다, 다 알아냈습니다."

밤새 쓴 보고서를 책상에 던지다시피 내려놓으며 나는 더듬더듬 말했다. 소장은 그걸 집어서 몇 장을 휙휙 넘기더니, 어깨를 으쓱하며 다시 물었다.

"무엇을 알아냈다는 것인지 명확히 말해 주시기 바랍니다."

"전부 다요. 전부 다! 이 연구소에서 원하는 것 전부!"

"하지만 이 보고서에는…… 영혼은 중력의 영향을 받지 않는다, 그런 내용뿐입니다만. 영혼의 영향을 수학적으로 모델링하는 데에 굉장히 중요한 연구라는 것은 알겠습니다. 하지만 우리 연구소에는 그 이상의 궁극적인 목표가 있습니다."

"사후세계요? 이미 다 증명되지 않았습니까?"

그렇게 비아냥거리자 소장도 마침내 좀 놀란 모양이었다. 아니면 내가 정신이 나갔다고 생각하게 되었거나. 하지만 나는 제정신이었고, 이미 증명된 과학적 사실로부터 논리적으로 결론을 도출할 줄도 알았다. 필요한 것은 '그래도 지구는 돈다'는 상식, 그리고 몇 가지 수치뿐이었다.

"영혼은 분명히 존재하는데, 그럼 죽은 뒤에 영혼들은 다 어디로 가는가, 그게 궁금한 거죠? 간단합니다. 우리는 중력 때문에 이 지구에 발을 붙이고 살지요. 하지만 영혼에는 중력이 작용하지 않습니다. 그러면 어떻게 되겠습니까? 지구는 우리를 놓고 가 버리는 겁니다."

"잠깐만요, 지금 하려는 말이……"

"지구가 얼마나 빨리 움직이는지 아십니까? 초속 30킬로미터의 속도로 태양 둘레를 공전하죠. 그런데 이게 끝이 아닙니다. 태양계가 우리 은하 중심 방향으로 움직이는 속도가 초속 220킬로미터, 그리고 우리 은하가 우주 배경복사를 기준으로 또 초속 600킬로미터! 그게 우리가 죽은 지 1초 만에, 죽었다는 사실을 깨닫기도 전에 일어나는 일입니다."

그때서야 소장도 내 말의 의미를 온전히 이해한 듯 보였다. 사후 세계란 존재하는가? 영혼이 향하는 곳은 어디인가? 이 모든 궁극적인 의문의 해답이 마침내 만천하에 드러난 것이다. 그 누구도 바라지 않을, 가장 비참하고도 허망한 형태로. 이런 사실을 알아내려고 지금껏 연구를 해왔다니, 이만 걸 위해서 부자들이 그렇게 돈을 퍼부었다니! 그렇잖아도 창백한 소장의 얼굴이 더욱 하얗게 질려가고 있었다.

"이게 무슨…… 이럴 리 없습니다. 그 다음에는 어떻게 됩니까? 지구에서 떨어진 뒤엔?"

"어떻게 되겠습니까? 보고서 38페이지에 보시면, 영혼의 힘이 거리에 비례해서 어떻게 감소하는지 그래프로 그려둔 것이 있습니다. 연주가 말한 것과 똑같더군요. 영혼은 고작 삼 미터 앞에조차 힘을 전혀 행사할 수가 없습니다."

고향은 일 초에 수백 킬로미터의 속도로 멀어지고 있는데, 한 번

떨어진 영혼은 지구를 쫓아가기는커녕 팔을 뻗어 붙잡는 것조차 불가능하다. 그러니 그 다음에 일어나는 일이라고 해 봐야 명백하지 않은가. 우주는 텅 빈 공간이고, 육체를 잃은 영혼이 할 수 있는 일은 아무것도 없다.

"저는 이만 돌아가 보겠습니다. 보고서에 대해서는 언제든지 질문을 하셔도 좋고, 다른 이론물리학자를 불러 제 계산의 검증을 맡기는 것도 좋다고 봅니다. 하지만 제 생각으로는, 더 이상의 연구에 의미가 있나, 싶기도 합니다."

그 말을 마치고서 나는 비틀비틀 방을 빠져나왔다. 한 걸음 한 걸음이 마치 별과 별 사이의 거리처럼 까마득하게만 느껴졌다. 하지만 그런 느낌조차 우주의 공허에 비하면 아무것도 아니리라는 사실 또한 나는 뼈저리게 알고 있었다.

내 연구결과는 얼마 지나지 않아 연구소 전체에 알려졌다. 임 소장이 사임하면서 그 이유를 소상히 적어놓고 떠났다는 모양이다. 덕분에 연구소가 곧 폐쇄될 것이라는 말도 공공연히 돌았다. 이 모든 사태의 원인이나 다름없었음에도 내게 원망을 내보이는 사람은 놀랍게도 없었다. 과학자들은 연구결과에 화를 내 봐야 무의미하다는 사실을 알았고, 그래서 분노하는 대신 침착한 무기력에 빠져들었다. 결국 내게 어떠한 종류의 감정이라도 내비친 사람은 하나뿐이었다.

"사람들 말이 진짜야?"

다시 방을 찾아온 연주는 반쯤 울먹이고 있었다.

"우리가 죽으면 그냥…… 우주에 버려진다는 게? 정말 그게 다야?"

아니라고 말해줄 수도 있었는데, 무슨 방법을 찾아보겠다고 해도 됐는데, 도무지 거짓말이 나오지 않았다. 소용이 없으니까. 물리법칙이 그렇게 되어 있다면 따르는 수밖에 없으니까. 귀신이 달라붙었다면 떠나보내면 그만이고, 기계의 민감도가 문제라면 개선하려고 노력할 수 있다. 하지만 증명된 사실과 싸우는 일은 무의미하다. 반증할 수 없다면 받아들여야 하는 것이다―그 말을 해줄 수도 없었기에, 나는 그저 묵묵히 고개를 끄덕였다.

연주는 울거나 소리를 지르지는 않았다. 대신 의자에 털썩 주저앉아, 멍한 눈으로 바닥을 쳐다 볼 뿐이었다. 아마도 드넓은 우주, 그 속을 가로지르는 지구, 궤도에 남겨진 무수히 많은 영혼, 그런 바꿀 수 없이 절망적인 사실들을 생각하고 있겠지. 이윽고 한숨처럼 텅 빈 목소리가 그 입술 사이로 흘러나왔다.

"내가 직접 보내드렸어."

그것 또한 물리법칙만큼이나 바꿀 수 없는 사실이었다.

"정말 많이 무서워하셨는데."

이화령

왼손

바닷가 태생. 컴퓨터와 대화하는 것을 업으로 삼고 있는 사람.
공포와 판타지 색채가 강한 작품들을 집필중.

왼손 작가의 브릿G 게재작 목록(브릿G 필명은 montesur)

『이계리 판타지아』(장편소설)

『초월』

『과외활동』

『불청객』

『오우거(OGRE)』

『개와 고양이와 소녀와..』

『장강객잔』

『괴담』

『이화령』

『신입사원』

『동호회』

1미터. 자전거가 도로에서 차지하는 폭은 단 1미터뿐이다.

지금 내 옆을 나란히 달리며 연달아 경적을 울려대는 무쏘 승용차가 나를 앞질러 가는 데 필요한 공간은 단 2미터면 충분하단 이야기다. 운전자가 운전대를 잡은 손을 살짝만 틀고 발목에 아주 미약한 힘만 더해 주면 수초 이내에 나는 무쏘 승용차 뒤에 아른거리는 점으로 사라질 일이다. 밤 10시가 넘은 3번 국도에는 오가는 차량도 없어 추월을 위해 필요한 공간도 널찍했다.

무쏘 운전자의 생각은 나와 좀 달랐던 모양이다. 수안보에서 연풍면 방향으로 3번 국도를 따라 5킬로미터쯤 달려왔을 때 따라붙어 벌써 2킬로미터가 넘는 구간을 동행중이다. 이제는 조수석 창문을 내리고 욕설까지 퍼붓는다.

"야. 쫄쫄이 입은 변태 새끼야. 자전거로 왜 도로 틀어막고 지랄이야!"

얼핏 바람결에 술 냄새가 풍겨 오는 것도 같다.

"우리나라는 너 같은 새끼들 때문에 안 되는 거야. 알아?"

국가의 기강을 바로잡기 위해 애써 수고하시겠다는데 더는 어울려줄 수가 없을 것 같다.

애당초 2톤이 넘어가는 쇳더미 안에서 시원한 에어컨 바람을 쐬며 발목만 까딱거려도 사람 한둘 치어 죽이는 건 일도 아닌 운전자에게 심장 박동과 허벅지 근육을 엔진 삼아 고되게 달리는 자전거가 대적할 길은 없지 않은가? 나는 자전거를 세우고 페달에 고정된 발을 풀었다. 무쏘 운전자도 옆에 나란히 차를 세우더니 열린 조수석 창으로 나를 쳐다본다.

자전거용 저지 뒷주머니에서 핸드폰을 꺼내 들어 운전자의 얼굴을 촬영하는 시늉을 하고 다이얼을 누르는 척하자 무쏘 운전자는 욕설과 함께 떠나갔다.

"개새끼 내가 이화령 터널에서 너 마주치면 갓길로 밀어서 죽여버릴 거야!"

컴퓨터가 장착된 자전거 속도계에 표시되고 있는 내 심박 수는 어느덧 분당 170회를 넘어서고 있었다. 아직 250킬로미터는 더 달려가야 부산에 도착할 수 있다. 심박 수가 높아지면 근육에 쌓이는 피로도가 증가한다. 진정하고 심박 수를 낮추어야 한다.

몇 모금의 물과 토사물 맛이 나는 전해질 용액을 뜯어 마시자 심박 수는 다시 분당 100회 정도로 안정되었다. 무쏘 운전자가 사라진 도로는 적막감이 감돌았다. 도로 위의 불빛이라고는 내 자전거 전조등과 후미등의 광원뿐이었다.

'차라리 쌍욕 들으며 나란히 달리는 게 나을 뻔했나?'

충동적으로 무박 국토 종주를 나선 건 좋았지만 출발한 시간대가 너무 애매했다. 그래도 이 정도의 페이스를 꾸준히 유지한다면 내일 저녁에는 부산에 도착할 수 있다는 게 다행이었다. 곱창을 안주 삼아 소주 한 병 비우고 고속버스 타면 모레 새벽에는 다시 집에 들어와 월요일 출근하는 데에도 무리가 없을 것이다. 일단은 10킬로미터쯤 떨어진 연풍면에서 물통의 물도 다시 채우고 가볍게 요기를 하기로 마음먹었다. 새벽이 되면 도로의 차량도 더 줄 것이고 기온도 많이 내려갈 것이다. 다시 해가 뜨기 전의 마지막 불빛과 온기를 즐길 필요가 있었다.

연풍면의 편의점에서 라면과 간단한 주전부리들과 물을 사고 핸드폰을 들여다보니 배터리가 바닥 나 있었다.

'완전히 충전된 상태에서 10시간 정도 지났다지만 통화를 하거나 인터넷을 하지도 않았는데 왜 이렇지?'

범인은 자전거 속도계였다. 최신의 자전거 속도계답게 GPS와 컴퓨터가 내장된 모델이었는데 휴대폰의 블루투스와 연동되어 실시간으로 내 위치를 인터넷상의 불특정 다수에게 공지하느라 배터리를 몽땅 써버렸다.

'동네방네 국토 종주하고 있다고 소문내고 다닌 셈이군……'

이래서 사람은 매뉴얼을 꼼꼼히 읽어 보아야 한다.

"핸드폰 충전 좀 하고 싶은데요. 고속 충전기 없나요?"

"저희 가게는 그런 거 없는데요……. 제 것 충전기로 잠깐 충전 도 와드릴까요?"

아르바이트생의 친절은 고마웠지만, 라면 먹느라 15분을 넘게 소 비했는데 또 핸드폰 충전을 위해 수십 분을 까먹기는 싫었다. 달아 오른 몸의 근육이 식어 버리는 것도 곤란했고 하루 정도라면 날 찾 을 사람도 딱히 없을 거 같았다.

"아 괜찮습니다. 가다 날 밝으면 다음 편의점 한번 들러볼게요."

아르바이트생에게 인사를 건네고 3번 국도를 타고 문경 방면으로 다시 나아가는데 무쏘 운전자의 저열한 협박이 떠올랐다.

"이화령 터널에서…… 마주치면……"

11시가 넘어가는 시간에 이런 지방 국도의 터널 안은 대단한 적의 를 품은 운전자가 아니더라도 위험 요소가 많기는 했다. 인적도 없 는 도로에서 규정 속도를 지키는 운전자가 몇이나 되겠으며 갑자기 속도가 빨라지는 터널 안에서 자전거는 금방 눈에 띄는 존재가 아니 기도 했다. 생각해 보면 문경을 가기 위해서 꼭 3번 국도를 고집해 야 할 이유도 없었다.

유유자적한 자전거 여행을 즐기는 이들은 이화령 옛길 구간을 더 선호한다. 문제는 이화령 옛길을 통해 문경으로 가려면 약 5킬로미 터 구간의 오르막길을 지나가야 한다는 것이었다. 평균 경사도 6퍼 센트 정도로 그리 가파르다고 할 수는 없는 오르막이었지만 그 길이 때문에 국토 종주를 즐기는 자전거 초심자들에게는 거대한 관문처럼 여겨지는 구간이기도 했다.

'……그리고 나는 인터넷 구간 기록상으로 대한민국에서 이화령 옛길 오르막 구간을 가장 빨리 올라간 사람이기도 하지.'

대단한 자랑거리는 아니겠지만, 대다수의 자전거 여행객들이 40분에서 길게는 2시간은 소모해야 통과할 수 있는 구간을 13분 만에 올라갈 수 있다는 건 꽤 대단한 업적 아닌가?

물론 최고 기록을 세웠을 때보다 3살이나 더 먹고 몸무게는 5킬로그램이나 늘긴 했지만, 지금은 기록을 갱신하기 위해 올라가는 게 아니다.

'절반 정도, 아니 삼 분의 일 정도 페이스로 천천히 올라가도 40분이면 정상 도착할 거야.'

생각하면 할수록 터널에서 차들의 매연과 위협에 고생하느니 일, 이십 분 더 소비하고 체력은 더 소진할지 몰라도 안전하고 운치 있는 길 쪽이 더 나은 선택인 것처럼 보였다. 무엇보다 5킬로미터의 오르막을 오르고 나면 다시 5킬로미터 정도의 내리막을 즐길 수도 있다는 게 매력적이었다. 잃는 게 있으면 얻는 것도 있는 법이다.

나는 자전거를 돌려 이화령 옛길로 나아갔다.

옛길의 시작은 그리 높지 않은 경사도에 굽이굽이 산을 끼고 돌아 펼쳐진 2차선 도로였다. 낮이었다면 드문드문 등산객들이나 자전거 여행객들을 만날 수도 있었겠지만, 자정에 가까워진 시간에 이 길을 지나가는 건 나처럼 정신 나간 놈 정도일 것이다. 구름에 달이 가려져 어둠에 잠긴 도로는 자전거 전조등이 닿는 부분만 훤히 드러나

보였다.

시간이 안 좋기는 했다. 날 위협할 차량도, 내 앞길을 가로막을 자전거도 없었지만, 문제는 소리였다. 오직 들려오는 소리라고는 체인이 기어에 부드럽게 맞닿아 돌아가는 자르륵 소리, 타이어의 고무와 도로가 마찰하며 내는 소리, 내 입에서 나오는 규칙적인 날숨의 소리뿐이다. 그 사이로 가끔 도로 옆 풀숲의 부스럭거리는 소리가 들려오면 심장박동이 순간적으로 1~20회가 넘게 치솟아 오르곤 했다. 어쩌면 들짐승이 은밀히 움직이며 내는 소리일 테고, 어쩌면 바람에 나뭇가지가 나부끼며 내는 소리일 거다.

그리고 등 뒤에선 콧노래 소리가 들려왔다.

'콧노래?'

글쎄……. 환청이라기에는 너무 뚜렷하다. 소리는 점점 더 커져 왔다. 다가오는 소리였다. 곧 뒤편에서 자전거의 전조등 불빛이 나타났다. 조금은 마음이 놓였다.

'쓸데없는 생각을…….'

이 시간에 이화령을 넘어가는 사람이 또 있다는 게 의아하긴 했지만 그건 상대방에게도 마찬가지일 거다.

속도계를 보니 시속 22킬로미터가 넘어가는 속도였다. 심박 수는 분당 140회 정도로 적당한 운동 강도였지만 콧노래를 부를 여유 따위는 내게 없었다. 평범한 사람이라면 이 정도 경사에서 시속 20킬로미터를 넘는 속도를 내는 건 꿈도 꾸기 힘든 일이다. 뒤편 자전거 운전자가 지금의 내 페이스를 한참 능가하고 있다는 건 분명해 보였다. 아마 곧 나를 스쳐 지나갈 것이다.

잠깐의 마주침일 테지만 이 산길에 또 다른 누군가가 있다는 것만으로도 마음이 한결 편안해졌다. 이제 뒤편의 자전거 운전자는 얼굴이 보일 정도로 바짝 따라붙었다. 남자와 눈이 마주치자 난 묵례를 하였고 남자는 가볍게 손을 들어 보였다. 남자가 나를 앞질러 가기 좋게 도롯가로 자전거를 붙이며 속도를 조금 더 떨어뜨렸다. 남자는 여전히 내 뒤에 바짝 따라 붙어 있다. 조금 더 속도를 떨어뜨려 보았다. 여전히 일정한 간격을 유지하며 콧노래를 부르고 있었다.

'2미터…… 피 빨겠다는 소리군.'

앞선 자전거와 2미터 이내의 간격을 유지하면 뒤따라가는 자전거는 공기 저항으로부터 자유로워져 한결 적은 에너지 소모로도 항속을 유지할 수가 있다. 내 뒤에 따라붙어 손쉽게 이화령을 올라가겠다는 남자의 의도가 명확해 보였다. 알지도 못하고 나보다 페이스도 좋은 사람에게 피를 빨리기는 싫었다. 손을 들어 나를 앞질러 가라는 신호를 보내봤다.

남자는 여전히 나를 무시하며 콧노래를 부르고 있었다. 부아가 치밀며 심박 수가 분당 160회까지 치솟아 올랐다. 나는 자전거를 급정지한 후 페달에서 발을 풀고 도로에 내려섰다. 남자도 같이 멈추더니 나를 뚫어지게 바라봤다.

"뭡니까? 먼저 지나가세요?"

"같이 가요. 한밤에 이런 길 혼자 가면 무섭거나 심심하잖아요?"

"난 누가 내 뒤에서 피 빼는 거 안 좋아합니다. 보아하니 잘 타시는 분 같은데 먼저 치고 나가세요."

자전거의 전조등에 얼핏얼핏 비춰 보이는 남자는 190이 훌쩍 넘어 보이는 키에 몸에 딱 달라붙는 타이츠를 입었음에도 군살 하나 드러나지 않는 근육질의 몸매였다. 나는 남자의 얼굴에 맴도는 웃음기가 보기가 싫었다.

"……건데."

남자가 고개를 떨구고 웅얼거리듯 내뱉었다.

"뭐라고요?"

"그쪽 쫓아가서 죽이려고 그러는 건데 내가 먼저 가면 어떡합니까?"

남자의 투정부리듯 친근한 말투에 온몸이 털이 곤두서는 듯했다.

"뭐래……. 미친놈이?"

남자가 저지 뒷주머니에서 무언가를 꺼내 들고는 전조등 불빛에 비쳐 보였다. 전조등 불빛을 반사하는 칼날의 빛이 섬뜩했다.

"예쁘죠? 다마스커스 칼이에요. 이걸로 목이나 옆구리 찌르고 아저씨 자전거에서 쓸 만한 부품 뗀 다음에 아저씨랑 자전거 풀숲에 던져 넣을 거예요."

남자의 얼굴에는 여전히 웃음기가 가시지 않는다.

나는 자전거에 올라타 올라왔던 방향의 반대로 페달을 밟아 나갔다. 남자의 말이 거짓말인지 아닌지는 몰라도 이런 으슥한 장소에서 저런 덩치의 협박을 듣는다면 일단 도망을 치고 보는 게 현명한 방법 아닌가?

지금쯤이면 연풍면은 어둠에 잠겨 인적 하나 없을 테지만 파출소는 열려 있을 것이다. 전속력으로 2킬로미터만 도망쳐 경찰에 신고하고, 날이 밝으면 버스 타고 서울로 돌아가면 그만이다.

속도계를 보니 시속 56킬로미터가 넘어가고 있었다. 이 속도를 유지하면 앞으로 2분이면 연풍면에 도착할 수 있는 속도였다. 순간 묵직한 물건이 공기를 가르는 소리가 나더니 왼쪽 어깻죽지에 망치로 얻어맞은 듯한 통증이 몰려왔다. 나는 균형을 잃고 달려가는 속도 그대로 도로에 미끄러졌다. 미처 페달에서 발을 분리하지 못해 자전거에 고정된 채로 미끄러졌다는 게 다행이었다.

도로에 머리를 기대고 멍한 채로 누워 있는데 전조등의 불빛이 눈을 태울 듯 쏟아져 내렸다.

"말도 안 끝났는데 왜 도망가? 그리고 그쪽 방향 아니야. 이화령 같이 넘어가자니깐?"

페달에 고정된 발이 여전히 떨어지지 않아 몸을 일으킬 수가 없었다. 남자가 그 모습을 보더니 내게로 다가왔다.

"아저씨 클릿 못 빼서 그러는구나. 내가 도와줄게요."

또각거리는 남자의 신발 소리가 다가오더니 남자가 나를 일으켜 세워준다. 신발을 페달에서 분리하고 자전거에서 내려 땅을 디디고 서니 그제야 갈려나간 왼편 어깨에 불타는 듯한 통증이 밀려왔다.

"와~ 더럽게 아프겠네. 어깨가 아주 씹창이 나버렸네요?"

남자가 내 눈앞에 뭔가를 들이민다. 500원짜리 동전만 한 지름의 쇠 구슬과 커다란 콘돔처럼 생긴 물건이었다.

"포켓샷이란 거예요. 이렇게 고무 안에 쇠 구슬 넣고 당겼다 놓으면…… 슉~. 자전거 타고 쫓아가면서 두 손 놓고 쏘려면 연습은 좀 필요하지만, 아저씨같이 말도 없이 도망치는 사람들 잡기엔 최고지."

'사람들?'

남자의 말에 숨어 있는 의미가 한순간 와 닿았다. 내 경악하는 표정을 보고 남자가 크게 웃었다.

"뭘 놀라고 그래요. 저기 내 자전거 보이지?"

남자의 손가락질을 따라 고개를 돌려 남자의 자전거를 보았다. 분홍 안장 뒤에 분홍색 인형이 매달려 있었다.

"얼마 전 죽인 년 자전거에서 떼어온 거예요. 예쁘죠? 씨팔년이 어찌나 반항하는지 저지도 하나 버리긴 했는데……."

"나한테…… 사람들한테 왜 이러는 거요?"

남자가 순간 멍한 표정을 짓더니 자신의 자전거로 걸어가 올라타고 다시 내 곁으로 다가왔다.

"아저씨가 스트라바 이화령 구간 1위하는 '이천 로드 별따기'죠? 이화령 5킬로미터 구간 13분 3초에 완주하는."

내 아이디를 어떻게 알았을까?

"난 스트라바 이화령 구간 5위 '이화령의 별'입니다. 만나서 반가워요."

남자가 과장스럽게 경례를 해 보였다.

"씨팔. 그래도 내가 아이디도 그렇고 나름 이 동네 터줏대감인데 나보다 기록 좋은 놈들이 그렇게 많아서야 가오가 안 서잖아? 그래서 나보다 기록 좋은 놈들 지나갈 때마다 한 놈씩 잡아 죽였죠. 죽인 놈 자전거에서 부품 떼서 자전거 업그레이드도 하고 좀 꾸미기도 하고. 앞에서 페이스 메이킹하게 하면서 연습도 좀 하고. 사람이 죽을 때 되면 누구든 죽을둥살둥 하잖아요?"

남자는 자신의 마지막 말이 대단한 농담이나 되는 양 또다시 웃음을 터트렸다. 순간 핸드폰 배터리 방전의 주범인 자전거 속도계가 떠올랐다. 동네방네에 내가 곧 이화령 구간으로 접어든다고 광고를 해대었을……

어쩌면 경찰에 이 상황을 알릴 마지막 보루가 되어주었을 수도 있었을 핸드폰 배터리를 이 미친놈에게 자기 먹잇감이 지나가고 있다고 알려주는데 써버렸다니.

"아 씨팔! 뭘 말도 안 되는 농담에 놀라고 그래요! 무슨 고삐리들 전교 1등 죽이는 괴담도 아니고! 그게 말이 되는 소리야?"

남자가 손가락을 튕기며 고함치듯 말했다.

"아저씨 아이디는 내가 팔로우 하고 있어서 여기 지나가는 거 보고 쫓아서 나온 건데 딴 놈들은 걍 밤마실 나왔다 혼자 여기 지나가는 놈들 보이면 그때그때 죽인 거예요. 아무튼, 다시 올라타고 이화령 올라갑시다. 연풍면 쪽으로 내려가면 그땐 진짜 내 손에 죽어요. 뭐 이화령 넘어 내리막길 구간에서 나한테 따라잡히면 그때도 죽겠지만 그래도 몇 십 분은 더 살아있는 게 좋잖아?"

남자가 나를 격려하듯이 손뼉을 쳤다. 나는 홀린 듯이 자전거에 올라타 다시 이화령을 올라가기 시작했다.

오르막 초입의 1킬로미터 정도 구간을 아까와 비슷한 속도를 유지하며 올라갔다. 이화령의 별은 내 왼쪽 옆에 바짝 따라붙어 콧노래를 부르고 있었다. 아까와 같은 속도였지만 심장박동은 분당 170번이 넘어서고 있었다. 피가 흐르고 있는 어깻죽지 때문일 수도 있고 죽음에 대한 두려움 때문일 수도 있을 것이다. 문제는 이런 심장박동을 계속 유지한다면 근육에 피로가 축적이 될 것이고 몇 시간 못 가 다리를 움직일 수 없게 된다.

'그전에 죽을 가능성이 더 크지만……'

어떻게든 도망갈 방법을 찾아야 했고 그전에 심장박동을 안정권으로 떨어뜨려야 했다. 나는 자전거의 뒤쪽 기어를 가볍게 바꿔 속도와 다리에 가해지는 부하를 줄였다.

"이 아저씨 수 쓰네? 왜 기어가고 그래?"

"숨이 차서 속도를 높일 수가 없어서 그래."

이화령의 별은 흐음 하는 콧소리를 내더니 나를 따라 기어를 낮추었다.

"아저씨 지금이라도 연풍면 쪽으로 튀려고 그러는 거 아니지? 아까 봐서 알겠지만 내 자전거 에어로 타입이야. 아저씨 거 같은 올라운드 타입이 아니라. 오르막에서는 아저씨 게 더 빠르겠지만, 내리막이나 평지에 가면 나한테 금방 따라 잡혀~."

굳이 이 미친놈의 친절한 설명이 아니더라도 내 상황은 잘 알고 있었다. 비단 자전거뿐만이 아니라 자전거의 기어 톱니 수도 내 것과 이화령의 별의 것의 차이는 컸다. 같은 페달 회전수라면 적어도 시속 10킬로미터 이상 미친놈의 자전거가 빠르다. 거기에 미친놈의 무게와 엄청난 근육을 고려해 보면 평지나 내리막의 가속에서 나 같이 작고 가벼운 체구를 따라잡는 건 일도 아닐 게 분명하다. 하지만 어떻게든 도망갈 수를 내기는 해야 했다.

순간 뒤에서 폭발하듯 터져 나오는 음악 소리에 놀라 나는 자전거에서 떨어질 뻔했다.

"아……. 깜짝이야. 뭐 이렇게 소리가 커. 이거 저번에 죽인 애 블루투스 스피커 뺏어온 건데 아직도 쓰는 법을 잘 모르겠어서……"

이화령의 별은 미안하다는 듯한 어투로 주섬거리며 음악의 볼륨을 줄였다.

"아저씨 빅뱅 노래 좋아해요? 너무 노땅이라 요새 노래는 잘 모르나?"

'미친놈…… 빅뱅이 언제 적 빅뱅인데. 촌구석에 처박혀서 사람이나 죽이는 촌놈이……'

순간 미친놈의 말에서 나는 이 상황을 벗어날 수 있는 작은 단서를 떠올렸다. 휴대폰의 배터리를 지속적으로 소비시킨 자전거 속도계에는 지나가는 지역의 구간 기록을 실시간으로 갱신하고 이전 기록과 비교해 경쟁할 수 있는 기능이 있었다.

나는 속도계에서 이화령 구간의 기록표를 로딩했다. 여전히 1등은 내 기록이 차지하고 있었다.

'13분 3초.'

그리고 5등은 미친놈의 말처럼 '이화령의 별'의 차지였다.

'13분 20초.'

만약 내가 예전의 내 기록을 다시 달성할 수 있다면 이화령 정상에서 미친놈은 나보다 최소 17초 뒤처지게 된다는 이야기다. 그리고 바로 쉬지 않고 내리막길을 달려 내려간다면 우리 둘의 거리는 더 벌어지게 된다.

물론 갈림길 없이 5킬로미터 넘게 이어지는 이화령 내리막 구간의 특성상 결국에는 이화령의 별이 나를 따라 잡을 것이고 내 목구멍에 칼을 쑤셔 넣든가 쇠 구슬로 내 머리를 부수든가 할 것이다. 그래도 17초의 차이……. 내리막길에서 몇 백 미터의 거리를 벌려주기에 충분한 17초라면……

나는 속도계를 경쟁 모드로 바꾸고 예전의 내 최고기록을 로딩한 후 지금의 위치에 동기화시켰다. 경주가 시작되었음을 알리는 '삑' 소리가 지긋지긋한 빅뱅 노랫소리를 뚫고 산길에 울려 퍼졌다. 나는 순간적으로 자전거의 기어를 3단 더 올리고 페달 회전수를 높여 치고 나갔다.

"어? 아저씨 이제 좀 해보려고? 땀 좀 뽑아보겠네?"

'미친놈…… 니가 언제까지 떠들 수 있는지 두고 보자.'

경사도는 6에서 8퍼센트 사이였다. 자전거의 속도는 시속 25킬로미터였다. 심장박동은 분당 180번 뛰고 있었다. 뒤를 돌아보았다. 이화령의 별은 여전히 2미터 이내의 간격을 유지하면 나를 뒤따라오고 있었다. 2미터. 이화령의 별이 내 수고의 덕을 볼 수 있는 간격을 더 벌려 놓아야만 했다. 나는 기어를 한 단 더 올리고 페달 회전수를 분당 10회 더 높였다.

"그래……. 좆나…… 잘 타기는 하네……. 씨팔……."

미친놈의 말 사이로 새어 나오는 날숨은 긍정적인 신호였다. 중력은 살인범이나 나같이 평범한 사람에게나 똑같이 작용하고 있다. 문제는 아직까지도 어느 정도는 여유가 있어 보이는 이화령의 별과 달리 나는 한마디의 말도 입 밖으로 내뱉을 수가 없는 상태라는 거다.

그래도 다시 한 단 기어를 더 올렸다.

속도계에 표시되는 과거의 나는 지금의 내 위치보다 50미터를 앞서 나가고 있다. 어떡하든 과거의 나를 따라잡아야만 한다. 기어를 한 단 더 올렸다. 심장박동은 이제 분당 210번을 넘어서고 있었다. 머리 쪽으로 흘러가야 할 피의 대부분을 허벅지 근육에 빼앗겨서인지 눈앞이 컴컴해진다. 내 뒤에서 고통스러운 숨소리가 점점 멀어져 가는 게 느껴졌다.

'그래 개새끼야 너도 죽을 듯이 힘들지!'

이화령 정상까지는 이제 500미터도 남아 있지 않다. 여전히 과거의 나는 내 위치보다 20미터를 앞서 나가고 있었다.

나는 한꺼번에 기어를 두 단 더 올리고 안장에서 엉덩이를 떼었다. 자전거의 핸들 바를 규칙적으로 좌우로 흔들며 그 박자에 맞추어 체중을 내리 실어 페달을 꾹꾹 눌렀다. 더는 뒤돌아보거나 속도계를 볼 여유도 없었다. 심장을 내 손으로 뜯어내는 듯한 고통이 밀려왔다. 차라리 미친놈의 칼에 찔려 죽는 게 더 편안할 거란 생각도 들었다. 입가에 침이 고여 목을 타고 흘러 내려왔다. 아까 먹은 라면이 식도를 타고 거꾸로 올라오는 게 느껴졌다. 이대로 심장이 터져서 죽을 것만 같았다.

나는 페달의 회전수를 더 올렸다. "삐릭~"하는 속도계의 알람이 승리의 팡파르처럼 산길에 울려 퍼졌다. 속도계를 내려다보니 이전 기록을 4초나 더 갱신했다!

"사람이 죽을 때 되면 누구든 죽을둥살둥 하잖아."

'그래 미친놈아 진짜 네 말대로더라고……'

승리를 만끽하며 한숨 돌리고 물 한 모금을 마실 여유도 없었다. 저 멀리 미친놈의 자전거 전조등이 산길을 가르고 올라오는 게 보였다. 나는 자전거의 기어를 가장 무거운 기어로 바꾸고 쉴 새 없이 내리막길로 달려나갔다.

21초! 최소 21초의 시간이다.

내리막에 들어서자 순식간에 자전거의 속도는 시속 50킬로미터까지 올라갔다. 아직 정상에 도달 못한 미친놈과의 거리는 수백 미터는 더 벌어졌을 것이다.

몇 초 뒤 내가 원하는 장소가 나타났다. 나는 우측으로 크게 돌아나가 시야를 가리는 코너를 지나자마자 모든 체중을 뒤로 싣고 급브레이크를 밟았다. 브레이크를 잡는 손에 힘이 거의 없어 자전거는 한참을 밀려 나가다 정지했다.

'몇 초나 지났을까?'

머뭇거릴 시간이 없었다. 나는 자전거의 페달에 묶인 발을 풀고 내려서 전조등과 후미등과 속도계의 불빛까지 모두 꺼버리고 절벽 맞은편의 도로로 움직였다. 수십 분 같은 수초가 지나자 완전한 어둠을 가르며 전조등 불빛이 내려오는 게 보였다.

'조금만 더……. 조금만 더.'

나는 미친놈의 얼굴이 뚜렷이 보이는 거리까지 다가오자 내 자전거를 도로 한가운데로 밀어 넣었다. 이화령의 별 머릿속에는 내리막길에서 나를 따라 잡아야 한다는 생각밖에는 없었을 거다.

최대치에 가깝게 올라간 심박을 미처 진정시키지도 못하고 쫓아내려와 시야도 좁아졌을 것이다. 이화령의 별의 앞바퀴가 내 자전거를 타고 넘더니 '어어' 하는 비명이 터져 나왔다. 얼핏 보아도 90킬로그램은 훨씬 넘어가는 이화령의 별의 무게와 시속 60킬로미터는 훨씬 넘었을 속도 그 자체가 미친놈을 죽일 무기가 되었다.

내 자전거를 점프대 삼아 도로에서 튀어오른 이화령의 별의 자전거는 방향을 틀 수도 없이 내려오던 속도 그대로 가드레일을 들이받더니 공중에 떠올라 절벽 너머로 떨어져 내려갔다. 잠시 이화령의 별의 비명을 들은 것도 같았지만 내 환청이었을 수도 있을 것이다.

자전거의 전조등을 다시 켜고 절벽 아래를 비추어 보았다. 수십 미터 아래 낭떠러지에 자전거에 고정되어 기괴한 자세로 처박혀 있는 이화령의 별의 모습이 보였다. 목이라도 부러져 즉사했는지 미동도 없는 모습이었다. 이곳은 등산객도 거의 없고 간간이 자전거 여행객들만 지나가는 곳이다. 대부분 기나긴 오르막을 정복한 즐거움에 사로잡혀 내리막을 즐기거나 곧 도달할 정상에 대한 기대감에 스쳐 지나가는 구간이었다.

아마 며칠, 어쩌면 몇 달, 아니 몇 년이 지나도 이화령의 별의 시체는 발견되지 않을 거란 생각이 들었다. 발견이 된다 한들 어두운 밤길의 내리막에서 과속하다 죽은 게 잘못이지 누구를 탓할 수도 없을 것이다. 땀이 식으며 체온이 급격히 떨어져 오한이 들었다.

다시 몸을 움직여야 할 시간이다.

이대로 내리막을 따라가면 몇 십 분 이내로 문경에 도착하게 된다. 문경에 도착하면 새벽 버스를 타고 서울로 바로 올라가서 두 번다시 이화령 근처는 얼씬도 안 할 것이다. 나는 자전거에 올라타 이화령 옛길의 내리막을 내려갔다.

위탁관리

유사본

서울 출생. 어릴 때 접한 하이텔 공포/SF 게시판에서 공포문학의
다양한 매력을 느꼈고 불 켜고 자는 청소년이 되었다. 이제는
맥주와 고양이와 함께라면 호러영화도 볼 수 있는 어른.

선베드에 묶인 채 풀장에 빠져 익사한다.

거대한 아나콘다에게 산채로 잡아먹힌다.

태닝 기계에 갇혀 불타 죽는다.

수영장 배수 펌프에 엉덩이가 빨려…….

"……워, 이건 진짜 싫다."

수현은 창을 닫았다. 영화 폴더는 검붉은 섬네일로 얼룩덜룩하다. 안주 삼아 보기 딱 좋은 매콤함이지만 마지막 영화는 위장을 따갑게 찔렀다. 수현은 그 감정을 씻어내기 위해 다른 영화를 찾다가 손을 멈췄다.

어떻게 죽는 게 좋을지 찾고 있냐는 질문이 스스로를 쑤셨다. 마음은 바로 답을 내놓는다. '아니, 어떻게 살아도 저것보단 낫겠지 싶어서 보는 건데?'

"지랄 같네."

맥주를 털어 마신 후 수현은 자리에서 일어나 재킷을 걸쳤다.

저녁 여섯 시 오십 분. 출근시간이다.

"어이구, 우리 백수 왔어요?"

"프리라니까."

"일어나자마자 술집 출근 도장 찍는 프리랜서도 있어?"

먼저 기다리고 있던 중혁이 이죽거렸다. 수현은 자격지심과 짜증을 입 안에 얼버무렸다.

직장을 그만둔 지 9개월. 앉아서도 일감을 줍는 입장은 아니라 영업하듯 따오는 수밖에 없는데, 그 핑계로 이 사람 저 사람 전화번호부를 뒤지다 보니 한가한 놈들이 먼저 손을 벌려 주고, 같이 떠들며 앉게 되는 자리는 결국 술자리다.

"왜 너 혼자뿐이야? 한 사람 소개시켜준다며."

"일 끝나고 오는 거라 40분쯤 걸릴 거래. 저녁은 먹고 왔어?"

아침 대용으로 맥주 한 캔 마셨다는 소리를 차마 못 꺼내는 수현에게 중혁은 기본 안주 접시를 들이밀었다. 안에 든 건 굵은 소금이 박힌 미니 프레즐, 튀긴 파스타면, 그리고 뭔지 모를 갈색 과자들.

"죄다 밀가루야."

"싫어? 먹을 만한데."

"아니, 이거 생긴 게 좀 뭣 같지 않아?"

수현은 엄지손가락만 한 크기의 과자를 들어올렸다.

갈색 빛을 띠게 튀긴 밀가루에 소금을 뿌렸다는 건 다른 과자와 같지만, 럭비공 같은 모양을 보고 중혁은 다른 걸 연상했는지 표정을 구겼다.

"백수현. 입맛 떨어지는 소리 할 거지?"

"아냐. 다른 거야. 예전 영화에서 본 건데……."

"호러영화지?"

"뭔지 알아?"

"네가 생각하는 건 뻔하지! 바퀴벌레 튀김 그런 거 아냐?"

"내가 미쳤냐! 이건!"

"「요람 사냥꾼」에 나온 과자 아닌가요?"

두 사람은 동시에 고개를 돌렸다. 방금 퇴근한 듯, 회색 정장을 입은 청년이 숨을 몰아쉬고 있었다.

"99년도 미국영화. 악마숭배자가 사탄을 위한 제물로 애들 납치하는 이야기 맞죠? 아이를 쉽게 재우는 약이라면서 마을 보모들에게 이상하게 생긴 과자를 나눠주잖아요."

"맞아요, 그거 맞아요. 과자를 먹은 애들은 낮에는 푹 잠들었다가 모두가 잠든 시간에는 숲으로 기어가고!"

"호기심이 일어 과자를 한 입 먹은 보모는 거대한 파리로 변해 농장 일꾼들에게 맞아죽고!"

"와, 두 분 너무 잘 논다. 자리 피해줄까?"

중혁이 어처구니없다는 듯 끼어들었다.

짧은 침묵을 기회 삼아, 중혁은 두 사람을 동시에 가리켰다.

"여기는 백수현이고요, 여기는 정밝음. 이제 다시 노세요."

통성명 직후, 어색하게 서로의 이름을 화제 삼던 술자리는 맥주 두 모금에 호러영화 화제로 넘어갔다. 중혁은 입맛 뚝 떨어진 표정으로 도망친 지 오래다.

수현은 운명의 대나무숲이라도 만난 듯, 최근 반 년간 꾹꾹 눌러두기만 했던 호러영화 감상을 쏟아냈다.

"그 감독 진짜 기대했는데. 신작을 웬 페이크 다큐멘터리로 낸다는 거예요. 당신이 그걸 왜 해? 에이, 그래도 영화 하루이틀 찍은 사람도 아니니 괜찮겠지. 했는데 개애뿔! 캠코더만 720도 돌려가며 찍으면 파운드 푸티지가 된대요? 크리처 슬래셔 무비에 전통의 관객층이 있는데 왜 본인의 주무기를 두고 나오냐고. 그렇다고 페이크 다큐가 아주 신식소재면 실험 삼아 해보고 싶었구나 하겠는데 그것도 아니잖아요! 누가 15년간 관짝에 가두고 최신영화 못 보게 했어?"

"그거 정말 어지럽기만 하더라고요. 웬만큼 흔들리는 거에는 저도 면역이 있다고 생각했는데, 카메라를 신발에 붙이고 뛰었는지."

"그렇죠. 그거 보고 다음 날까지 빡친 게 안 가라앉아서 아는 애 불러다가 빙수 먹이면서 떠들었거든요. 근데 걔도 그 영화 봤대고, 재밌었대요. 뭔진 모르겠지만 신선하지 않았냐고. 신선은 무슨 내 지갑이 방금 낳은 빙수가 신선하겠지! 죽었는지 안 죽었는지 카메라 옆으로 쓰러뜨리고 질질 끌려가는 다리 두 개만 보여주면 다야?"

"수현 씨는 슬래셔 좋아하시나 봐요?"

"예, 음? 음……."

수현은 잠시 이성을 되찾고 스스로의 모습을 들여다보았다.

오늘 처음 만난 사람 앞에서 어떤 캐릭터는 어떻게 죽었어야 한다고 열변을 토하고 있다.

"죄송합니다. 혼자 신났죠. 이런 이야기 할 사람 만나는 게 너무 오래간만이라."

취미생활 공유로 대화의 물꼬를 트는 건 좋지만, 이 정도로까지 열변을 토했으면 업무 이야기는 물 건너간 거나 마찬가지이리라. 수현은 나중에 중혁에게도 사과를 해야겠다고 생각하며 기본안주 접시로 손을 옮겼다. 하지만 프레즐 조각만 남아 따끔하게 손을 찔렀다.

"언제 다 먹었지. 뭐 좀 시킬까요?"

"안주 필요하시면 이거라도 드실래요? 일하다 받은 건데."

밝음은 주머니에서 종이로 포장된 화과자 같은 것을 꺼냈다. 수현은 고개를 갸웃했다. 과자 한 쪽 나눠 먹는 애들도 아니고, 처음 만난 사람에게 어디서 얻어 온 화과자 한 알을 주섬주섬 꺼내 쥐어주는 경우도 있나. 밝음은 멋쩍게 웃었다.

"깨끗해요. 제가 정말, 부서질까봐 금이야 옥이야 모시고 왔어요."

"예, 잘 먹겠습니다."

수현은 종이 포장을 뜯었다.

연한 갈색의 만주다. 윗면 가운데에는 엄지손톱 크기의 무언가가 올라가 있었다. 번데기를 붙인 후 손톱으로 한번 꾹, 눌러 구부리면 그런 모양이 될까. 수현은 조금 망설이다가 건포도겠거니 생각하고는 한 입에 삼켰다.

백앙금이 달달하게 부스러지는 평범한 만주 맛이다. 하지만 씹을 때마다 찌그러진 번데기 같은 식감이 어금니 끝에 매달렸다. 건포도 같긴 한데 앙금 단맛에 가려져 확신하기는 어려웠다. 수현은 그걸 혀로 살살 긁어 겨우 삼켰다.

"그럼 다시, 본론으로 들어가죠."

"네."

"슬래셔 좋아하세요?"

"그게 본론이에요?"

"뭐 어때요."

밝음이 씩 웃었다. 치과 광고에서 뽑아내온 듯, 비현실적으로 새하얀 이빨이 빛난다.

핏줄에 적당히 차오른 알코올과, 어차피 오늘도 망했다는 생각과, 술자리가 맛있다는 생각으로.

수현은 그냥 마음의 빗장을 열어젖혔다.

"슬래셔가 좋다기보다는, 뭐든 원래 형태로부터 쪼개지는 거 좋아해요. 고딩 때 본 방 탈출 영화에서, 한 남자가 이렇게 멈춰 있다가 마파두부처럼 조각나는 장면 보고 내 머리도 한대 빡—! 얻어맞은 거죠. 사람 몸을 두고도 저런 연출이 가능하구나, 하는 게 첫 번째 컬처 쇼크였어요."

"그렇죠. 외부의 공격을 받은 사람 몸이 평소의 정상적인 형태에서 다른 형태로 넘어간다는 걸 보여주는 연출이 섬뜩하면서도 신선한 맛이 있죠."

"네일건처럼 뾰족한 흉기가 연수랑 중뇌 쪽으로 박히면서 얼굴이 변하는 연출이 대박! 아. 안에서 문제가 생기는 것도 좋아해요. 멀쩡해 보이는 사람이 울룩불룩하더니 갑자기 확 터지는 거!"

"「에이리언」 좋아하세요?"

"재밌게는 봤는데요."

"봤는데요?"

"왜, 영화 속 괴물들은 사람을 누워서 떡 먹듯 잡잖아요. 먹든 죽이든. 그런데 걔들은 각 변태시기마다 역할분담하면서 고생고생 하는 거 보니까 괜히 내가 힘들어지는 거예요."

"아하하하하!"

"진짜. 나 진지해요. 특히 가슴 박살내고 나오는 애는 너무 힘들어 보여. 그 쪼끄만 게 말이야. 사람 몸에 한 번 기어들어갔으면 영양분을 뺏어먹든 살을 파먹든 그래야지. 근데 진짜 몸만 잠깐 빌려. 괴물이 도리를 알아."

"와, 그런 친절한 해석은 처음 듣는다."

"내가 괴물이 됐으면 인생 좀 날로 먹겠어요. 은근히 고생하는 괴물 많다니까?"

"이입을 재미있게 하시네. 걔들이 들으면 좋아하겠어요."

"그러면 친절한 백수현 씨에게 술이나 샀으면 좋겠네요. 나만큼 걔들 걱정해 주는 사람이 어디 있어."

"영화 보면서 괴물 쪽에 이입하세요? 저기 쪼개지는 저 인간은 전무, 저 인간은 팀장, 이런 식으로?"

"이입은, 음, 이입은……."

수현은 저녁에 보았던 폴더 섬네일을 떠올렸다.

누가누가 제일 편하게 죽었나, 누가누가 제일 빠르게 죽었나. 덜 비참하게, 끔찍한 꼴 오래 안 보고, 덜 고생하고.

수현은 고개를 저었다. 밝음의 시선이 느껴졌다.

"밝음 씨는 무슨 영화 좋아하세요?"

밝음이 입을 열었다.

이빨들이 또 반짝인다.

수현이 기억할 수 있는 건 딱 거기까지였다.

* * *

수현은 술자리에서 부끄러운 적 없는 인생을 살아왔다. 토한 적 없고, 필름이 끊긴 적도 없다. 실수 없이 귀가하는 음주량의 적정선도 안다. 그 양도 절대 남들에게 꿀리는 수준은 아니다.

하지만 그 날의 술자리에서 밝음에게 무슨 대답을 들었는지 기억이 나지 않았다. 눈 떠 보니 자취방 천장이 핑핑 돌고, 몸 안이 식도부터 대장까지 우릉우릉 울렸다. 기차 한 대가 내장을 레일 삼아 돌아다니는 기분이었다. 수현은 그걸 변의로 판단하고 급하게 화장실로 달려가 바지를 내렸다. 매운 안주를 먹은 다음 날처럼 따끔한 감각과 함께 내용물이 변기로 쏟아졌다.

"아…… 윽. 진짜 엄청 마셨나?"

수현은 내친김에 샤워까지 하기 위해 윗옷과 바지와 팬티를 홀렁홀렁 벗어 던지며 자리에서 일어났다. 그리고 물을 내리려고 자리에서 일어나 변기를 보았을 때, 형태는 익숙하지만 그곳에 있으면 안될 것 같은 물체를 발견했다.

가늘고 긴 것이 변기물 위에서 하느작거린다. 수현은 처음에 기생충인 줄 알고 기겁했지만, 가만 들여다보니 어육 소시지에 붙어 있을 법한 비닐 끈이었다.

수현은 자신의 아랫배를 내려다보았다. *백수현, 설마 어젯밤에 저런 것까지 주워 먹었냐?*

배는 대답하지 않았다.

수현은 잠시 망설이다가 변기 레버를 내렸다. 예의도 부족했고 절제도 없던 술자리에 대해서 잊고 싶기도 했고, 저 비닐을 꺼낼 각오도 없었다.

변기가 소화불량에 걸린 듯 구룩거리는 소리를 냈다. 막혔나, 하는 불안감도 잠시. 내용물은 곧 안쪽으로 빨려 들어갔다.

술자리가 있든 없든 살아는 있어야 한다. 통장 잔고는 하루에 오천 원에서부터 십만 원까지 제멋대로 빠지고, 가끔은 외주비용이 들어오지만 월세 한 번과 카드 값 한 번이면 흔적도 없이 날아간다.

전 직장의 사장은 '내 눈에서 벗어나면 너는 이 업계에서 못 지낼 거다'라며 으름장을 놓았다. 수현은 비웃었다. 그런 식으로 협박하는 놈치고 정말 영향력 있는 놈은 없기 마련이니까.

수현도 맞았고 사장도 맞았다. 사장의 방해 없이도 수현은 순조롭게 인생을 털어먹고 있었다. 안정적인 거래처를 찾을 때까지 더 노력해 볼 지, 아니면 공백기간이 1년을 꽉 채우기 전에 취직자리를 알아봐야 하는지 저울이 왔다 갔다 한다. 마지막으로 판결을 내리는 건 수현의 재판관이다. 법봉 대신 병따개를 휘두르며 근엄하게, 혀 꼬인 목소리로 말한다.

"외주도 취직도 인맥이 최고지? 사람 소개 좀 받자. 소개받을 땐

술자리가 *최고지.*"

수현은 그 말에 따랐다.

술자리, 식사자리, 커피자리가 뒤섞인다. 생활리듬도 오락가락하지만 아직은 충분히 버틸 만한 체력이 된다. 수현은 거울 속의 자신을 살폈다. 멀쩡해 보인다. 남의 호감이나 믿음을 사는 게 어려울 인상은 아니다. 그게 자신을 위한 투자라고 생각하며, 수현은 약속이 잡히는 대로 메시지를 확인하고 술집으로 향했다.

그리고 또 밝음을 만났다.

두 번째 만남이다. 밝음은 하얀 이빨을 드러내며 웃었다.

"안녕하세요. 지난번에는 잘 들어가셨어요?"

"예, 예! 아. 혹시 그 때 제가 무슨, 실례라도, 하진 않았어요? 차, 참 빨리도 물어보죠?"

"전혀요. 저랑 두 잔 더 마시고 들어가셨어요. 들어가는 길에 거래처 연락까지 하시면서 버스 멀쩡하게 타시길래 괜찮으신 줄 알았는데……. 무슨 일 있으셨어요?"

"아뇨, 아닙니다. 사실 제가 그 때 기억이 잘 안 나서."

"중혁 씨에게 듣자하니 술자리를 자주 가지시는 것 같던데요. 비슷한 자리가 이어지면 아무래도 기억이 잘 안 나기 마련이죠."

"죄송합니다. 그래도 우리 영화 이야기 했던 건 다 기억하거든요?"

"그래요? 무슨 이야기 했었는데요?"

밝음이 의뭉스럽게 웃었다. 수현은 검지를 들어 보이며 이야기를 시작했다.

"왜, 있잖아요. 그때 그 감독이……."

"사람 죽는 걸 안 보여줘서 섭섭했다?"

겨우 두 번째 만남에, 예의와는 거리가 먼 요약 앞에서 수현은 표정을 제때 갈무리하지 못했다. 더듬거리며 '에이, 그건 아니죠' 라고 실패한 농담으로 밀어놓으려고 했는데. 밝음은 다시 웃었다.

"맞죠?"

"아니에요. 멀미나서, 힘들었다고요."

"주제는 감독의 특기가 제대로 발휘되지 않는다는 거였고, 수현 씨는 감독의 장점을 사람 죽는 걸 그대로 보여주는 장면과 연출에서 찾았잖아요. 그때 주제와 제일 가까운 부분은 그거 아니었나요?"

수현은 속으로 문장 하나를 삼켰다. *이거, 또라이 아니야?*

하지만 밝음은 계속 웃고 있지만은 않았다. 수현이 물리적으로도 한 발짝 물러나기 전에 수현의 옷소매를 잡아당기며 말했다.

"수현 씨가 이야기를 너무 재밌게 해서 내가 그 부분만 진지하게 들었네. 지난번에는 호러영화 이야기만 하다가 끝났으니 이번에는 서로 사는 이야기나 좀 해요. 저 아는 사장님이 테이블에 사람 모자란다고 부르는데, 혹시 와인 드세요?"

"제가 저질 입맛이라 그런가, 와인 비싼 건 쓰기만 하고 별 맛을 못 느껴서……."

"개업행사중인 집이라 머릿수만 맞춰 주면 쏜대요. 사람 없어서 힘들다는데, 좀 도와주세요. 네? 맛있으면 친구들도 나중에 불러 주시고."

"사람 머릿수가 필요하신 거라면 가야죠. 그런데요."

"네?"

"거기 사장님 혹시 웹 홍보 쪽으로는 뭐 진행하실 생각 없으시대
요?"

"가서 슬쩍 떠 볼게요!"

밝음은 밝게 웃으며 수현을 이끌었다.

개업행사중이라더니, 정말 가게 인테리어는 낙서 하나 없이 깔끔
했고 가구들도 하나같이 새것이었다. 지하 계단으로 고개를 기웃거
리는 손님들은 비닐 포장지도 안 벗긴 의자들을 보고 발걸음을 돌
렸다.

수현도 초대받지 않은 기분을 느끼고 되돌아가려 했지만 밝음은
자연스럽게 수현을 바 자리로 안내했다. 이사도 덜 끝난 분위기의
가게에서 와인잔을 닦던 주인은 그를 보자마자 와인병을 땄다.

주인이 코르크 마개를 던지는 동안 수현은 와인 라벨을 살폈다.
하지만 어느 쪽을 보아도 라벨은 보이지 않았다. 자세히 들여다보니
병도 와인바에 오래 방치된 장식품처럼 지저분했다.

수현은 잔을 들고 두 사람의 눈치를 살폈다. 그러나 두 사람 모두
수현이 마시는 것부터 구경해야겠다는 듯, 그에게서 눈을 떼지 않
았다.

"……저기. 우리, 건배라도 할까요?"

"안 됩니다. 밝음이 저 녀석은 힘 조절을 못해서, 건배하다가 잔
깨먹은 게 한 두 번이 아니에요. 맥주 500cc 잔도 부숴먹는다니까."

"다들 잔에 입도 안 대시길래, 분위기라도 잡아드려야 되나 해서."

"그러면 먼저 실례."

주인은 자기 몫의 잔을 들었다. 입을 대자마자 와인 한 잔이 순식간에 빨려 들어간다. 밝음은 박수를 쳤다.

"사장님, 이제 술 좀 먹게 됐다고 무리하는 거 봐."

"시끄러. 맞다, 안주를 안 꺼냈네. 수현 씨는 뭐 좋아하시나?"

"회 좋아합니다."

"밝음아, 좀 떠 와라. 요 편의점 옆에 오징어 회 파는 집 있다."

"에이, 농담이에요. 얻어먹는 처지에 주시는 대로 먹어야지!"

"그러셨어요? 죄송합니다, 제가 눈치가 없어서. 아직 주방에 가스 연결이 안 되어 그러는데 시제품도 괜찮죠?"

"예에, 뭐든 괜찮습니다. 아무거나 주세요."

"치즈 드세요?"

"네."

"생햄 드세요?"

"안 익힌 햄이요?"

"네. 하몽 같은 거."

수현은 적당히 대답하던 걸 멈추고 머릿속을 뒤적거렸다. 대학 시절, OB가 주선한 술자리에서 얻어먹었던 게 그나마 최근 기억이었다. 가격 대 성능비가 영 마땅찮은, 미묘한 물건.

물론 공짜라면 가성비는 측정 불가의 영역으로 넘어간다.

"먹습니다."

"임신하진 않으셨죠?"

"네?"

"생햄류는 임산부에게 추천하진 않는다고들 하거든요."

주인은 수현의 배를 가리켰다. 맥주와 라면으로 만들어 낸 아이. 수현은 이걸 농담으로 반응해야 할지, 진지하게 받아쳐야 할지 몰라 밝음을 찾았지만 밝음은 어느새 부엌처럼 보이는 공간으로 들어가 냉장고를 뒤지고 있었다.

"푸하하하! 아, 어디서부터 말을 해야 해. 전 애 들어갈 공간도 없고요, 임신했으면 술을 먹으러 오겠습니까."

"임산부는 술을 못 마시나요?"

"당연하죠?"

"마시고 싶어도?"

"네. 배 속 아이는 엄마가 먹는 걸 그대로 먹잖아요. 하지만 애한테 '이거 먹어도 되겠냐'고 물어볼 방도가 없으니까…… 아니, 이게 중요한 게 아닌데."

"그럼 못 마시는 게 아니라 안 마시는 거네요."

수현의 말문이 막혀 있을 때 주인은 두 번째 잔을 따랐다. 수현은 술병에 손을 뻗었지만, 주인은 자작에 무슨 문제라도 있냐는 듯한 표정으로 수현을 쳐다보고는 두 번째 와인을 삼켰다.

와인이 흘러들어간다. 하수구에 붓기라도 하듯, 꿀꺽 삼키는 소리조차 들리지 않았다.

"이렇게 맛있는 걸. 애한테 미리 물어 볼 방법이 없나?"

"저기……. 저, 좀."

"나 왔어요. 무슨 이야기해요?"

밝음이 쟁반에 안주를 가득 채워왔다. 알록달록한 치즈 큐브 배경으로 샤퀴테리 플레이트에 담긴 가공육은 반 근은 되어 보인다. 밝음은 쟁반을 내려놓자마자 치즈 큐브를 세 조각 찍어 입 안으로 밀어 넣고는 함박웃음을 지었다.

"맛있당. 수현 씨, 생햄 괜찮다고 했죠?"

"네."

"주량은 어느 정도 돼요?"

"……세지는 않아요."

"에이 — 지난번에는 엄청 세다고 하셨으면서."

"그랬어요? 제가요? 하하, 취해서 허세 부렸나보다. 약해요."

"그거야 보면 알지."

주인은 양손에 새 와인병을 쥐고 돌아왔다. 여전히 라벨은 없다. 밝음은 환호성을 지르며 자기 잔을 채웠다. 술이 익숙지는 않은지, 모이 쪼는 새처럼 입술을 뾰족하게 만들고는 홀짝거린다.

수현도 잔을 들었다. 그리고 다른 한 손으로는 핸드폰을 들고 메시지를 보냈다.

이중혁, 열한 시쯤 나 마중 좀 나와라. 합정이다.

지금껏 모든 술자리에서 수현은 최후의 생존자였지만, 15분 만에 와인 다섯 잔을 들이키는 술집 주인과의 술자리는 처음이었다. 게다가 오늘 처음 본 사이고, 상식이 있는 양반인지 확신 불가.

수현은 주변 환경을 살폈다.

지하에 있는 술집이지만 전파는 무난하게 터진다.

가게 문은 열려 있고, 가끔 자동차 지나가는 소리가 들린다.

가끔 행인이 '열렸나? 아니, 아직 공사중인가봐' 하며 들여다본다.

……그리고 부엌 쪽에서 기묘한 소리가 난다. 자기 팔다리도 제대로 못 다루는 거대한 갓난쟁이가 테이블에 맨살을 부딪히는 듯한 소리. 수현은 기묘한 방향으로 뛰어나가려는 상상력을 억지로 붙잡아 맸다.

"저기…… 사장님. 여기 아직 정식 오픈 안 한 거죠?"

"네, 인테리어 정리하려면 또 시간이 걸려서."

"홍보는 어떻게 진행하고 있어요? 사실 제가 하는 일이 그쪽 관련이거든요."

"생각하는 건 있죠. 개업일에 날짜 맞춰서 사람 부르고……."

"에이, 에이. 오픈 전부터 움직이셔야죠."

사장은 관심을 기울였고, 초보자다운 청사진을 테이블 위에 그리기 시작했다. 수현은 맞장구를 치며 잔을 들었다. 드라마에서 봤던 대로 잔을 휘이 돌리자 잔 안에 작은 소용돌이가 일었다.

소용돌이를 따라가는 무언가가 보인 것도 같았다.

술잔 안에서 헤엄치는, 머리카락보다 조금 굵은 꼬리 같은 것이.

하지만 그걸 깨달았을 때 술은 이미 수현의 목 안으로 흘러들어가고 있었다.

그게 그 날의 마지막 기억이었다.

* * *

"이중혁. 똑바로 말해. 그 사람 뭐냐? 정밖음인가 하는 인간!"

"우리 회사에서 가끔 통역 맡기는 사람인데, 좀 어리바리해도 평은 괜찮아. 뭐가 궁금해?"

"좀 이상해."

"어떻게 이상한데. 혈액형 뭐냐고 물어봐? 술담배나 수술 여부 물어보고?"

"어."

" ……너 어디 끌려가면 내가 신고해 줄게."

"농담하는 거 아냐!"

"야, 장기매매하는 새끼들이 성실하게 얼굴도장 찍고 사는 거 봤냐? 헛소리하지 마."

"아니, 그게 이상한 게 아니라고."

"뭐가 이상한데."

"좀, 많이 이상해."

"너도 정밝음 씨 통해서 일감 몇 개 받았다며. 도움되라고 소개시켜 줬더니 뭐라는 거야. 망한 소개팅을 시켜 줘도 이렇게 귀찮게 굴지는 않겠다!"

중혁의 목소리에 슬슬 노기가 올라온다. 수현은 핸드폰을 꽉 쥐었다. 아냐, 그게 아니야, 내가 하려는 말은…….

"흐으……."

통화가 끊겼다. 수현은 '도와줘'라는 말을 다시 입 안에 밀어넣었다. 그리고 아랫배에 힘을 주었다. 소식은 느껴지지 않는다. 냄새 지독한 가스만 푸시식 나올 뿐이다.

어디에, 무엇을 도와달라고 해야 할까.

밝음과의 술자리가 끝날 때마다 눈 뜨면 바로 집이고, 매번 기억이 끊긴다고?

밝음이나, 밝음이 소개시켜 주는 사람들이 살짝 이상하다고?

혈액형이나 흡연 여부에 대한 질문은 가벼운 농담으로 느껴질 만큼, 기존 병력 및 좋아하는 음식, 알러지에 대해 꼬치꼬치 캐묻는다고?

아무리 상대에게 얻어먹은 게 많더라도, 불편한 관계라면 욕 얻어먹고 끊으면 된다. 누구에게 물어봐도 같은 조언을 할 것이다. 그래서 수현은 더 이상 중혁에게 밝음에 대한 이야기를 하지 않았다.

또 다른 고민거리도 말하지 않았다.

"ㅎㅇㅇㅇㅇ—!"

수현은 힘을 주며 눈을 감았다.

밝음, 그리고 밝음이 소개시켜 준 사람들과 술자리를 한 다음 날에는 항상 생리현상에 문제가 생겼다. 양이 묘하게 많아지는 건 큰 문제도 아니었다.

첫날에는 변기에서 어육 소시지 껍질을 발견했다.

그 다음에는 거즈 손수건을 발견했다.

그 다음에는 리필용 투명 테이프 롤을 발견했다.

분명 입으로 그딴 걸 먹은 기억은 없다. 필름이 끊긴 뒤에 주워먹었다 하더라도, 그것들이 제 모양을 유지한 채로 항문까지 완주할 가능성은 낮다. 수현은 이것들이 뒤로 들어갔다 뒤로 나왔을 가능성도 잠깐 고민하다가 더 이상 생각하지 않기로 했다.

고민하는 건 딱 오늘까지로 끝내자, 다음 번에는 밝음이 술값 내

놓으라는 소리를 하든 선금 뱉으라는 소리를 하든, 술자리를 완전히 끊으리라 생각하며 수현은 무릎을 쥐고 아랫배에 힘을 주었다.

그리고, 이번에는 문제가 꽤 크다는 걸 잠시 후에 깨달았다.

날카로운 감각이 느껴졌다. 그 뒤에는 뭔가가 똑, 똑, 떨어지는, 서늘한 소리.

수현은 이를 악물고 힘을 주어 직장 끝에 매달린 것을 밀어냈다. 둔한 통증과 날카로운 통증이 척추를 타고 전신에 퍼진다. 팔다리는 차갑고 등은 식은땀으로 젖는다. 수현은 세면대를 잡고 자리에서 일어나려다가 그대로 바닥에 주저앉았다.

변기에서 피 냄새가 풍긴다.

일어나려는 시도를 두 번 할 수는 없겠다는 판단에 수현은 핸드폰을 열고 119를 눌렀다. 부끄러움은 어지럼증에 눌린다.

"혈변을 봤고, 일어나다가 넘어졌어요."

주소까지 말한 후, 수현은 화장실에서 기어나가기 전 변기 안쪽을 보았다.

피웅덩이에서는 뭐가 들어 있대도 보이지 않을 거라 생각했지만, 내용물에 파묻힌 채 머리를 빼꼼 내민 그것은 반짝반짝 빛나고 있어서 알아보지 못할 수가 없었다.

손톱깎이였다.

* * *

"엄마한테 연락은 했냐?"

"했겠냐."

"나 같아도 안 해."

"그러다 나중에 몰아서 혼나지."

"잘 아시네요, 인생 선배님?"

두 사람은 동시에 웃음을 터트렸다. 하지만 수현은 오래 웃지 못하고 배를 잡고 주저앉았다. 중혁이 안절부절못하는 동안 수현은 겨우 자세를 다잡고 간이침대에 기댔다.

응급실에 실려간 수현은 의료진에게 솔직하게 말했다. 술자리에서 필름이 끊긴 날 오심 및 복통과 함께 엉뚱한 것들을 쌌으며 이번에는 손톱깎이가 나왔다고. 간호사는 근엄한 표정으로 과거 이력을 들었다. *네, 네, 이전에는 아픈 적 한 번도 없으시고, 흡연 이력도 없으시고, 음주는, 폭음하시네요, 식욕은 오히려 늘었고, 물도 많이 마신다고요? 당뇨 가족력은 없고요? 네, 알겠습니다.*

스테이션 뒤에서는 어떤 소리가 오고갔는지 모르겠지만 응급실은 근엄하게, 그리고 느리게 수현을 이곳저곳으로 걷게 만들었다. 피검사도 하고, 영상검사도 하고, 혈압도 재고, 용케 수혈은 피해가고.

그동안 수현은 중혁에게 '병원인데 심심하다'는 문자를 보냈을 뿐인데 중혁은 빠르게 응급실로 달려왔다. 한 손에는 음료수 10개들이 상자를 들고, 다른 손으로는 세금 뗀다고 음료수 하나를 꺼내 마시면서.

"어디 아파서 온 거야?"

"속이 뒤집어져서."

"술을 그렇게 처먹어도 간수치 정상이라고 자랑하더니만, 모든 게 순리대로 돌아갈 때가 온 거지."

"아니거든."

"아니면 죽으려고 사고치고 온 건 아니지?"

"돌았어?"

수현은 중혁을 노려보았다. 하지만 그의 표정은 의외로 진지했다.

"너 정밝음이 술자리에서 나한테 마중 나오라고 시켰던 날 있잖아."

"어. 그때 나 제정신이던?"

"알딸딸한데 혀는 안 꼬길래 통장 비번 읊으라고 물어보니까 하는 소리가. 이딴 인생도 누가 받아주면 맡기고 싶다고. 이젠 지칠 멘탈도 없다고……. 그러더라고."

"……다른 건 없었어?"

"말 더 걸었다간 올 것 같기에 안 걸었더니 그 뒤로는 입 다물고 있던데. 진짜 기억 안 나?"

"진짜로 안 나."

"거 봐, 이제 간이 반항할 시기가 왔다니까. 그래도 제 발로 병원 오는 거 보니까 죽을 생각은 아닌가보네."

중혁은 웃으면서 수현의 어깨를 쳤다.

응급실 판정을 요약하면, '항문의 열상 있음. 안정 및 경과 관찰 요함, 퇴원 조치'.

눈 밑에 그늘을 매단 응급실 의사는 '항문에 물건 넣지 마세요, 안 빠질 수도 있습니다' 라는 말을 '술 좀 줄이세요'와 비슷한 톤으로 덤덤하게 말했고, 때문에 수현은 한 박자 늦게 화를 냈다.

"넣은 거 아니라니까요? 이전에는 소시지 껍질, 다음에는 손수건 같은 것도 나왔다니까?"

"다른 건 몰라도 손톱깎이가 입으로 들어갔었다면 한 시간도 안 되어 응급실 오셨을걸요. 그리고 최근 특정인과의 술자리마다 전조 없이 필름이 끊기셨다면서요? 그럴 땐 건강을 의심하는 게 아니라 술을 의심해야죠. 농담으로들 약 든 음료수 먹고 장기매매당한다, 원양어선 탄다 그러는데. 그냥 사람 하나 인사불성으로 만들고 패는 걸 즐기는 작자들도 있어요. 사람 믿지 말아요."

끝의 두 문장을 듣고 수현의 머릿속에 호러영화 섬네일들이 스쳐 지나갔다.

영화 속, 폭력의 목적들은 다양했다. 스트레스를 풀기 위해, 스너프 영상을 찍어 팔아먹기 위해, 복수를 위해, 종교적 이유로, 상대에게 가르침을 주기 위해, 기타 등등.

정밝음은 그런 종류의 개새끼 또는 또라이일 수도 있다. 하지만 왠지 수현은 고개를 저었다. 호러영화라 해도, 정밝음이 내미는 술잔은 현실 기반의 호러 장르에는 속하지 않을 거라는 불안감이 척추를 구불구불 타고 올라왔다.

첫 만남에서 얻어먹은 만주.

두 번째 술자리에서 마신 라벨 없는 와인.

그 다음도, 그 다음도. 거절하기에는 뭣하고, 기쁘게 먹기도 묘했던 것들이 하나 둘 떠올랐다. 그것들을 삼킬 때마다 느꼈던, 벌레를 넘기는 듯한 기묘한 감각도.

불안감과는 별개로 수현은 확신했다. 정밝음 패거리는 분명 살짝

맛이 간 수현에게 이물질을 먹였으리라고.

진료는 찝찝하게 끝났다. 수현은 시장통 같은 응급실에서 중혁이 준 음료수 박스를 겨우 찾아 들고 나왔다. 수납 옆에서 기다리던 중혁이 그를 맞이했다.

"다 끝났어? 괜찮대?"

"어. 간수치도 멀쩡하댄다."

"그러다 혹 간다니까. 몸의 경고 메시지야. 비타민, 기생충약, 유산균, 이거 세 개는 챙겨먹고."

"……정밝음 말이다, 너 완전 모르는 사람은 아닌 거지?"

"우리 회사 통역 맡은 지 2년 넘었는데? 왜. 어, 좀, 모르겠다 싶긴 하다."

"그건 무슨 소린데."

"원래 유도리 없고 깐깐했거든? 그런데 올 초인가, 갑자기 잠수타 갖고 우리 사장이 멱살 잡으러 갔었어. 앞으로 못 보겠네 했는데 사장이 보상받기로 했다면서 돌아오더라고. 업무도 예전처럼 계속 해. 개인이 회사 상대로 보상을 어떻게 했는지는 모르겠는데, 여튼 그 이후로 사람이 좀 어리바리하게 풀어졌어."

"술자리에서는 깐깐한 거 모르겠던데."

"올 초부터 바뀌었다니까. 원래 우리하고 맥주는커녕 커피 겸상도 안 했어."

"이상하지 않냐? 다 큰 사람이 확 바뀌는 경우 없잖아?"

"백수현아. 혼자 드라마 찍지 마. 그 사람이 불편하면 안 만나면 돼. 부담스러우면 내가 대신 말해줄까? 백수현이가 술 먹고 응급실

실려간 이후 금주 판정났다고 할게."

중혁은 수현을 현실로 잡아당겼다.

불편하고 이상하면, 안 만나면 된다. 그 말이 맞다.

"빨리 들어가서 쉬어. 잡생각 들면 음료수 하나 마시고."

"어."

"그리고. 힘들면. ……음료수 하나 더 마시고."

"……고맙다."

* * *

잡생각이 너를 힘들게 하면, 음료수 마시고 속 진정하면서 음료수
사 준 놈에게 연락해라.

그게 중혁이 하고 싶었던 말일 거다.

하지만 음료수 열 개는 귀가 후 한 시간 만에 텅 비어버렸다.

"없어? 아무것도 없어? 아, 젠장……."

월세방에 붙어 있는 무릎만 한 냉장고에는 먹을 만한 게 없었다.
보름쯤 전에 사 두었다가 방치해서 액체가 된 브로콜리 하나 빼고.

배 속이 우르릉거렸다. 식도부터 대장까지. 내장 전체가 꼬르륵 소
리를 내는 것만 같았다.

수현은 찬장을 열었다. 인스턴트 믹스커피가 보였다. 수현은 커피
봉지를 뜯어 사발에 붓고 거기 찬물을 부었다. 젓가락으로 마구 섞
어보지만 쉽게 녹지 않는다. 수현은 더 기다리지 못하고 커피 물을
삼켰다. 커피 일곱 봉지가 한 번에 속으로 들어가는데, 속은 쓰리지

도 출렁거리지도 않았다. 다시 우르릉거릴 뿐.

수현은 냉장고를 열고 브로콜리 포장지를 뜯었다. 눈을 감고 코를 막았다. 그리고 입 안에 한때 브로콜리였던 덩어리를 쏟아 넣었다.

지독한 공복감 끄트머리에 약간의 평화가 찾아왔다. 수현은 거울을 보았다. 진 빠진 자신의 모습이 비쳤다.

멀쩡하다고 진료를 끝내면서도 의사는 사족을 덧붙였다.

지금은 다 정상치로 나오지만, 기존 검진 결과가 없으니 비교할 곳이 없음. 본인이 '이상하다'고 느꼈다면 검진을 한 번 더 받고 결과를 비교할 것. 수치가 멀쩡해도 스스로가 '이상하다'고 느끼는 건 아주 중요한 단서라고.

수현이 '이상하다'고 느끼는 건 내장의 문제만은 아니었다. 머릿속은 어떻게 들여다보아야 할까. 필름이 훅훅 날아가는 건 그 놈들이 약을 먹이기 때문이라 치면 된다. 하지만 라벨 없는 와인을 마시던 두 번째 술자리부터 불편하게 여겼으면서도 그들의 술자리에 가고 싶어했고 실제로도 드나들던 자기 자신을 이해할 수가 없었다.

그때 수현의 머릿속을 뭔가가 스쳐 지나갔다.

밝음이 원래 술자리는커녕 커피도 같이 안 마시던 사람이었다는 중혁의 말.

당 떨어진 머릿속에서 몇몇 단어들이 회전했다. 인베이더, 신체 강탈자, 에이리언. 인간 하나를 싹 뒤집어 변화시키는 것들.

"웃기시네, 말이 되냐? 영화 찍어? 아니, 아니야."

하지만 배 속이 다시 우르릉거린다.

수현은 예전에 본 다큐멘터리를 떠올렸다. 어떤 기생충들은 벌레

안에 들어가 평소에 먹지 않는 것을 먹게 만들고, 가지 않는 곳에 가게 만든다고.

엎드린 채로 손을 휘젓는다. 잡히는 건 빈 주스 병, 브로콜리 포장지, 믹스커피 비닐. 수현은 주스 병 뚜껑을 입에 물었다. 뚜껑에 묻은 달콤한 액체가 침을 고이게 한다. 수현은 뚜껑을 삼키는 걸 방지하기 위해 이로 꽉 물고 핸드폰을 쥐었다. 찾는 건 마지막 통화목록. 중혁, 아니면 119.

둘 중 하나여야 했다.

하지만 최근기록을 누르려던 손가락은 허공에 멈췄다.

정밝음. 부재중 전화 한 통.

수현은 손가락을 구부리며 옆으로 굴렀다. 배 속이 출렁인다. 그와 동시에 멀미가 수현을 뒤흔들었다. 난파선처럼 휘청이는 내장이 몸의 새로운 중심축이라도 된 것처럼.

이제 불러야 할 건 119다. 수현은 핸드폰에 손을 뻗었다. 하지만 누군가의 손이 핸드폰을 주워드는 게 더 빨랐다.

"괜찮아요, 저 왔으니까. 아프신 것 같아서 먹을 것 좀 챙겨왔어요."

"어떻게 들어왔어……!"

"문 안 잠그셨던데요."

정당함과는 거리가 먼 변명에 해줄 수 있는 말은 많았다. 수현은 입을 열었다. 위장 소리밖에 들리지 않았다. 꾸룩, 꾸루루룩.

불청객, 정밝음은 수현 앞에 앉아 비닐봉지 안에 든 것들을 풀어놓았다. 레토르트 죽, 분유 한 통, 맥주, 시리얼. 그리고 라벨이 붙어 있지 않은 길쭉한 종이박스가 하나.

"배고프시죠? 뭐 좀 드세요. 마실 수 있는 게 나으려나?"

"꺼져, 꺼지라고. 제바알!"

밝음은 분유 캔을 뜯고 안에 맥주를 부었다. 부글부글, 거품이 일고 뭐라 말하기 어려운 냄새가 탄산을 타고 사방에 풍긴다. 수현이 거기 머리를 처박기까지도 오래 걸리지 않았다. 단 맛, 쓴 맛, 끈적함과 시원함이 동시에 뒤엉켜 순식간에 위장 안을 부풀려놓았다.

캔을 반쯤 비우자 급한 불이 꺼졌다. 수현은 밝음에게 물었다.

"너네가 나한테 먹였지? 그거. 손톱깎이, 손수건 같은 거……."

"저는 말렸습니다? 하지만 사람이 어디까지 소화시킬 수 있는지, 수현 씨 위장이 얼마나 튼튼한지 알고 싶다면서 굳이 먹이더라고요."

"……누가?"

밝음은 뒤쪽을 가리켰다. 1.5룸의 부엌과 현관문 쪽. 밝음과 술자리를 가졌던 두 번째 날, 주방 안쪽에서 들리던 소리가 여기서도 들렸다. 제 몸을 가누지 못하는 무언가가 가재도구에 부딪히는, 축축하고 단단한 살 소리. 보통 사람보다 조금 큰 그림자가 어른거린다. 촉수를 낼름거리는 갈고리까지 포함해서.

수현은 누구에게 말해도 비웃음 당했을 거라 생각한 어떤 가설을 겨우 입 밖으로 내뱉었다.

"너네, 씨발, 너네! 내 몸 차지하려고 온 거지? 기생, 기생하면서, 사람인 척, 하려고. 너도, 정밝음이, 올해 초에 죽이고……. 다 들었어. 정밝음이, 올 초에 사람이 바뀌었다고."

"백수현 씨, 많이 힘들다고 하셨잖아요. 안 아프게 죽고 싶다, 다 끝났으면 좋겠다, 누가 내 생 가져다가 대신 살아줬으면 좋겠다. 그거 도와드리려는 거예요. 가만히만 있으면 안 아프게 할 건데.”

“그래도 너네한테는, 아니야!”

수현은 다리를 뻗어 라벨이 안 붙은 종이상자를 걷어찼다. 롤케이크로 보이는 것이 데굴데굴 굴러 문지방을 넘어 부엌으로 떨어졌다. 끈적한 발소리가 들렸다. 괴물의 그림자가 고개를 숙였지만 현관으로 들어온 술집 주인에게 제지당했다.

“댁도 왔어? 하…….. 닥쳐, 오늘은, 너희가 술에 금을 발라줘도 안 먹어! 대체 뭘 먹이는지는 모르겠는데…….”

“정말요?”

밝음이 웃었다. 새하얀 이빨이 가지런히 반달 모양을 그린다.

이전까지는 그저 분위기 파악 못 하는 미소처럼 보였는데. 지금은 사람 놀리려는 의도가 비친다. 수현은 위화감을 느꼈다.

바닥에 굴러다니는 음료수 빈 병은 전부 열 개.

하지만 응급실에 문병 온 중혁은 음료 열 개들이 박스에서 음료수 하나를 먼저 꺼내 먹고 있었다. 수현이 받아 온 건 아홉 병이어야만 한다. 수현은 시장통 같던 응급실을 떠올렸다. 담당 의사를 만나는 동안 음료수 박스를 구석에 두었다. 그 사이에 누구든 박스에 손 댈 수 있었으리라.

굴러다니는 주스 병들 중 하나에는 라벨이 없었다.

배 속에서, 위장에 속하지 않은 무언가가 꿈틀거린다.

가슴이 두근거리기 시작했다. 금방이라도 저것들이 먹인 기생체가 배 속이든, 흉곽이든 전부 찢어발기고 나올 것만 같았다.

수현은 화장실로 기어갔다. 위쪽으로든 아래쪽으로든 꺼내는 게

급선무였다. 옷을 전부 벗어던진 수현은 윗배와 아랫배를 동시에 눌렀다. 안에서는 꿀렁거리는데 나오는 건 없다. 수현은 샴푸통에 물을 채워 흔들고는 들이켰다. 순식간에 욕지기가 치밀어 올랐다. 배 속에 있는 것도 자발적으로 꿈틀거렸다. 신호가 오고 있었다.

"움, 우욱, 우웨엑……! 크헉!"

입으로 한없이 밀려나온다. 거품, 씁쓸한 맥주, 달달한 분유, 토마토 주스 같은 것들. 어느 정도 뱉었다 싶을 때 아래쪽에도 익숙한 감각이 왔다. 그 와중에도 몸은 버릇대로 변기 위에 앉았다. 수현은 아직도 손에 들고 있던 샴푸통으로 아랫배를 찍어 눌렀다.

응급실의 비싼 소독 비용과 연고 약값이 순식간에 주스, 분유, 맥주, 분유거품으로 씻겨나갔다. 아까 먹은 게 이렇게 빨리 소화되었을 리 없다는 의심은 곧 따끔한 통증으로 끊겼다. 뭔가가 있다. 수현의 머리는 비관적으로 굴러갔다. 처음에 비닐, 다음에 거즈 손수건, 다음에 리필용 테이프 롤, 다음에 손톱깎이였다면 마지막에는 리볼버라도 하나 나오는 게 아닐까. 수현은 아래쪽에 손을 뻗었다.

하지만 피 맺힌 곳에서, 수현의 손에 잡혀 끌려나온 건…….

수현은 본능적으로 자그마한 살덩이의 목을 졸랐다.

"키, 키이, 키이……!"

전체 길이는 30센티미터 정도. 빨간 개불처럼 생긴 그것의 중심부로 누런 이빨들이 피에 젖어 빛났다. 어디를 조여도 킥, 키익 소리는 멈추지 않는다. 그것은 한참을 발버둥쳤다. 사방으로 피가 튀겼다. 수현은 그것을 허벅지 사이에 끼우고 짓눌렀다. 미끌거리는 몸뚱이는 서서히 움직임을 멈추었다.

그것이 타일 위로 떨어졌다. 수현도 타일 바닥에 주저앉았다. 사방으로 피가 튄다. 식은땀으로 차가워진 몸이 축축 늘어진다. 그 상황에서도 수현은 밝음을 올려다보며 웃었다.

"이제…… 이 새끼 죽었네? 죽었다고? 다시는 못 들어오겠는데? 나 아무것도, 아무것도 안 먹을 거라고!"

"그럼 굶어 죽잖아요."

"닥쳐, 너네가, 주는 건, 비켜……."

"그래도 먹을 건 챙겨 드릴 거예요. 전처치가 끝났으니까 이제 메인."

밝음은 샤워기를 잡아당겨 물을 틀었다. 사방으로 피가 튀고, 괴물의 시체도 물에 젖었다. 이빨은 하얗게 씻겼다가 빨갛게 젖었다를 반복했다.

수현은 그제야 자신의 문제를 알아차렸다.

피가 멈추지 않는다.

그와 동시에 세상이 빙글 돌았다. 머리가 문지방에 부딪혔다.

작은 괴물을 뽑아낸 아래쪽으로 피가 계속 흐른다. 손톱깎이에 다쳤던 날과는 차원이 다르다.

밝음은 작은 괴물을 주워들어 세면대 위에서 치약 짜듯 쥐어짰다. 핀셋이 쨍 소리를 내며 세면대에 굴렀다.

"어우, 저 자식 또 이딴 거 집어넣었어! 사람은 쇠나 비닐 소화 못 시킨다니까!"

밝음은 핀셋을 내던지고 다시 작은 괴물의 배를 눌렀다. 그것의 입에서 잘게 잘린 살점들이 튀어나왔다. 납작하고 울퉁불퉁한 그것들. 수현은 그걸 본 적 있었다. 예전에 생물 교과서에서, 인터넷에 돌아다니던 수술 동영상에서, 그리고 곱창을 먹으러 갔을 때.

수현의 배 속이 둥실 울렸다. 마치, 내장이 몸이라는 바다 안에 붕 뜬 섬이 된 것처럼. 저도 모르게 벌어진 입술 사이로 피가 울컥 흘러나왔다.

술집 사장이 화장실 안쪽으로 머리를 들이밀었다.

"준비 다 됐어?"

"된 것 같네요."

"된 것 같네요는 뭐야."

"시술 덜 끝났는데 수현 씨가 캡슐 디바이스 잡아 뽑아서 피 엄청 났어요. 그래도 대장절제는 끝난 것 같으니까 우리 웬수 데리고 들어오세요."

술집 주인의 뒤로, 부엌을 오가던 괴물이 머리로 추정되는 부위를 들이밀었다.

이빨이 하얗게 빛난다. 몸은 각질이 잔뜩 일어난 살구색. 몸 앞판에서 붉은 내장이 숨쉬듯 열렸다 닫혔다를 반복했다. 밝음은 어린 학생을 다루는 선생님처럼 재잘거렸다.

"이 나이 먹은 사람 치고 식도염이나 위염 없는 사람 찾기 어려웠는데 진짜 멀쩡해. 소화능력도 엄청 좋아. 상한 안주 먹여도 설사 한 번 안 하더라고. 그렇다고 비닐 같은 거 먹지 마, 사람은 그런 거 절대 소화 못 시키니까! 알았지? ……헐. 사장님, 개 손 좀 보래요."

"응? 아이고, 다 치운 줄 알았는데. 어디서 주워왔냐."

술집 주인은 괴물의 촉수에 들려 있던 롤케이크 조각을 뺏어 집어 던졌다.

"쯧, 아직 먹으면 안 된다니까. 이따가, 이거 먹고 먹자, 응? 지금은 너 롤케이크 소화 못 시켜. 나중에 술도 먹고 막걸리도 먹고 와인도 먹고 그럴 텐데 빵쪼가리에 목숨을 거냐."

'이거'. 수현은 고개를 들었다. 저 위쪽에 괴물의 머리 하나, 술집주인 하나, 정밝음 하나. 그들이 수현을 내려다본다. 모두의 얼굴에서 웃음기가 사라졌다. 무언가가 시작되려 하고 있었다.

수현의 얼굴에 의문이 떠올랐다. 질문은 입 밖으로 나오지 못했다. 입을 열면 피가 쏟아진다. 밝음은 앙다문 수현의 입술 사이에 엄지손가락을 쑤셔 넣으며 의문에 답했다.

"수현 씨 시점으로 촬영하는 페이크 다큐멘터리라고 생각하시면될 것 같네요. 시야 좀 흔들릴 거예요. 주제는 신기한 친구들. 인간사이에서 살아가기 위해 인간의 외피, 그리고 소화기관이 필요한 생명체가 있다고. 머리 일부랑 식도부터 소장까지 좀 쓸게요."

괴물의 머리로 보였던 곳이 쩍 벌어졌다. 이빨이 갓 피어난 꽃의꽃술처럼 사방으로 뻗친다. 중심부는 매끈한 어둠이었다. 생 전체를굶주려온 그 어둠이 수현을 내려다보고, 다가온다.

어둠이 수현의 머리를 따듯하고 축축하게 끌어안았을 때. 수현은마지막으로 밝음의 목소리를 들었다.

"믿고 맡기세요, 술도 많이 넣어드려요."

그네

사마란

1975년생. '사마란'은 필명이다. 의상디자인을 전공했으나 전공과
상관없는 삶을 살다가 시청자를 대상으로 한 스토리텔링 공모
프로그램에 출연한 것을 계기로 글쓰기의 세계에 발을 들였다.
인터넷 카페 '유령의 공포문학' 회원이며 꾸준한 작품 활동을
하지는 못했지만 가뭄에 콩 나듯 단편소설을 써왔다. 공포에
국한되지 않고 누군가는 깊이 공감해 줄 재미있는 이야기를 쓰는
게 꿈이다. 현재 지루한 일상 속에서 독박육아의 울분을 소설로
해소하며 살고 있다.

사마란 작가의 브릿G 게재작 목록

『모란』
『그네』

여름이 다가오는 저녁 어스름에 물든 놀이터에는 제법 시원한 바람이 불어왔다. 산자락 아래에 터를 잡은 아파트단지 중에서도 제법 명당이라 할 수 있는 곳이었다. 산모기만 아니라면 한여름에도 시원함을 느낄 수 있어 삼삼오오 모여 아줌마들의 수다판이 벌어지기 좋을 법도 했지만 달랑 두 개뿐인 가로등이 쫓아내기에는 역부족인 짙은 어둠 덕에 밤이 되면 으슥해져 아주 가끔 어린 연인들이 어른들 몰래 입이나 맞추는 데에 쓰이곤 했다.

"엄마, 뭐해?"

조막만 한 손을 내 손 안으로 쏙 집어넣으며 성욱이가 물었다.

"응? 아냐. 얼른 들어가서 저녁 먹자."

한 손에 들린 묵직한 쇼핑 비닐을 고쳐 잡으며 성욱이의 손을 잡아끌었다. 어디선가 휘익 하고 바람이라도 불어오는 듯, 나는 휑한 목덜미에 한기를 느꼈다.

현관문을 여니 한숨부터 나왔다. 아이가 던져 놓은 유치원 가방이며 장난감들이 사방에 널려 있었다. 아이피 티브이에서 해주는 유아용 영어만화를 틀어주고 서둘러 저녁 준비를 했다. 썰고 볶고 끓이는 동안 성욱이는 넋을 놓고 티브이를 보며 영어 노래를 흥얼거렸다.

"엄마 민재는 지금 추울까?"

된장국의 간을 맞추기 위해 소금 뚜껑을 열다가 멈칫했다.

"글쎄……"

뭐라고 대꾸해 주어야 할지 몰라 잠시 머뭇거리다가 소금으로 국간을 마저 맞추었다. 왠지 입안이 깔깔했다.

"어딘가에서 따듯하게 잘 있을 거야. 걱정하지 마, 성욱아. 그리고 너도 밤늦게 혼자 다녀도 안 되고 모르는 사람이 따라오라고 하면 절대 따라가면 안 돼. 알았지?"

성욱이는 심드렁한 표정으로 바닥에 너부러진 로봇 장난감을 하나 집어 들고 놀고 있었다.

아이에게 밥을 차려주고 나니 여덟 시가 넘은 시간이었다. 아이는 밥상을 앞에 두고 밥알을 세고 있었다.

"왜 또 밥 안 먹고 그러고 있어?"

"엄마, 쏘세지 먹고 싶어."

"……오늘은 안 사왔어. 내일 해줄게. 그냥 계란 프라이랑 먹어."

성욱이는 어릴 때부터 입이 짧고 편식이 심해 또래 아이보다 왜소했다. 밥상 앞에서 실랑이를 할 때마다 입이 바싹바싹 말랐다. 한참을 어르고 구슬려 겨우 서너 숟가락을 더 먹였을 뿐 그릇의 밥은 반이나 남았다.

"엄마, 밖에 지금 추워?"

식탁에서 일어나며 아이가 물었다.

"아직은 밤 되면 추워. 잘 때 이불 차내면 감기 걸려."

아이가 남긴 밥을 먹느라 우물거리며 대답했다. 성욱이는 디보 인형의 손을 잡고 질질 끌면서 소파에 털썩 앉았다.

"엄마, 민재도 지금 추울까?"

방금 입에 넣은 찬 밥덩이가 목에 콱 메였다. 민재는 일주일 전에 놀이터에서 놀겠다고 나간 후에 사라졌다. 그 민재와 마지막으로 같이 있던 아이가 바로 내 아이였기 때문에 이삼 일은 경찰서와 민재네 집에 불려 다녀야 했다. 오늘 유치원 선생님의 전화로는 요즘들어 구석에서 혼자 노는 모습이 걱정된다 하였다. 행여 아이들 사이에서 따돌림을 받는 건 아닌지 걱정되던 터에 자꾸만 민재의 이야기를 꺼내는 아이의 모습이 불안했다.

"그럼…… 민재 잘 지내고 있을 거야. 걱정하지 마."

"치…… 엄마가 어떻게 알아."

아이가 신경질적으로 디보를 집어 던졌다. 나는 아이를 위로할 방법을 찾지 못했다. 조용히 팔다리가 엇갈려 바닥에 누워 있는 인형을 잡아 툭툭 털어 소파 위에 얌전히 앉혔다.

"우리 성욱이가 기도하면 민재가 더 빨리 집으로 올 거야. 오늘 자기 전에 하느님께 기도하고 자자."

아이는 묵묵부답으로 티브이 화면만 바라보았다. 날카로운 전화벨소리가 무거운 공기를 가르고 귀를 울렸다. 수화기를 들고 여보세요 라는 의례적인 말을 꺼내기도 전에 익숙한 목소리가 귓가를 울렸다.

"성욱이 좀 바꿔요."

한숨이 나왔다. 요 근래 시시때때로 되풀이되는 일이었다. 민재의 엄마는 아무 때나 전화를 걸어 아이를 바꿔주길 요구하고는 그 날 일을 꼬치꼬치 몇 번이고 캐물었다. 처음 두 세 번은 아이를 잃은 마음이 오죽하랴 싶어 요구에 응했지만 경찰서에서도 시달림을 당한 아이가 또다시 시달리는 게 싫어 이런 저런 핑계로 따돌리는 것도 더 이상 레퍼토리가 남지 않았다.

"민재 엄마. 이해는 하겠는데 우리 성욱이 좀 그만 괴롭혀요."

수화기를 잡은 손끝과 입술이 바르르 떨렸다. 저 너머의 침묵이 두려워 서둘러 끊고만 싶었다.

"뭐라고? 우리 민재는 지금 어디서 어떻게 됐는지도 모르는데, 그깟 니 새끼한테 우리 민재 사라지던 날 일 좀 묻는다고 니 새끼가 죽니? 니 새끼가 죽냐고! 야, 이년아! 니 새끼 없어져도 그럴 거니?"

그녀가 내뿜는 분노가 시퍼런 날을 품고 등줄기를 훑었다. 내던지듯 전화를 끊는 사이에도 악에 받친 목소리가 터져 나왔다. 이마에 식은땀이 한줄기 흘러 내렸다.

"엄마. 민재 춥대?"

아이는 어느새 내 옆에 서 있었다. 쭈그리고 앉아 있던 나는 뒤로 엉덩방아를 찧었다.

"아유 성욱아. 엄마 깜짝 놀랐잖아!"

놀란 나머지 아이에게 과하게 역정을 냈다. 아이는 무표정하게 날 바라보다가 다시 소파로 돌아가 멍하니 티브이를 보았다. 다시금 전화벨이 울어댔다. 한 번, 두 번, 세 번. 나는 전원 버튼을 길게 눌러 그 소리를 잠재웠다. 머리가 지끈 아팠다.

"잘 자. 우리 성욱이 이쁜 꿈 꿔."

이야기책을 네 권 읽는 동안 아이가 스르르 눈을 감았다. 잠시 머리를 쓰다듬다가 살며시 일어나 아이의 얼굴을 바라보았다. 며칠 새 아이가 많이 수척해졌다. 어린 아이가 그간 겪은 일이 눈가에 그늘을 만들었다. 아무 일 없다는 듯 평온한 얼굴을 보며 마음이 무거웠다. 조심스럽게 취침용 등의 스위치를 눌렀다.

"불 끄지 마!"

나도 모르게 비명을 질렀다. 잠든 줄 알았던 성욱이가 매서운 눈으로 나를 노려보고 있었다. 가슴이 미친 듯이 뛰고 손이 부들부들 떨렸다.

"끄지 말라고! 끄지 말라고! 끄지 말라고! 끄지 말라고!"

귀신에 쫓기듯 스위치를 다시 올리고 밖으로 뛰어 나왔다. 문 뒤로 아이가 소리쳤다.

"불 끄지 마! 내가 잠들어도 끄지 마! 끄지 말라고!"

나는 안방으로 뛰어 들어가 이불을 뒤집어쓰고 귀를 막았다. 손으로 입을 막고 비명을 지르고 싶었다. 무서웠다. 누군가를 붙들고 살려달라고 빌고 싶었지만 아무도 없었다.

깜빡 잠이 들었다. 무거운 머리를 붙들고 일어나니 한밤중이었다.

아이의 방문 사이로 희미한 불빛이 보였다. 등을 돌린 채 잠든 아이에게 다가가 머리를 쓰다듬자 뒤척이며 베개 밑으로 팔을 집어넣고는 숨을 몰아쉬고 입맛을 다셨다. 혹여 깰까 싶어 조용히 문을 닫고 나왔다. 삐그더더덕. 적막한 집 안에 경첩의 비명이 퍼졌다.

온 집안에 불쾌한 냄새가 진동했다. 어제 버리지 못한 음식물 쓰레기가 비닐봉지의 내장인 양 풀어 헤쳐졌다. 작은 초파리들이 벌써 그 위를 윙윙거렸다. 말려 놓지 않아 축축한 고무장갑을 끼고 물이 뚝뚝 떨어지는 비닐봉지를 묶어 걸음을 재촉했다.

자정이 가까운 아파트 공원에 바람이 불었다. 낮에는 불타오를 듯 여름인 양 굴었지만 밤엔 짧은 반소매 위로 오소소 소름이 돋았다. 진저리를 치며 분리수거 통에 비닐봉지를 기울였다. 수거함엔 파리가 들끓고 고약한 냄새에 눈이 시큰했다. 얼른 뚜껑을 닫고 껑충거리며 아파트 현관을 향해 뛰었다. 왜 그랬는지는 모르겠다. 홀린 듯 뒤를 돌아보니 놀이터의 그네 하나가 흔들거렸다. 흘끗 쳐다보다 몸을 돌려 현관 앞에 섰다. 고무장갑을 벗고 비밀번호를 누르고 팔뚝을 부비면서 엘리베이터를 향해 뛰고, 버튼을 누르고. 열린 문 속으로 몸을 밀어 넣었다.

엘리베이터 문에 뚫린 작은 창문은 볼 때마다 소름이 끼쳤다. 한층 한 층 지날 때 빈 공간 사이로 누군가가 얼굴을 곧 내밀 것 같았다. 애써 눈을 다른 곳으로 돌렸다. 그러자 양쪽 벽에 마주한 거울 사이로 끝없이 이어지는 내 모습이 보였다. 낮은 포물선 모양으로 밑도 끝도 없이 반복되는 형상의 반사. 오싹하긴 마찬가지였다.

집에 돌아오니 출출했다. 냉장고를 열어 차가운 우유를 통째로 두어 모금 들이켰다. 잠시 멍하니 서 있었다. 뭘 해야 하지. 뭘 해야 하나. 머리가 깨질 듯이 아팠다. 서랍을 샅샅이 뒤져 오래 되어 은박지가 구멍이 난 진통제를 찾아냈다. 우유를 꺼내 입에 털어 넣고 꿀꺽 삼켰다. 성욱이 방에 켜진 취침등의 불빛이 아련해 보였다. 안방에서 베개를 옆구리에 끼고 이불을 질질 끌어 방으로 들어갔다. 아이가 잠든 옆의 맨바닥에 벌렁 누워 이불을 여몄다. 눈을 감았지만 좀처럼 잠은 오지 않았다.

불현듯 떠오른 장면. 엘리베이터 안에서 거울에 비친 내 모습은 모두 뒤통수였다. 착각인가. 지금 꿈을 꾸고 있는 건가. 꿈이라면 깨어야 하는데 눈을 뜨기가 두려웠다. 숨이 막혔다. 누군가의 손이 내 목을 조르기 시작했다. 눈을 뜰 수가 없었다. 너무나 무서워서 눈을 뜰 수가 없었다.

초인종 소리에 눈을 떴다. 굳은 몸이 스륵 풀리며 숨통이 트였다. 땀에 젖은 온 몸은 돌로 만들어진 듯 무거워서 겨우 몸을 일으켰다. 시계는 아직 일곱 시도 되지 않은 시각을 가리키고 있었다. 목구멍에 커다란 바위덩이라도 걸린 듯 꽉 메어 있어서 몇 번이나 큼큼거린 후에 겨우 죽어가는 목소리가 나왔다.

"누구세요?"

"나야. 성욱 엄마. 문 열어요."

거칠게 문을 두드리는 소리가 났다. 쉬이 문이 열리지 않자 발길질도 마다하지 않았다.

"문 열어. 문 좀 열어보라니까요."

"민재 엄마. 자꾸 이러지 마요. 성욱이가 할 만큼 했잖아요. 자꾸 이러면 경비실에 연락할 거예요."

"열어보라고. 마지막이야. 진짜 마지막으로 한 번만 묻게. 부탁할 게. 응? 마지막이야. 내가 이렇게 빌게. 내가 무릎이라도 꿇고 빌게. 아니 일단, 문이나 열어봐. 내가 자기한테 할 말이 있어서 그래. 내가 이렇게 빌게."

막판에는 거의 흐느끼고 있었다. 곧이어 민재야 민재야 하는 곡소리로 변해갔다. 나는 짜증스런 몸놀림으로 거칠게 문을 열었다. 바닥에 눕다시피 주저앉아 있던 그녀가 눈가를 함부로 훔치고는 잽싸게 일어나더니 나를 밀치고 현관으로 내달렸다. 나는 속절없이 자빠졌다. 그녀는 순식간에 성욱이의 방문을 밀어젖히더니, 잠들어 있는 아이의 어깨를 붙들고 악다구니를 썼다.

"성욱아. 성욱아. 민재가 그때 응, 너랑 같이 놀이터에서 놀다가. 딱지 하나를 너한테 주고, 응, 그래서, 그래서 어떻게 됐다고?"

아이는 자다 깬 얼굴로 멍하니 그녀를 바라보고 있었다.

"민재 엄마! 뭐하는 거예요, 지금!"

"넌 상관하지 마! 애한테 물었어. 내가 지금!"

그녀는 벌떡 일어나 문을 쾅 닫았다. 철커덕. 잠금 장치를 누르는 소리가 들렸다. 나는 기가 막혀서 두 손이 부들부들 떨렸다.

"야! 문 열어. 너 지금 뭐하는 거야 우리 애한테. 안 열어? 야! 야 이 미친년아아아아!"

방문을 두들기고 발로 차다가 정신없이 보조키를 찾아 헤맸다. 분명 안방 서랍에 두었던 거 같은데 서랍을 통째로 꺼내 뒤집어도 보이지 않았다. 생각나는 곳은 다 열어서 헤집었다. 신발장 서랍에서 나는 열쇠꾸러미를 발견했다. 허겁지겁 아이 방 열쇠를 찾아 손에 단단히 쥐고는 문으로 내달렸다. 손이 덜덜 떨리는 통에 열쇠가 쉬이 들어가지 않았다. 철컥 소리가 나며 문이 열렸다.

민재 엄마와 아이는 마주보고 앉아 있었다. 아이는 머리에 까치집을 얹고 잠이 덜 깬 눈으로 어눌하게 말했다.

"그래서요, 민재가 왕딱지를 나한테 주고요. 같이 문구점에 가자고 해서요. 내가 민재한테 딱지 고맙다고 삼천 원짜리 팽이 사주고요. 민재가 팽이놀이 하자고 해서 내가 집에 와서 팽이 가지고 나가보니까 민재가 없었어요."

몇 번이나 되풀이해서 외우다시피 한 말이었다.

"니가 같이 있었어야지."

눈이 뒤집혔다.

"아니 이 여자가, 니 새끼 없어진 걸 왜 우리 애한테 뒤집어 씌워? 나와! 안 나와? 내가 끌어낼까?"

그녀에게 달려들어 팔을 붙들고 밖으로 끌었다. 민재 엄마는 내 손을 휙 뿌리치고는 성욱이의 양어깨를 흔들며 악을 썼다.

"같이 놀고 있었으면 니가 같이 있었어야지! 왜 우리 민재 혼자둔 거야! 왜!"

나는 필사적으로 그녀를 끌어내려고 들러붙었지만 그녀의 눈은 이미 사람의 눈이 아니었다. 사람의 힘도 아니었다. 도저히 감당할 수 없는 그녀의 힘에 나는 기듯이 뛰어가 인터폰으로 경비아저씨를 불렀다. 그리고 다시 성욱이에게서 그녀를 떼어내려 안간힘을 썼지만 아이를 붙든 그 손은 강철 같았다. 곧 경비 아저씨 둘이 달려와 민재 엄마를 질질 끌고 나갔다. 성욱이는 얼빠진 모습으로 끅끅거리며 울다가 헛구역질을 했다. 그 여자가 붙들었던 양 팔은 벌겋게 멍이 들었다. 성욱이를 안고 하염없이 '괜찮아, 엄마가 있잖아.' 라며 되뇌는 목소리는 공허했다.

울다 지쳐 잠이 들었던 아이는 온종일 제대로 먹지도 못했다. 물에 젖은 휴지처럼 늘어져 있다가 벌떡 일어나 몇 번을 울었다. 이곳에 온 지 다섯 달밖에 되지 않았지만 다시 이사를 가야 할지도 모르겠다. 성욱이를 생각하니 가슴이 아렸다. 겨우 잠이 든 아이를 침대에 눕히고 취침 등을 켠 채 방문 밖으로 나왔다. 하루 사이에 과일 쓰레기에 날벌레가 꼬였다. 비닐봉투를 들고 밖으로 나오니 선뜩한 바람이 불었다. 쌀쌀한 밤이었다. 동네가 텅 빈 것처럼 유달리 인적이 없었다. 음식물 쓰레기통에 몇 개 되지도 않는 과일 껍데기를 쏟아 붓고 종종걸음 쳤다.

"끼이익…… 끼이익……"

뒤통수에서 놀이터의 그네 흔들리는 소리가 작게 들렸다. 문득 뒤돌아보니 네 개의 그네 중 세 번째 것이 홀로 춤을 추었다. 바람은 잠잠했고, 아무도 없었다. 나는 그 자리에 얼어붙어 한참을 바라보았다. 멈출 듯 멈출 듯 멈추지 않는 그네의 춤을 보며 머리카락이 쭈뼛해졌다. 주먹을 꽉 쥐고 내달렸다. 정신없이 집에 들어와 덜덜 떨리는 다리로 다용도실에서 까치발을 하고 놀이터를 내려다보았다. 그네는 잠잠했다. 온 집안의 불을 켜고 티브이 소리를 한껏 높였다.

소주를 꺼내 컵에 반을 따르고 꿀꺽 삼켰다. 잠이 들면 아무 일도 없었다는 듯 내일이 시작되기를 기도하면서.

눈을 떴다.

사방은 어두웠고 눈앞에 성욱이의 얼굴이 떠 있었다. 아이가 나를 깨운 모양이었다.

"엄마, 민재는 추울까?"

순간, 머릿속에서 무언가 튕겨나가는 소릴 들었다.

"그만 해! 그만 하라고! 니가 민재를 버리기라도 했어? 죽이기라도 했어? 그만 좀 하라고! 그만 좀 하라고! 지겨워! 지겨워! 지겨워! 지겨워 죽겠어!"

미친 사람처럼 악을 쓰고 정신을 차렸을 땐 이미 너무 많은 말이 입 밖으로 나간 후였다.

아이는 싸늘한 얼굴로 나를 노려보다가 뒤돌아 방을 나갔다.

아무 생각도 할 수 없는 시간이 흘렀다. 몇 시인지, 방금 내가 본 건 성욱이였는지, 방금 무슨 일이 있었던 것인지 알 수 없었다. 머리를 흔들어 정신을 차려 보았다. 아이가 밖으로 나갔다! 무서운 얼굴을 하고.

허겁지겁 뛰어나간 거실엔 아이가 보이지 않았다. 제 방에도, 화장실에도, 집 안 어디에도 없었다. 급히 슬리퍼를 꿰어 신고 계단을 내달아 아파트 밖으로 나갔다. 짙은 감색 하늘 저 먼 곳이 희부옇게 밝아오는 시간이었다.

끼이익…… 끼이익……

놀이터의 세 번째 그네가 흔들리며 소리를 냈다. 고개를 숙이고 발을 질질 끌며 그네 위에 앉아 있는 아이의 모습에 온 몸의 털들이 곤두섰다. 나도 모르게 뒷걸음질을 쳤다. 집에 어떻게 올라갔는지 기억할 수도 없었다. 방에 들어가 문을 잠그고 이불을 뒤집어 쓴 채 눈을 꼭 감았다.

이 모든 것이 거짓말이기를.

문을 두드리는 소리에 잠이 깼다. 고막을 찢을 듯이 악을 쓰는 소리가 얹어졌다.

"엄마! 엄마! 엄마 어디 갔어? 엄마! 엄마, 문 열어!"

문을 열자마자 아이가 쏟아져 들어왔다. 온 얼굴이 눈물과 콧물과 침 범벅이 된 채로 내 허리에 들러붙어서 엉엉 울어댔다. 아이를 안고 머리를 쓰다듬으며 그네 위에 앉아 있던 그 모습을 떠올렸다.

꿈일 것이다. 머리가 터질 듯이 아팠다.

아이도, 나도 지쳐 있었다. 어린이집엔 당분간 못 나갈 것이라고 말해두었다. 온종일 집에 붙어 앉아 있으니 공간이 온통 끈적끈적한 액체로 가득 찬 것처럼 뒤틀린 듯했다. 티브이에선 걱정근심 따위 모르는 듯 연예인들이 쉼 없이 재잘대고 노래했다.

낮과 밤은 다르지 않았다. 아이와 나는 멀거니 티브이를 보다가 얼마 되지 않는 음식을 주워 먹다가 누워서 천장을 바라보다가 창밖을 내다보다가 하면서 하루를 보냈다.

"엄마. 쏘세지 먹고 싶어."

종일 굶다시피 한 아이가 힘없는 목소리로 말했다. 옷을 대충 입혀 집 앞 슈퍼에 가서 비엔나소시지를 사 들고 돌아오는 길, 인적 없는 놀이터는 잠잠했다. 서둘러 현관으로 들어오다 문득 돌아봤을 때 세 번째 그네가 미세하게 움직이는 것을 보았다. 끼이이익……

"엄마. 민재 이제 안 춥대."

"그래…… 다행이다."

 아이의 손을 잡고 현관 비밀번호를 누른 후 쩍 벌어진 아파트의 입 속으로 들어갔다. 소시지를 구워 아이에게 밥 두어 숟가락을 먹이고 남은 건 안주삼아 맥주를 마셨다. 맥주 두 캔에 취기가 오르니 몽롱하게 잠이 쏟아졌다. 그대로 잠이 들면 이 악몽이 끝나길 바랐다.

 가위에 눌렸다. 바닥에 널린 검붉은 피가 점점 번져와 내 다리를 적시고 허벅지로 가슴께로 타고 올라왔다. 어느새 주변이 붉은 늪이 되어 나를 꾸역꾸역 먹어 치우려 했다. 숨이 막혀 버둥댔지만 사지는 꿈쩍도 하지 않았다. 입 안으로 비릿한 피가 고여 들고 콧구멍에도 귓구멍에도 눈도 잠겨갈 즈음 화들짝 눈을 떴다. 이불은 축축이 젖어 무겁기만 했다.

 바깥이 소란스러웠다. 겨우 몸을 일으켜 베란다를 내다보았다. 동네 사람들이 다 나와 있는 것 같았다. 무리 가운데 뻥 뚫린 구멍 속에서는 누군가가 주저앉아 악을 써댔다. 아이고데이고 하는 목소리를 들어보니 민재 엄마가 분명했다. 그 주변에서 사람들은 삼삼오오 짝을 지어 수군수군수군수군수군 입을 놀려댔다. 밤사이 무슨 일이 생긴 게 분명했으나 저 수군대는 사이에 끼어 한낱 가십거리 나르듯

떠벌리는 동네사람들과 맞장구를 치고 싶지 않았다. 그저 좀, 조용히 좀 해주었으면…… 귀를 틀어막고 싶었다. 아니, 저들의 입 구멍을 틀어막고 싶었다.

들으려 애쓰지 않아도 소문은 바람에 실리듯 귀로 들어왔다. 민재의 시신이 발견되었다. 아파트에 맞닿은 야산 어느 외진 곳에 누군가 버려놓은 식당용 냉장고 안에서 민재의 시신이 발견되었다. 그곳에 왜 들어갔는지는 모르지만 슬라이드식 잠금 장치로 잠겨 있어 밖으로 나오지 못하고 죽었다. 입들은 그걸 발견하지 못한 경찰을 욕했다. 경찰들은 수사 인력이 부족한데다 주변에 얕은 나무가 무성하게 자라 있어서 잘 눈에 띄지 않았다고 변명했다. 민재가 그 산으로 난 샛길을 오를 때 혼자였는지 누군가 같이 있었는지 본 사람은 아무도 없었다. 그저 그날 낮에 성욱이와 민재가 같이 다니다 눈에 띄었을 뿐이다. 민재 엄마의 곡소리는 길고도 짙었다. 저대로 죽어버리려나 싶게 매일 그 야산을 헤매며 울어댔다.

오랜만에 아이를 어린이집에 등원시키고 온 집안을 뒤집어 대청소를 했다. 커튼도 바꾸고 소파의 위치도 바꾸고 인터넷에서 파는 데코 스티커를 벽에 붙이니 조금 숨통이 트이는 것 같았다. 아이가 좋아하는 고로케도 간식으로 준비했다. 열린 창문 사이로 먼지가 부유하며 밖으로 빨려가는 것을 멍하니 바라보았다. 딱 이만큼. 바라는 건 딱 이만큼인데. 더도 덜도 말고 그냥 이렇게 아무렇지 않은 일상을 사는 보통의 삶, 그것뿐이었다. 어렵게 쌓아 올린 성이 흔들리고 있었다. 저 아래에서부터 들썩이는 소리를 무시할 수가 없었다. 가슴께가 뻐근하게 느껴지는 불안을 애써 누르며 먼지를 오래 바라보았다.

떠다니는 먼지를 바라보다 문득 정신을 차려보니 아이가 돌아올 시간이 조금 지나버렸다. 풀어헤친 머리를 다시 고쳐 묶고 서둘러 아파트 정문 앞으로 나갔다. 저 멀리 정문 경비초소 앞에 날 기다리고 있어야 할 아이는 혼자가 아니었다. 투실투실한 몸에 머리를 산발한 민재 엄마였다. 민재 엄마는 억세게 아이를 붙들고 앞뒤로 흔들고 있었다. 순식간에 내 손에는 그 여편네의 머리채가 쥐여 있었다. 있는 힘껏 낚아채어 휘두르자 내 작은 몸 어디서 그런 힘이 나왔는지 민재 엄마가 저 멀리 나뒹굴었다.

"이 미친년아! 왜 내 새끼는 자꾸 괴롭히고 지랄이야!"

정작 미친년 같은 목소리는 내 목에서 나왔다. 버둥거리며 일어나 앉은 민재 엄마가 헝클어진 머리를 위로 쓸어 넘겼다.

"……그날 마지막까지 민재랑 같이 있었던 건 니 새끼야. 그런 후에 죽어서 나타났어. 그럼 니 새끼가 내 새끼를 죽였든지, 내 새끼 죽인 사람을 알든지 하겠지. 멀쩡한 애가 냉장고엔 왜 들어가? 쟤가 꼬드겼을 거야. 니 새끼도 거기 들어가라고 그래. 왜 우리 민재만 거기서 죽었을까? 같이 뒈져 버리든가 하지."

눈에서 불똥이 튀었다. 주변을 둘러보니 경비실 옆에 놓인 빗자루가 있었고 고민할 틈도 없이 그걸 집어서 그 여자 머리를 향해 냅다 휘갈겼다. 여자는 다시 풀썩 나자빠졌다. 나는 달려들어 여자 위에 올라타곤 정신없이 빗자루를 휘둘렀다. 경비 아저씨가 뛰쳐나와 나를 뜯어내고 지나가던 사람들이 민재 엄마를 일으켜서 질질 끌고 갔다. 여자는 끌려가면서 '민재야 민재야' 통곡을 했다. 나는 분이 가시지 않아 심장이 터질 듯 뛰고 온 몸이 떨렸다.

"성욱이 엄마가 이해를 좀 해요. 저 여자 그날 이후로 사흘째 잠한숨 못 자고 저러고 온 동네를 헤매고 다녀요. 민재 아빠가 잡아 붙들어 오면 또 나가고 또 나가고 한다네요. 정신병원에 입원시켜야 할 것 같은데…… 기가 막히기도 하고 안쓰럽기도 하고."

아이를 돌아보니 고개를 푹 숙이고 발끝을 바라보고 있었다. 나는 씩씩거리는 숨을 고르며 아이의 손을 잡아챘다.

"가자. 성욱아. 이제 저 아줌마가 우리 성욱이 못 괴롭히게 할게."

사람들이 동물 구경하듯이 쳐다보는 시선을 느끼며 서둘러 집으로 들어갔다. 문을 닫자마자 급격한 현기증을 느꼈다. 또다시 지옥이었다. 집 안의 공기는 끈적끈적하고 텁텁했다. 숨이 막혔다.

"엄마. 민재 엄마가 다 알았나 봐."

아이가 무슨 소리를 하는 건지 선뜻 알아들을 수가 없었다. 되물어야 했지만 그렇게 물으면 그 지옥이 당장 내 눈앞에 쏟아질 것 같은 직감이 들었다. 그저 눈을 크게 뜨고 아이의 얼굴을 바라보았다. 말이 되어 나오진 않았지만 얼굴에 쓰여 있었을 것이다. 뭐라고?

"내가 민재를 죽인 걸 어떻게 아줌마가 알았을까?"

날카로운 것이 머리부터 발끝까지 훑어 내려갔다. 다리가 휘청거리다 풀썩 주저앉았다.

"아무도 모르는데. 민재 우는 소리는 나밖에 못 듣는데. 그래서 아무도 모르는데."

집이 블랙홀에 빨려 들어갔다. 먹먹해진 귀에 통증이 일었다. 벌벌 떨리는 손으로 아이를 오라고 손짓했다. 아이는 내 품으로 달려와 폭 안겼다.

"민재가 날 맨날 때렸어. 집에 있는 장난감 달라고 때리고, 심부름 하라고 때리고, 사람들 없는 곳에서 맨날 때렸어. 어린이집에서는 잘 안 그러니까 괜찮은데 집에만 오면 괴롭혔어. 저번엔 애들 앞에서 아빠도 없는 애라면서 내 바지 벗기고 놀렸어. 그건 때리는 것보다 더 싫어서, 민재가 죽었으면 했어."

가슴이 덜컥거렸다. 이사 온 후 적응을 제대로 못 할까 봐 같은 아파트에 사는 민재를 친구하라고 붙여주었다. 덩치도 크고 또래아이들을 몰고 다니는 아이였다. 엄마가 일을 해서 집이 늘 비었으므로 아이들은 주로 그 집에서 놀았다. 친해두면 작고 소심한 내 아이가 든든할 거라 생각해서 나가기 싫다는 걸 억지로 등 떠밀어 내보냈다. 잘 놀아달라고 매번 과일이며 과자며 챙겨서 그 집에 밀어 넣었다. 선생님도 민재가 아이를 잘 보살펴서 또래랑 잘 어울려 논다고 말했기에, 믿었다.

"그…… 래서…… 그래서……?"

"민재가 저번에 팽이 안 사준다고 그 산에 데리고 가서 냉장고에 날 가두고 한참 만에 꺼내줬어. 근데 아무도 몰라. 그래서 팽이를 사서 그 냉장고 안에 넣었다고 했어. 민재가 찾으러 들어가서 내가 잠가 버렸어."

아이가 손톱을 잘근잘근 깨물고 있었다. 열 손가락 몽땅 손톱 절반이 닳아 없어져 있는 것이 그제서야 보였다. 눈을 칼로 도려내고 싶었다.

"미안해…… 엄마가…… 몰랐어……. 우리 성욱이 그렇게 힘든 줄…… 몰랐어."

쓰다듬는 아이 머리 위로 눈물이 뚝뚝 떨어졌다.

"근데 엄마."

한참 만에 아이가 고개를 들었다.

"민재는 왜 계속 그네에 앉아 있는 거야?"

머리카락이 쭈뼛했다. 바람이 불지 않아도 절로 흔들리던 세 번째 그네.

"민재가…… 그네에 앉아 있어?"

"응. 맨날 거기서 그네를 타고 있어. 낮에 누가 그네를 타고 있으면 그네 꼭대기 위에 앉아서 그 아이를 내려다 봐. 그러다가 나랑 눈이 마주칠 때도 있는데 난 그럼 얼른 뛰어서 집에 들어와. 하지만 무섭지는 않아. 살아있을 땐 날 때리고 괴롭혔지만 지금은 그네에서 쳐다보기만 하는걸."

가슴 속에 바람이 드는 것처럼 스산했다. 아무리 꼭꼭 여며도 사방에서 스며드는 샛바람에 가슴이 하얗게 멍들어 갔다. 그 오랜 시간 아이는 얼마나 많은 아픔을 혼자 견뎌 낸 걸까. 가기 싫다고 하는 아이의 말을 못들은 척 민재네 집으로 밀어 넣을 때, 아이는 얼마만큼의 공포를 느꼈을까. 식은땀이 흐르고 귀가 먹먹해지고 다리가 후들거리는 그런 곳에 매일 떠미는 엄마를 얼마나 원망했을까. 주먹으로 가슴을 쳐서 산산이 부숴버리고 싶었다.

손톱을 물어 뜯던 아이가 말간 얼굴로 나를 올려보았다. 몇 번을 머뭇거리더니 결심한 듯 입을 열었다.

"엄마도 아빠가 보여?"

"응? ……왜?"

"엄마도 아빠 죽였잖아."

그랬다. 밖에서는 좋은 가장 집에서는 폭군이 되는 남편에게 맞는 것도 모자라 아이가 보는 앞에서 강간을 당한 그 날부터 나는 그를 죽이기로 결심했다. 역겨운 술 냄새를 풍기며 아이를 향해 네 엄마는 내 거야 이 새끼야 라고 말하는 그는 이미 사람이 아니었다. 추운 겨울날, 나는 집 현관 앞에 빙판을 만들고 매일 발로 문질러 반질반질하게 다듬었다. 주변에는 일부러 돌덩이를 흩어놓았다. 내 소원을 들어준 것처럼 어느 새벽 쿵 하는 소리에 나가보니 고주망태가 되어 들어오다 빙판에 넘어져 머리에서 피를 철철 흘리고 있었다. 나를 향해 손을 뻗는 그에게 죽어 *이 새끼야* 라고 말하는 순간 가슴이 뻥 뚫렸다. 그러곤 조용히 집에 들어와 문을 잠갔다. 현관 앞에서 나를 바라보는 아이의 손을 잡고 방에 들어가 오랜만에 길고 긴 잠을 잤었다. 그랬었다.

"……응 ……그랬었어. 그래서 멀리 이사 왔어."

"엄마 바보. 죽으면 아무리 쫓아다녀도 때리진 못하는데."

아이가 내 품을 파고들었다. 내일은 부동산에 가서 집을 내놓아야겠다.

천장세

장은호

1980년생. 소설가, 의사, 싱어송라이터. 공포문학작가모임
매드클럽 창단맴버. 한국공포문학단편집 1∼6권에 작품수록.
현재 장편 소설과 음악 앨범 작업에 매진하고 있다.

장은호 작가의 브릿G 게재작 목록

『시골처녀』

『천장세』

『며느리의 관문』

『고치』

『계급사회』

『첫 출근』

『노랗게 물든 기억』

『캠코더』

『하등인간』

『가면무도회』

『사족보행』

『봉구이야기』

『투명한 고름병』

『골목집』

『순결한 칼』

『요람』

『수상택시선착장』

『풍덩』

『그랜저괴담』

『수면증후군』

침대는 습기를 머금고 있었다.

등에 스미는 진득함을 느끼며 천장에 초점을 고정했다. 검은 점이 알록달록한 천장 도배지는 보기만 해도 매슥거렸다. 곰팡이 핀 것 아닌가 싶기도 했다. 하지만 그것마저도 익숙해진 지 오래였다.

벌써 5년, 원룸의 냄새, 구조, 색감, 모든 것이 그랬다. 원룸 건물은 도시의 유방처럼 튀어나온 곳에, 없는 듯 박혀 있었고, 사람들은 경사진 골목을 좀비마냥 배회하고 다녔다. 그냥 내 눈에만 그렇게 비친 것일지도 모른다. 월세 내는 날에 증상은 더 심해졌다. 방 하나에 화장실 하나, 발코니 하나. 그것이 감옥인양 갑갑했다. 방과 화장실에 작은 창문이 달렸는데 환기에 그다지 도움이 되지 않았다. 벽에 붙은 액자는 흉물처럼 보였다.

떠나는 게 답이긴 한데…….

쉬운 일은 없었다. 월세 보증금 모으는 것조차 몇 년이 걸렸다. 대학을 졸업하고 정말 미친놈처럼 일했다. 수산물 시장 구석에서 쪽잠조차 아끼며 일했다. 사글세보다 무서운 것은 질병이었다. 정신을 좀먹는 질병. 내 목덜미를 쥐어 잡고 다리 밑 검은 물속으로 던져버리는 질병.

나는 버텼다. 언젠가 좋은 날이 올 것이란 낙관을 눈구멍, 콧구멍, 귓구멍, 몸뚱이의 모든 구멍에 쑤셔 박았다. 특별한 재능도 없고 머리도 좋지 않고 키도 작고 몸은 왜소하고 툭하면 감기에 걸렸다. 친구들도 별 볼일 없었다. 나보다 나을 건 없다는 말이다. 다들 사회가 이런 건지 몰랐다고 혀를 찼다. 가끔 만나 술을 마셔도 늘 같은 얘기뿐이었다. 그러니 만남도 재미가 없었고 결국 그 놈들과도 선을 긋게 되었다. 술값도 아까웠다.

그렇게 아끼고 아끼다 결국, 회사라고 불릴 만한 곳에서 일하게 되었다. 생선 통조림을 제조하는 업체였다. 사글세에서 월세로 전환이 동시에 이루어졌다. 회사 일이라고 별 대단한 건 아니었고 월세 집이라고 사글세보다 엄청나게 좋은 건 아니었지만, 나는 소소한 행복을 경험했다. 안 먹고 안 쓰고 안 움직인 보람이 있었다. 그리고 5년이 흐르는 동안 처음의 기쁨은 퇴색되어 갔다. 서른 중반, 내 몸이 늙는 걸 알게 되었지만 상황은 그다지 나아지지 않았다. 갑자기 회사가 뻥하고 커져서 나까지 운이 트이는 걸 꿈꿨다. 현실적이고 유일한 해답처럼 보였다.

연애? 그런 것은 사치의 다른 말이다. 담배는 포기 못 했지만, 다른 부분에선 어떻게든 나가는 돈을 줄여야 했다. 최소 생존조건을 충족

시킨 후 나머지 돈은 비축하는 것이다. 그렇지 않으면 시커먼 도시는 영영 나를 놓아주지 않을 것이다. 아니면 죽어서 벗어나든가.

죽어서 벗어난 친구 한 명이 있었다. 삼 년도 더 된 일이다. 몇 달 동안 연락이 안 돼서 알아보니 죽은 거였다. 자살이라고 바람결에 들었을 뿐 자세한 내용은 알 수 없었다. 어쨌든 철학자처럼 줄줄이 말을 늘어놓던 놈이 세상에 없다고 생각하니, 맘이 허전하긴 했다.

"이 도시는 잘못된 도시야."

그는 전화로 이렇게 말하곤 했다.

"썩어가는 거지. 개선될 여지가 없어. 쓰레기 같은 직업만 생겨나고 희망 따위는 죽 써먹을 것도 없지. 체질이 악화된 도시는 결국 개선책을 찾지. 이 도시가 담배 값이 가장 싼 건 알지? 등록금 지원도 많이 해주고. 하지만 길게 보면, 그것 모두 사람들을 압박하는 방향으로 움직여. 예전에 우리도 그랬잖아. 대학을 졸업하면 등록금 대출을 갚기 위해 몇 년을 썩어야 해. 사회 초년생이 자기 개발을 위한 시간이나 좋은 경험을 할 수 있는 시간을 잃어버리는 거지. 그리고 대출을 다 갚을 때쯤 또 일이 터져. 결혼도 그 일 중에 하나고. 다시 빚을 지게 되는 악순환이지. 요즘 사람들은 결혼 잘 안 하잖아. 그들이 생각하는 게 뭐겠어? 빨리 자립해서 여기를 뜨는 거라고. 이 빌어먹을 도시를 뜨는 거."

나는 늘 듣는 입장이었다.

"사람들이 도시를 뜨면 어떻게 되겠어? 도시는 세포를 잃는 거지. 도시란 것도 생명체 같아서 죽을 것 같으면 발악을 하거든. 발악 중 하나가 천장세 따위지."

천장세는 그의 주요 관심사 중 하나였다.

"너 원룸으로 옮겼다고 그랬지? 이 도시에 오래전에 통과된 건축법, 월세법이 있어. 원룸 건물을 지을 때 천장에도 사람이 살 최소 공간, 구조를 만들면 세금 혜택을 주는 거야. 표면적인 목적은 말이야. 신용 불량으로 회생불능이 된 인간들 있잖아. 그 놈들 구제해 준다는 거지. 천장에 살면서 천장세를 내는데, 도시에서 백이십 퍼센트를 부담해 주거든. 백 퍼센트도 아니고 백이십 퍼센트는 뭘까? 이십 퍼센트를 모아서 재기하라는 거지 뭐."

"그래서 천장에 사는 사람은 최대한 돈을 안 쓰기 위해서 자신의 공간을 잘 안 벗어나게 돼. 가만히 누워서 지하 인간들처럼 사는 거지. 정서적으로나 건강상으로도 좋을 리가 없겠지? 어쨌든 구제 방안은 구제 방안이야."

"하지만 그 안에는 다른 뜻이 숨어 있지. 도시에서 그런 버러지들을 위해 정책을 만들 리 없잖아."

자살 소식을 접한 뒤 얼마 후, 그가 마지막에 천장세를 내며 살았단 사실도 알게 되었다. 갈비뼈 안쪽이 오그라드는 느낌이 들면서도, 나는 월세민이라는 사실에 상대적 행복감이 일었다. 하지만 월세민은 월세 내는 날에 불행해진다.

퇴근 후, 위층 주인아저씨 집에 들러 봉투를 건네고 내려와 침대에 누웠다. 올라가기 전에 오줌을 누었는데 또 마려웠다. 찝찝함이 심장 밑동에 붙어 달랑거렸다. 월세 내는 날의 불행 때문은 아니었다.

담배를 태울 때면 건물 옆 편으로 나갔는데, 나는 담배를 건물 벽에다 문질러 끄는 버릇이 있었다. 뭔가 신성한 의식을 마친 듯한 기분이 들었다. 벽에 그라피티를 하는 다른 방식이랄까. 나는 주인아저씨가 그런 행동을 엄청나게 싫어한다는 사실을 알게 되었다. 벽에 붙은 시뻘건 경고장이 증거였다. 싫어한다는 사실을 알게 되니……더 하고 싶어졌다. 나는 몰래몰래 비행을 즐겼다. 한 번도 안 걸리고 지금까지 왔는데, 설마……. 꼬리가 길면 밟히는 법이긴 한데.

반 대머리 주인아저씨가 던진 몇 마디가 머릿속을 맴돌았다.

"자네 거기서 꽤 오래 살지 않았나?"

"이제 건물 리모델링할 때도 된 것 같고……"

"지내기 좁지 않아?"

"혹시 모르니 알아보는 게 좋지. 좀 더 넓은 집 말이야."

종합해 보면 나갈 준비 하라는 얘기였다. 준비가 안 되어 있는데 어디를 나간단 말인가? 이사 비용조차 없었다. 삼각 김밥조차 세일 하는 것만 골라 먹으며 버텼는데도 돈이 모이지 않았다. 최근까지 모아놓은 돈은, 몇 달 전 곪은 맹장이 갖고 날라버렸다. 수술 안 하고 버텨보려 했는데 몸이 아프니 그게 되질 않았다. 맹장이 터져 버리면 죽을 수도 있다는 의사에 협박에 덜컥 겁이 나서 수술 결정을 해버렸다. 회사 보험이 적용되었는데도 어마어마한 수술비가 나왔다. 맹장이 살짝 찢어지면서 비어져 나온 분비물이 있었는데, 그것을 청소하는 비용이 맹장 수술비용보다 비쌌다. 미칠 노릇이지만 어쩔 수 없었다.

아무리 짜내 봐도 이사는 불가능했다. 다른 방도를 찾아야 했다.

"월월세라는 것이 있지."

월세 계약을 하던 날, 죽은 친구가 해준 말이 떠올랐다.

"월세차 보호법으로 명명된 건데, 이 도시에서 월세인을 보호하기 위해 만든 법이지. 주인한테 대항할 수 있게 하는 법이랄까. 월세는 아무래도 불안하잖아. 주인이 나가라 하면 엄동설한에도 쫓겨날 수 있고. 그래서 월세차 보호법에서는 월세를 사는 사람이 자신이 사는 일부를 또 월세로 낼 수 있게 하고 있어. 그럼 월세 사는 입장이지만 주인집 역할도 하는 거지. 권리가 복잡해지기 때문에 집주인이 쉽게 월세인을 내보낼 수 없게 돼."

"하지만 그 안에는 다른 뜻이 숨어 있지. 도시에서 월세 사는 사람들을 위해서 정책을 만들 리 없잖아."

이런 상황에 꽤나 적절한 방법인 듯했다. 밑져야 본전이라는 생각으로 인터넷에 글을 올렸다. 월월세 살 사람을 찾는 글이었다. 웃음이 절로 나왔다. 친구의 말대로 집주인이 된 듯 우쭐한 기분이 들었다.

하루만이었다.

그들은 내 앞에, 현관에 서 있었다. 천장에 머리가 닿을 정도의 키가 크고 마른 남자와 얼굴을 면사포로 가린 기형적으로 조그만 여자였다. 여자는 외국인 같은 냄새도 풍겼다. 둘은 신혼부부라 그랬다. 남자는 입술 끝을 당겨 귓불에 묶은 듯한 얼굴로 나를 뚫어져라 내려다보았다. 커다란 서클렌즈 느낌이 나는 묘한 눈빛이었다.

"집이 아주 좋네요."

전화를 받고 한 시간 만에 그들은 찾아왔다. 아직 자신이 머물 곳을 보지도 않았는데 계약서부터 내밀었다.

"부동산에 들러서 서류 가지고 왔습니다. 여기 계약금 받으세요."

뭔가 홀린 듯한 느낌이었다.

이게 잘하는 짓일까?

"여기, 여기에 도장만 찍으시면 됩니다."

나는 동공이 풀린 상태로 새하얀 종이에 도장을 찍었다. 남자의 커다란 손이 내 손을 찾아 악수를 청했다.

이게 잘하는 짓일까? 실수 아닐까?

그의 아내는 후훗, 하고 바람처럼 웃었다. 둘은 신발을 벗고 원룸으로 들어왔고 나는 길을 비켜줬다.

"좋은데요?"

좋다고?

얼김에 월월세 공지를 냈지만 정말로 될 거란 생각을 하진 못했다. 누가, 어느 누가⋯⋯. 화장실에서 살 생각을 한단 말인가.

"괜찮으시겠어요?"

"이 정도면 완전 좋죠."

내 방이라고 착각하는 건 아니겠지?

"월월세 낸 곳이 여기 화장실인데⋯⋯."

"네, 네. 알고 말고요."

그제야 남자는 화장실 문을 열었다. 눈동자를 굴리며 화장실 이곳저곳을 살폈다. 여자는 슬며시 남자의 어깨 아래로 다가갔다. 남자는 이곳저곳을 가리키며 설명을 시작했다.

"저곳에다 짐을 놓으면 될 것 같고, 저기는 청소를 좀 해야 되고. 락스 있지? 창문도 있네. 낮에 볕은 잘 들겠어. 나는 이렇게 구부려서 자면 되고. 딱 좋은데?"

딱 좋다고?

이곳은 원룸 치고도 좁았다. 그런데 화장실이 넓을 리 없지 않은 가. 샤워실조차 따로 있지 않은 구조였다. 샤워를 할 때면 변기가 다리에 닿았다. 짐 놓을 자리? 샴푸 린스 통만 올라가도 정신 사나워지는 공간이었다.

"괜찮으시겠어요?"

나는 다시 물었다.

"괜찮냐고요?"

동태 같은 얼굴이 내 쪽으로 미끄러졌다.

"이 정도면 최상이죠. 아끼고 아껴서 저도 언젠가 형님처럼 월세로 이동해야죠. 『최소 호흡』이라는 책 아세요? 호흡을 최소한으로 하면 병에 안 걸린다는 내용인데요, 나중에 보여 드릴게요. 요즘 세상에 병 걸리면 모든 게 끝장이잖아요."

그는 나를 형님이라 불렀다. 마흔 중반으로 보이는 얼굴이었는데 나보다 어린가?

"아……. 네. 그럼 편히 쉬세요."

둘은 고개를 끄덕이고 화장실로 들어가 문을 닫았다.

나는 침대에 기대어 앉았다. 눈앞에 그들이 보이지 않으니 그저 꿈을 꾼 것 같았다. 손에 들린 계약서를 훑었으나 깨알만 한 글씨들은 눈에 잘 들어오지 않았다.

월세차 보호법에서 통로를 보장해 주어야 하기 때문에 그들은 내 방으로 들어와 현관으로 나갔다. 현관 옆에는 싱크대와 가스레인지가 있었다. 커튼을 쳐서 그들과 나를 나누어 놓을까도 생각해 보았지만 그런 구조가 나오질 않았다. 커튼 살 돈도 아까웠다. 익숙해지는 수밖에 없었다.

어쨌든 그들 때문에, 월세에서 쫓겨나지도 않게 되었고 월세 부담도 좀 덜해지지 않았는가. 여태껏 해왔던 것처럼 그냥 열심히 일하며 아끼면 되는 것 아닌가.

낙관적인 생각으로 다시 머릿속을 채웠다. 마음이 한결 가벼워졌다. 프라이버시가 제로였지만 견딜 만했다. 어차피 야근의 연속이었기 때문에 집에 있는 시간도 많지 않았다.

원룸 화장실은 더 이상 내 공간이 아니었다. 씻는 것, 싸는 것은 회사나 근처의 24시간 패스트푸드점을 이용했다. 패스트푸드점에는 나 같은 처지를 가진 사람이 꽤나 많은 듯했다. 칫솔을 갖고 다니는 것이나 피곤한 표정으로 알 수 있었다. 푸드 점 측에선, 나 같은 사람들도 고객이라 여기는지 치약이라든가 마른 수건까지 친절히 마련해 놓았다. 하기야 여기 음식이 내 주식이니까.

한번은 밤에 오줌이 마려워 집을 나서는데 산책 중인 주인아저씨를 만났다. 아저씨는 마침 잘 됐다는 듯 나를 불러 앞에 세웠다.

"전에 한 얘기했었지? 리모델링. 미안한데 집을 비워줘야겠어."

역시 예감은 틀리지 않았다.

자칫하면 월세 대란에 합류하게 될 뻔하지 않았는가.

"아, 그런가요?"

나는 별일 아니라는 듯이 대꾸했다. 마음에 여유가 있었지만 방광에는 여유가 없었다.

"늦어도 다음 달까지는 가능할까?"

"아, 그게요……. 저도 그렇게 하고 싶은데, 제가 월월세를 놨거든요."

"월……. 월세?"

오 년 만에 처음으로 주인아저씨 눈이 동그래지는 것을 봤다. 퉁통한 볼이 벌겋게 달아오르는 것도 봤다.

"우선 그 사람들이 들어온 지 얼마 안 돼서 법적으로 보호되는 일 년은 안 나가려 그럴 것 같아요. 혹시 모르니 한 번 내려오셔서 그 사람들이랑 말해보시죠?"

"그 사람들이라니?"

"신혼부부래요. 아저씨, 제가 쉬가 좀 마려워서요. 좀 가봐야 할 것 같아요."

"그러니까 신혼부부가 월월세로 들어왔다는 말인가?"

"네, 제가 지금 쉬가 마려워서……."

"신혼부부가 어디로 들어온 건데? 원룸에 그런 공간이 어디 있어?"

"화장실이요. 제가 쉬가 마려워서……."

"화장실? 화장실에 어떻게 신혼부부가 살아?"

나는 결국 방광이 터질쯤에서 주인아저씨에게서 벗어날 수 있었다. 융통성 있게 패스트푸드점까지 가지 않고 밤이라는 이점을 이용해 전봇대를 이용했다. 고맙게도 무인 CCTV가 숨죽인 채 나를 지켜보고 있었고 며칠 뒤 벌금 고지서가 날아왔다.

그렇다고 화장실이 멀어진 것이 그리 원망스럽지 않았다. 문제는 불편함 따위가 아니었다. 프라이버시도 상관없었다. 그들이 화장실을 어떻게 지지고 볶든, 난 괜찮았다.

참기 힘든 건 그들의 기이한 행동들이었다. 허술한 화장실 문짝으로 그 속에서 생성된 소리가 여과없이 흘러나왔다. 외국어 같기도 하고 주문 같기도 한 여자 목소리는 상당히 거슬렸다. 가끔 문 긁는 소리도 들렸다. 소심한 나는 곧바로 뭐라 말하지 못했다.

이 정도는 감수해야지.

이어폰을 끼고 생활하는 것으로 결론을 내렸다. 소리는 안 들으면 그만 아닌가. 현관문 열고 닫는 소리를 이어폰으로 막을 순 없었지만 처음처럼 신경 쓰이진 않았다. 이어폰을 귀에다 이식을 해버릴까? 별 생각을 다했다.

문제는 그들에게 월월세를 세 번 정도 받았을 때, 그러니까 두 달 후부터 불거졌다.

그 날은 잡무에 지쳐 집으로 오자마자 곯아떨어졌다. 옷을 벗지도 못한 채였다. 밤 열한 시 정도였을까? 악몽 속에서 헤매다 눈을 떴다. 시야에 농도 짙은 어둠이 달라붙어 몽글거렸다. 악몽 때문에 오히려 더 피곤한 느낌이었다. 핸드폰을 열고 시간을 확인했다. 어둠 속에서 액정 불빛이 안구를 쑤시며 들어왔다. 겨우 눈이 익숙해지고 시간을 읽을 수 있었다.

순간 소름이 온 몸을 훑고 지났다.

악, 소리가 절로 나왔다. 액정 불빛에 사람의 형상이 드러났다. 침대 옆쪽에 마네킹처럼 신혼부부가 나를 내려다보며 서 있었다.

"뭐……. 뭐야!"

아래서 위로 비춘 핸드폰 불빛은 그들의 표정을 더욱 괴기하게 만들었다. B급 영화의 유령 정도?

"저희가 깨웠나요? 죄송합니다."

"거기서……. 뭐하세요?"

"산책 가는 길이었어요. 더 주무세요."

그들은 돌아서 현관 쪽으로 걸어갔다. 나는 그들이 나갈 때까지 소심하게 아무 말도 못하고 핸드폰 불빛으로 현관을 비췄다. 전자센서 등이 켜지고 꺼졌다. 현관문이 열리고 닫혔다. 하지만 한 번 뛰기 시작한 심장은 진정될 기미를 보이지 않았다.

산책 가는 사람들이 왜, 남의 잠자리 옆에 서 있는 거야?

겨우 잠들었다가 또 악몽을 꾸고 깨났다. 겨우 또 잠들었는데 신혼부부 들어오는 소리에 깨났다. 다음 날은 너무 피곤해서 좀비 상태로 일을 해야만 했다.

한 번의 기분 나쁜 이벤트로 끝나면 괜찮으련만. 신혼부부의 이상한 행동은 계속되었다. 첫 번째 사건, 정확히 이 주 뒤, 여자는 혼자 내 침대 옆에 앉아 있었다. 자다가 몸을 뒤척였는데 발가락 끝에 뭔가가 닿았다. 나는 꿈결에 발가락을 꼬물거리며 이게 뭔가를 짐작해 보고 있었다. 인형? 베개? 서류가방을 침대 옆에 세워두었나? 그러기엔 너무 컸고 발가락 힘에 쓰러지지도 않았다.

순간 발끝에 번개를 맞은 듯 소름이 올랐다. 발가락 신경세포는 끝에 닿은 게 사람이라고 말하고 있었다.

나는 팅기듯 몸을 일으켜 침대 상판에 등을 붙였다. 한 손으로 핸드폰을 찾아 십자가처럼 들었다. 여자였다. 하얀 면사포를 쓴 채 뒤가 깊게 파인 드레스를 입었다. 내 발가락 세포가 느낀 부분이 바로 여자 허리 부근의 살갗이었다.

"뭡니까!"

나는 바로 화를 냈다. 미리 연습해 놓은 말이었다. 하지만 완벽히 예상한 상황은 아니었으므로 내 목소리는 심하게 떨리며 나왔다. 심장이 통통 튀며 편도를 치고 올랐다.

여자는 슬며시 내 쪽으로 시선을 돌렸다.

"산책⋯⋯."

그러더니 침대에서 내려섰다. 다리에 장애가 있는 사람처럼 절룩이며 현관 쪽으로 걸어가더니 문 밖으로 사라졌다. 나는 한참이나 현관문에 시선을 박은 채 앉아 있었다.

산책이라니⋯⋯. 그게 뭔 소리야.

말이 짧고 발음도 이상해서 붙잡고 말하기도 애매했다. 나는 그녀의 남편에게 이 이야기를 해야겠다고 마음먹었다. 누워서 남편에게 할 얘기를 되뇌며 마인드 트레이닝을 했다. 이런 일들이 내 수명을 한 움큼씩 베어 먹는 것 같았다.

다음날, 퇴근하자마자 화장실 문을 두드렸다. 남자는 곧 문을 열고 나왔다. 문 뒤에 커튼을 쳐 놓아 화장실 안 쪽은 보이지 않았다.

"무슨 일이시죠?"

"어제 말입니다. 아내 되시는 분이 제 침대 옆에 있었어요."

나는 하루 종일 연습한 말을 뱉어냈다.

"제 아내가 형님의 침대로 들어갔다고요?"

남자는 눈을 동그랗게 떴다.

"아니, 그게 아니라."

남자는 내 어깨를 붙잡고 화장실에서 먼 쪽으로 나를 이끌었다. 아내가 들을까 봐 그러는 것 같았는데, 그와 키 차이가 너무 나서 위화감이 엄청났다. 손바닥이 내 어깨를 완전히 감싸 잡은 모양이었다.

"그러니까 형님, 제 아내가 형님의 침대로 들어갔다는 얘기잖습니까?"

"아니라니까요. 그냥 내 침대 한편에, 그러니까 침대 구석에……."

침대라는 말을 자꾸 하니까 분위기가 더 이상해지는 듯했다.

"어제 제가 늦게 들어왔는데, 그 때 아내가 형님의 침대로 들어갔다, 이거죠? 맞나요?"

화낼 듯한 표정과 울 것 같은 표정이 동시에 그려졌다. 어쨌든 괴기했다.

"아니, 제 말 좀 들어보세요. 그런 게 아니라."

"제 아내를…… 만지셨나요?"

나는 대답하지 못했다. 객관적으로 설명하자면 내 발가락 끝이, 그녀의 등을 만진 것이 맞다. 하지만 남자가 말하고 있는 의미와는 완전히 다른 것이다.

"형님, 말씀해 주세요. 제 아내 몸을 만지셨나요?"

"그게 아니라……."

목소리가 정확히 떨려 나왔다. 무슨 말이 나와도 이상하게 들릴 터였다.

"형님과 내 아내가 함께, 침대 위에서, 서로를 만졌다는 말 맞나요?"

"그게 아니라……."

설명하기 애매했고, 설명하는 것도 이상했다. 남자는 내 표정과 목소리의 떨림에서 멋대로 결론을 내린 듯했다.

"이런……. 그 버릇 아직도 못 버리고."

"아니, 무슨 생각하시는 거예요. 아니라니까요."

"어쨌든 형님께 폐를 끼쳐 드려 정말 죄송합니다. 아내의 일은 제가 알아서 처리하겠습니다."

그는 담담한 표정으로 내 어깨를 덮은 손바닥을 거뒀다.

"그리고 이번 일은 제가 단속을 할 것이니 형님도 잊어주세요. 너무 동요하지 마시고요. 이런 일은 저희 부부의 일이니 저희가 마무리 짓는 게 순리인 것 같습니다."

남자의 커다란 입에서 진득한 습기가 퍼져 나왔다. 하여튼 불편해서 빨리 이 상황을 벗어나고 싶었다. 그래서 고개를 끄덕였다. 하려던 얘기의 반도 하지 못했다.

그들은 목소리를 높이지 않았다. 그래서 싸웠는지 어땠는지 알 길이 없었다. 며칠 동안 그 전과 비슷한 일상을 보냈다. 여전히 현실은 버거웠고 늘 피로와 싸웠다. 여자의 기행이 자꾸 떠오르는 탓에 피로가 가중됐다.

나는 기회가 있으면 다시 한 번 남자와 얘기를 하고 오해를 풀고 싶었다. 남자 여자 문제가 아니라고 말하고 싶었다. 그녀가 왜 내 침대에 앉아 있었는지는 알 수 없지만, 어쨌든 그렇고 그런 문제는 아니라고 말하고 싶었다.

그러다 문득 궁금해졌다.

정말 왜 내 침대에 앉아 있었지? 날 좋아하는 건가?

추리는 곧 벽에 다다랐고 상상은 그녀의 옷 속으로 향해가고 있었다. 그런 상상 따위 손톱만큼도 하고 싶지 않았지만 나는 순간 난쟁이 여자와 몸을 섞고 있었다. 금욕 생활에 익숙해진 아랫도리가 불룩해져 왔다.

만약 그녀가 나를 좋아하는 것이라면 어떡하지? 유부녀에다가 난쟁이에다 외국 여자일지도 모르고 정신병자일지도 모르는데……. 혹시 옷을 다 벗기면 살결은 꽤나 좋지 않을까. 말도 안 되는 시나리오가 왔다 갔다 했다. 너무 오래 금욕했나?

안 되겠다.

담배를 들고 밖으로 나왔다. 가로등 불빛에서 벗어난 자리, 건물 옆에서 담배를 꼬나물었다. 연기가 폐를 가득 채우자 상념이 스르륵 사라져갔다. 담배를 건물 벽에 비벼 끄는 순간 잠깐의 평온이 찾아왔다.

문제는 그 후 며칠 뒤 터졌다. 터졌다기엔 좀 애매하지만 어쨌든 생겨났다. 해석 불가의 사건이었다. 나도 어쩔 수 없었다.

톱니바퀴 같은 일과가 끝나고 집으로 돌아와 잠이 들었다. 회사 샤워실에서 몸을 씻고 왔기 때문에 꿀잠을 잘 수 있을 것 같았다. 누구에게나 예감이 좋은 날이 있지 않은가. 오늘이 그 날이었다. 그냥 놔두면 모든 상황이 잘 풀리지 않을까. 꿈속으로 스르륵 빠져들었다.

예상만큼 꿈이 좋진 않았다. 말도 안 되게 복어가 된 꿈을 꾸었다. 바닷속을 이리저리 헤매다 낚시 바늘을 물었다. 수면에 가까워질수록 내 몸이 불룩해졌다. 안 돼! 나는 물고기의 언어로 소리쳤다. 그런데 어디선가 닥터피시 떼가 나타나 내 몸을 감쌌다. 그 다음, 낚시 바늘이 입에서 쑤욱 빠져 나갔다. 닥터피시는 내 뱃가죽에 달라붙어

마사지하듯 입술을 움직였다. 나는 그들이, 내 부푼 배를 가라앉힐 때까지 가만히 있었다.

가만히 있었다.

잠에서 깬 후에도 가만히 있었다. 눈을 감은 채였다. 오랫동안 단련된 육감이, 지금은 아침이 아니라고, 지금은 한밤중이라고 말하고 있었다. 그런데 뱃가죽이 이상했다.

현실에서 닥터피시가 있을 턱이 없는데…….

나는 금세 그 정체를 깨달았다. 여자의 손이었다. 여자의 손이 이불 속으로, 내 티셔츠 속으로 들어온 것이다. 미묘한 속도로 배꼽과 가슴, 젖꼭지를 스치고 지났다.

이게 무슨 상황이지?

하지만 나는 그전처럼 놀란 듯 튕겨 오르지 않았다. 소리치지도 않았다. 그저 아직도 꿈결을 헤매는 듯 음, 음, 하는 소리를 냈을 뿐이었다. 심장 박동을 들키지 않게 숨을 크고 길고 조용히 내쉬었다. 여자 손은 장난치듯 배꼽을 지났고 잠옷 바지의 윗단을 어루만졌다. 어쩔 수 없이 호흡이 가빠졌다.

에잇, 나는 모른 척 몸을 벽 쪽으로 돌려 누웠다. 동시에 여자의 손이 티셔츠를 빠져나갔다. 마지막 손톱이 내 옆구리를 누르고 있었다. 뭔가 많은 것을 담은 듯한 손톱질이었다. 간지럽기도 하고 아프기도 해서 긁고 싶었다. 다행히 그녀는 곧 손을 치웠다. 발자국 소리는 장판을 꾹꾹 누르며 화장실 안으로 사라졌다.

상상이 현실의 벽을 타고 넘어오다니…….

튀어나온 아랫도리를 달래며 신혼부부를 내보내야겠다고 결심을 했다.

"월세 들어오면 구십 일까지는 집 주인이 강제로 계약 취소를 할 수 있어."

예전에 친구가 했던 말을 떠올렸다.

"그러니까 너 구십 일까지는 주인집에 흠 잡히지 말고 꼼짝 말고 있어. 그 기간만 버티면 이 년은 보장이 돼. 그 후에 주인이 나가라 그러면 어쩔 수 없지만."

나는 알고 있었다. 신혼부부가 들어온 지 칠십구 일째란 것을.

이틀 만에 남자를 만날 수 있었다. 건물 옆에서 담배를 피우고 있는데 골목을 걸어 올라오는 그가 보였다. 나는 손짓으로 인사를 했다. 얼핏 눈치로는 나를 지나치고 싶은 모양이었다. 나는 그의 양복 깃을 잡고 내 쪽으로 끌었다.

"늦게 퇴근하셨네요."

일상적인 인사로 시작했다.

"이곳의 일상이 그렇죠 뭐. 일을 안 할 수도 없고요. 돈을 벌어야 살 만한 집으로 이사 가고 아기도 낳고 그럴 텐데요."

"네, 요즘은 그 현상이 더 심해지는 것 같네요."

담배를 권했으나 그는 손을 저었다. 나는 한 개비 더 물었다.

"아내 분 문제는 뭔가 오해가 많이 있었어요. 제가 그때 설명을 잘 드렸어야 했는데 그러질 못했네요. 그런데, 좁진 않으세요? 아무래도 이곳은 지은 지 오래되어서 화장실이 많이 좁죠? 생각해 보니 가끔 구정물 냄새도 올라오고요. 요즘 에어컨 설치된 화장실도 있다는데, 본격적인 무더위 시작되면 굉장히 덥지 않을까요?"

너무 티 나게 말했나?

나는 그의 표정을 살폈다. 눈 밑 살이 쪽 빠져나간 얼굴은 역시 포커페이스였다. 슬쩍 고개를 끄덕이는 것이 반응의 전부였다.

"죄송합니다. 사실은 말이에요."

남자는 입술 끝을 실룩거리며 말을 이었다.

"오늘 진급발표가 났어요. 그래서 곧바로 지방으로 내려가게 됐어요. 오래 있으면서 살아보려 했는데 죄송하게 됐습니다. 번거롭게 해드렸네요."

나이스 타이밍인데?

"그럼 도시를 벗어나는 건가요?"

"그렇죠. 규모는 작지만 체질이 좀 더 좋은 도시로 가게 될 것 같아요."

안면근육이 절로 씰룩였다.

이곳을 벗어나다니!

부러웠다. 어쨌든 좀 더 생산적인 생활을 하게 될 것 아닌가. 저효율 고비용의 이런 도시에선 아무래도 답이 없는데…… 그래, 이러나저러나 신혼부부가 나가면 큰 건 하나는 해결되는 거지.

"얼마 뒤에 나가시죠?"

남자는 눈동자를 올리고 입술을 씰룩이며 숫자를 세는 듯한 모양을 했다.

"적어도 사흘 안에는 나가지 않을까요? 나갈 때 화장실 원상 복귀 비용도 내고 가겠습니다."

오, 이것도 좋네.

"어쨌든 새로운 도시에서 승승장구하세요."

그는 집으로 들어갔고, 나는 담배 한 개비를 더 벽에 비벼 끈 뒤 밤 산책을 했다. 마음이 편했다. 잠도 잘 잤다. 그 다음 날도 잘 잤다. 그 다음 날도 잘 잘 것 같았지만 아니었다. 이상하게 컨디션이 안 좋았다. 가슴 한 편에 뭔지 모를 불안감이 자라나는 중이었다. 그리고 하루마다 불안감은 가중 되었다. 그들이 들어온 지 90일이 다 되어 가는데 이사의 기미가 보이지 않았다. 한 번은 밤 산책 가는 걸 잡아 물어봤는데 금방 준비된다는 애매한 대답만이 돌아왔다.

부동산에 전화해서 말해버릴까? 그냥 계약만 해지하고 이사 갈 시간만 충분히 주면 되는 것 아닌가.

나는 고민만 많고 실행력은 그다지 좋지 않다. 무더위가 시작되고 냉방병에 걸려서 고생하는 동안 구십 일 하고 하루가 더 지나버렸다. 몸살과 싸우는 동안 신혼부부 여자가 나오는 꿈을 몇 번 꿨는데 깨난 뒤 기분이 더러웠다. 그들만 나가면 도시 공기가 다 상쾌해질 것 같았다.

이번엔 제대로 따져보려 했다. 하지만 남자와 타이밍이 맞지 않아 얼굴을 볼 수 없었다. 화장실의 그녀한테 물어보는 방법도 있었지만 영 내키지 않았다. 세 달 동안 그녀와 말을 섞어본 적이 없었다. 정신병이 있는가 싶어 꺼려졌다. 생각보다 심각할지도 모른다. 다른 이상한 질환에 걸려 있을 수도 있고.

밤.

침대에 누워 잠을 청하던 나는 환청을 듣기 시작했다. 이어폰 소리를 잠깐 줄인 순간이었다. 소리는 천장 한 쪽 구석에서 시작되었다. 아주 작은 소리였지만 달팽이관을 자극하는 뭔가가 있었다. 나는 새카만 어둠 속에서 소리가 나는 방향으로 시선을 옮겼다.

끼익…….

아주 미세한 소리임에도 안면에 달려드는 느낌을 받았다.

나도 미쳐가나?

끼익…….

소리의 근원이 약간 옆으로 움직였다. 스트레스로 몸이 허해져서 그러려니 하며 음악 볼륨을 올렸다. 그리고 환청은 사라졌다. 소리를 줄이면 다시 들렸다. 미칠 노릇이었다.

환청에 시달리는 사이, 그들이 들어온 지 100일이 넘었다. 나는 환청의 원인을, '개인 공간 상실로 인한 스트레스'라 결론지었다. 이것저것 약을 주워 먹었으나 효과가 없었다. 결국 그들이 나가야 해결될 터였다. 냉방병으로 시작된 몸살은 여전히 허벅다리 안쪽 근육에 달라붙어 나를 괴롭혔다.

그 날은 결심하고 집 앞에서 남자를 기다렸다. 오줌이 마려운 것도 참으며 한 시간 정도 서성였다. 성과가 있었다. 골목 끝에 남자가 보였다. 큰 키에 묘한 골격이 가로등 빛을 받아 그로테스크한 분위기를 풍기고 있었다.

"늦게 퇴근하셨네요."

나는 먼저 입을 떼었다.

"네, 야근의 연속이네요."

그는 나를 지나쳐 가려 하지 않았다. 건물 주차장 난간에 걸터앉아 또다시 알 수 없는 표정을 짓고 있었다. 앉아도 키가 나와 거의 비슷했다.

"저도 요즘 회사 일이 많아져서 좀 힘드네요. 해외 쪽 루트가 뚫리면서 익숙하지 않은 일까지 맡아서 해야 하거든요."

나는 담배를 길게 빨고 뱉은 뒤 준비한 말을 흘렸다.

"아, 참."

방금 생각난 듯.

"이사가 조금 늦어지는 것 같네요? 서류는 제가 준비해 놓아야 하나요? 화장실에 월월세 살고 싶다는 친구가 있어서요, 그 친구도 사정이 딱해서……. 조금 빨리 비워주셨으면 좋겠는데요."

참 빠르게도 말했다. 남자는 미소를 입가에 묻힌 채 잠자코 얘기를 듣고 있었다.

"나가시면 화장실 리모델링을 한 번 할 예정이에요. 아시다시피 때도 많이 끼고 하수 냄새가 워낙 많이 올라와서요. 무더위에 바퀴벌레 떼가 출몰한 적도 있었죠. 업체에는 어제 연락을 해보았어요."

방광에 자극이 강해지고 있었다. 사타구니에 땀이 찼다. 안 좋은 타이밍이었다.

"사실은……."

남자가 입을 떼었다.

"제가 다니는 회사에 문제가 좀 생겼어요. 그래서 진급도 미뤄지고 월급도 줄었네요. 미리 말씀드려야 했는데 워낙 요즘 회사 일이 정신없이 돌아가서요. 아시죠?"

내가 뭘 알아?

머릿속에 징이 울렸다. 초점이 흐려지고 목덜미가 뻣뻣해졌다.

"아, 그래요."

겨우 한 마디 흘렸다.

남자는 슬쩍 고개를 끄덕이고 건물 계단으로 향했다. 나는 멍해서 어떤 생각도 할 수 없었다. 내장 속의 공기가 다 빠져나가고 심장 근육이 흐물흐물해진 느낌이었다.

남자는 계단에 한 발을 걸친 채 멈춰 나를 돌아보았다.

"아……. 참. 말씀 안 드린 게 하나 있네요. 월급이 줄어서 살림살이가 빠듯해졌어요. 월월세 내기도 빠듯하네요. 그래서……"

그래서, 뭐?

"천장세 하나 내놨어요."

천장세라는 단어가 현실감 있게 다가오지 않았다.

"네?"

"며칠 됐어요. 알아보니까 천장세를 내면 저한테도 혜택이 조금 돌아오더라고요. 그럼 이만 들어갈게요."

그 다음, 천장세라는 글자가 안면을 후려치며 달려들었다. 나는 계단을 뛰어올라 다급히 남자의 옷깃을, 팔목을 잡았다.

"잠깐만……. 얘기 좀 해요."

절박함이 담긴 목소리였다.

"제가 좀 피곤해서, 나중에."

"잠깐이면 돼요. 잠깐만요."

그는 지그시 나를 내려다보았다.

"알겠어요."

남자는 담배 피우는 장소로 내려왔다. 내 손가락은 알츠하이머 환자처럼 떨리고 있었다. 목도 잠겨갔다.

"그…… 알겠는데요……. 그 천장세라는 거…….."

열기를 먹은 습한 공기가 폐 구멍에 흘러들었다.

"괜찮으세요?"

나는 호흡을 길게 빼고 입술에 침을 발랐다.

"괜찮아요, 괜찮아. 그런데 말이죠. 천장세라는 거 말이에요. 그렇다면 월월월세 개념인데. 맞죠? 그런데 말이죠. 그 천장세라는 거 말이죠. 천장세…… 말이에요. 그거 방 천장 위에 최소한의 시설 같은 게 있어야 하는데 말이죠. 그렇죠? 상하수도 같은 거 말이에요. 배변도 봐야 되고……."

횡설수설했지만 남자는 다 알아듣는 모양이었다.

"네, 맞아요. 이 건물이 세워지기 전부터 도시에는 천장세 개념이 있었거든요. 그리고 건물 지을 때 천장세를 낼 수 있게 구조를 하면 세제 혜택을 줬어요. 그래서 이 건물도."

"이 건물도 그렇게 지어졌다고요?"

오 년을 살았는데 몰랐다. 전혀 몰랐다. 친구가 천장세를 설명할 때도 내겐 먼 나라 이야기처럼 들렸다.

"그렇죠. 그래서 화장실 변기를 밟고 천장 위 공간으로 올라갈 수 있게 되어 있어요. 열리는 판이 조금 크게 되어 있어서 사람이 지나다닐 수 있죠. 덩치 큰 사람은 쉽지 않지만요."

"사람 지나다니는 거 못 봤는데……."

순간 환청이라고 생각한 삐걱거림이 떠올랐다.

"뭐, 집에 늦게 들어오시니까 그런 것도 있고요. 천장세 사는 사람들은 원래 잘 안 나와요. 죄송한데요. 아내가 기다리고 있어서 빨리 들어가 봐야겠어요. 아내가 하루종일 굶었거든요."

남자는 삼각 김밥 실루엣이 선명한 비닐봉지를 서류가방에서 꺼내 들었다.

"그럼 나중에 봬요."

그가 계단으로 사라진 뒤 나는 전봇대를 찾아 빠른 걸음으로 걸었다.

"와……. 반전……. 와……. 반전……."

오줌을 싸는데 입에서 주문처럼 말이 흘러나왔다.

며칠 뒤 날아온 벌금 고지서에 노상 방뇨하는 모습이 찍혀 있었다. 주먹으로 얻어맞은 듯 멍해서 회사에서도 실수만 했다. 증세는 쉽게 회복되지 않았다. 상관은 뭔 일 있냐고 짜증을 냈다. 걷는 속도도 반으로 줄었고, 말 한마디 흘리기 힘들었다. 외상성 스트레스 증후군이 이런 건가 싶었다.

그 와중에 죽은 친구의 말이 생각났다.

"천장세에 사는 사람들은 말이지."

그는 천장세에 통달한 듯했다.

"기본적으로 사회의 실패자들이지. 강으로 뛰어드는 것 외에 다른 방법이 없는, 재기의 기회조차 잃어버린 사람들이야. 그런 사람들은 정책적으로 지원해 줘도 의미가 없지. 그들이 사라지는 것은 시간문제일 뿐이니까. 그런데 공무원 중에 기가 막히게 머리 좋은 놈이 있었단 말이야. 행동 분석학인지 뭔지를 미국에서 공부하고 와서 공무원 시험을 본 거지. 그리고 천장세 정책의 기본을 만든 거야. 정책적인 것은 아무튼 그렇고, 천장세를 사는 사람들에 대해 말해줄게."

"그들은 이미 정신 에너지를 잃어버린 사람들이야. 삶과 죽음의 경계에 붙어 있는 사람들이랄까. 여자나 남자나 다 똑같아. 시체처럼 천장 바닥에 달라붙어 시간을 보내게 되지. 천장 위 공간은 별로 높지 않거든. 앉은 채 허리를 겨우 세울 수 있는 정도랄까. 계속 누워 있으니까 허리가 작살나지. 그리고 말한 적 있지? 천장세의 백이십 퍼센트가 도시 세금으로 지원된다고. 거기 이십 퍼센트는 뭐겠어? 재활 자금이란 말이야. 쓰지 않으면 모이는 돈이지. 그래서 천장세 사는 사람들은 최소한의 움직임으로 소비를 줄이게 돼. 숨도 조금 쉬고 말이야. 큰일을 한 주에 한번 본다는 통계도 있어. 아, 그들이 쓰는 변기 본 적 있어? 천장 공간에 설치될 수 있게 만들어진 건데, 거의 누운 상태로 일을 볼 수 있어. 좋아 보인다고? 비참한 거지. 도시청에서 약과 패치형 식량을 무료로 제공해 주는데 당연히 오래 지나면 위장관계가 엉망이 되어버려. 피부도 시퍼렇게 변하고 동공은 열린 채 굳어버리지. 재활은 거의 불가능하다고 생각하면 돼. 약? 약에 대한 건 나도 얼핏 들은 건데. 그들은 동굴 같은 공간에서 오래 생활하잖아. 망상 장애는 기본이지. 다행히 집 주인을 죽였다는 얘기는 없어. 그런데 왜 그들을 세금까지 투입하면서 살려 두냐고? 그래, 좋은 질문이야."

"사실 그 안에는 다른 뜻이 숨어 있지. 도시에서 천장세 사는 사람들을 생각해 정책을 만들 리 없잖아."

천장인간이 들어온 후에도 일상은 크게 달라지지 않았다. 그는 천장 위에서 거의 소리를 내지 않았다. 정말 사람이 저 위에 있는 건가? 반 정도는 의심을 했다. 하지만 도시청에서 보낸 패치형 식량을 보자, 모든 게 현실로 다가왔다. 신혼부부는 식량을 들고 화장실 안으로 사라졌다. 천장인간에게 식량을 넘겼을까? 신혼부부가 가로챌 수도 있다는 생각이 들었다. 어쨌든 돈을 아낄 수 있을 테니. 내가 아는 사실이 맞다면 천장인간들은 일반인에게 맞설 체력이 없다. 거의 시체나 다름없으니까. 신혼부부가 식량을 올리지 않으면 굶어죽는 수밖에 없는 것이다.

그 사이 한 번, 내가 잠든 사이, 신혼부부 여자가 침대 가에 앉은 사건이 있었다. 하지만 그게 다였다. 나를 만지거나 그러지 않았다. 피로 때문에? 아님, 내성이 생겨서일까. 그녀가 가자마자 나는 아무 일도 없었다는 듯 금방 잠들었다.

해외 쪽 루트가 뚫렸다는 것, 그래서 회사 일이 많아졌단 얘기는 빈말이 아니었다. 내가 다니는 회사는 남자의 회사와는 다르게 승승장구하고 있었다. 새로운 해외 지점이 생겼고, 도시의 사원들 몇이 그 쪽으로 가게 될 것이란 소문이 돌았다. 나는 회사에서 크게 잘한 건 없지만 크게 못 한 것도 없어서 조금은 기대를 하는 중이었다.

이 도시를 떠날 가능성이 있다니…….

상상만으로도 즐거웠다. 내가 해외 지점으로 가게 될 가능성은 높지 않지만 그런 행운이 나에게 오지 말라는 법은 없지 않은가?

억지로 낙관적인 생각을 쑤셔 박으며 한 주를 보냈다. 천장세의 충격에서 슬슬 벗어나는 듯했지만 이상하게도 자면서 침을 흘리는 날이 많아졌다. 일어나면 입 주위가 끈적끈적했다. 보통 탄산음료를 마시고 이빨을 안 닦고 자면 그랬는데, 요즘은 이빨을 닦아도 마찬가지였다.

꿈자리도 사나웠다. 천장인간의 새파란 얼굴이 꿈에 자주 출몰했다. 나는 그의 얼굴을 본 적이 없었다. 인터넷에 떠도는 천장인간의 얼굴을 슬쩍 보았을 뿐이다. 핏기 없는 얼굴, 눈 주위는 숟가락으로 파낸 듯 시커멨다. 머리카락은 거의 다 빠지고 갈비뼈 사이로 살가죽이 밀려들어 갔다. 몰골도 이런 몰골이 없었다.

이런 인간이 나와 한 공간에 살고 있다니…….

신혼부부 문제도 해결되지 않은 상태에서 정상 멘탈을 유지할 수 있었던 건, 역시 해외 지점 때문이었다. 상관은 크게 기대하지 말라 했는데 나는 왠지 될 것 같았다. 투자를 받아 계획보다 규모가 커진다는 소식은 분명 호재였다. 해외 근무자 명단 발표만 기다리며 하루하루를 버텼다.

너무 신경을 썼던 것일까. 하루도 빠짐없이 얼굴이 끈적였다. 스트레스 때문에 침샘이 발달한 걸까? 진료를 받아볼까 생각하다 침샘을 잘라내자는 얘기가 나올까 두려워 가지 않았다. 조금만 지나면 괜찮아지겠지. 퇴근하는 내내 호흡처럼 낙관을 빨아 넣었다.

집에 오자마자 누워서 핸드폰을 보는 중이었다. 데이터 요금이 신경 쓰였다. 되도록 인터넷을 안 하려 노력했는데 쉽지 않았다. 다행인지 뭔지 모르겠지만 퇴근 후에는 정말 피곤했다. 조그만 화면을 보다 나도 모르게 곯아떨어졌다.

얼마나 시간이 흘렀을까. 입 주위에 이상한 느낌이 들었다. 또 침을 흘리나 싶었다. 사타구니 주변이 가려워 막 긁고 다시 잠을 청했다. 그래도 입 주위가 찝찝했다. 손등으로 침을 닦아내고 옆으로 돌아누웠다. 침 냄새도 고약하다 싶었다. 잠을 설치게 되면 회사 일에 지장이 가니 어떻게든 눈을 붙이려 노력했다. 그런데 또 끈적이는 느낌이 있었다. 이번엔 귓불 쪽이었다. 귓불과 턱이 맞닿은 자리. 손가락으로 만져보니 끈적끈적했다.

뭐지?

입에서 나온 게 볼을 타고 올라가 귀에 닿을 수도 있나?

눈을 떴다.

어둠 속이라 아무것도 보이지 않았다.

제기랄, 잠 깨면 안 되는데.

나는 미리 침대 옆에 놓아둔 가글액을 더듬어 찾았다. 침 흘림에 대한 나름의 대비였다. 입 안이 깨끗하면 증상이 덜할까 싶어서였다. 어둠 속에서 가글을 끝내고 또 미리 준비해 둔 수건으로 얼굴 구석구석을 닦았다.

다음날 출근 준비를 할 때도 안면이 찝찝했다. 얼굴을 수건으로 닦아내다 멈추고 허전해진 벽을 응시했다. 내 사진이 든 액자가 없었다. 어차피 중요한 건 아니었다. 그냥 벽이 허전해 걸어 놓은 사진이었다.

누가 가져간 건가?

슬슬 화가 치밀었다. 아무리 중요한 게 아니라 해도 도둑질은 엄청난 결례가 아니던가. 바로 떠오른 사람은 신혼부부 여자였다. 알 수 없는 호감을 보이는 느낌이더니 역시 사진까지 훔쳐가는 건가. 뒷목이 뻣뻣해지며 열이 올랐다.

나는 화장실로 냅다 뛰어 손잡이를 당겼다.

문은 열려 있었다.

"사진 가져가신 것……."

문에 쳐진 커튼을 걷어내자 압도적이고 기이한 장면이 주먹처럼 날아왔다.

화장실은 완전히 개조된 상태였다. 합판으로 짜서 만든 건가? 공간을 3층으로 나누어 놓고 가장 아래층 바닥에 남자가 누워 있었다. 그는 변기 뒷공간으로 얼굴을 밀어 넣고 몸을 달팽이처럼 말았다. 2층은 여자였다. 시체 봉지처럼 온몸을 비닐로 싼 채 잠을 자는 중이었다. 3층 선반은 조잡한 문양이 그려진 상자들로 꽉 찼다. 발 디딜 틈도 없었다. 산소 공간조차 부족해 보였다. 그러면서도 변기 위와 세면대를 막지는 않았다. 입이 절로 벌어지는 풍경이었다.

"무슨 일이시죠?"

남자는 바닥에서 꿈틀거렸다. 변기 뒤에 있는 얼굴을 빼기도 버거워 보였다.

"사진이 없어졌어요. 벽에 걸려 있던, 제 사진이 없어졌어요."

남자는 변기 뒤에서 얼굴을 쑥 빼더니 선반에 손을 짚고 일어섰다. 나는 두 발자국 물러났다. 이런 소란에 여자는 미동도 하지 않았다.

"사진이 없어졌다고요?"

남자는 일어서 목을 돌렸다. 뿌드득 소리가 꽤 크게 들렸다.

"제 사진 넣어둔 액자가 없어졌어요."

치밀던 화는 압도적인 장면 앞에 사그라졌다.

"그러니까 주인 형님의 사진이 없어졌단 말이죠?"

남자는 차분한 목소리 물었다. 나는 고개를 끄덕였다.

"네, 중요한 문제죠. 같은 공간을 공유하는데 신뢰는 굉장히 중요한 문제거든요. 훔쳐가거나 그런 일은 절대로 있으면 안 되겠죠. 신뢰가 깨지는 것이니까요."

남자의 시선이 내 뒤를 향해 사진이 없어진 벽에 닿았다.

"그냥 떨어진 것 같지는 않네요. 그럼 누군가 의심을 해봐야 한다는 얘긴데. 저도 아니고, 제 아내도 아닙니다. 다시 얘기하고 싶진 않은 문제지만 전에 제 아내와 침대에 같이 있었던 사건 말입니다. 그건 거기서 끝났습니다. 아내도 다짐도 받았고 저는 그 부분에 대해 믿어 의심치 않습니다."

"그럼 도대체 누가……."

남자는 긴 턱을 커다란 손으로 감쌌다.

"천장세녀가 아닐까, 조심스럽게 추측해 볼 수 있겠지요."

"네?"

"위에 사는 처자 말입니다."

두개골 속에 징이 울리며 초점이 확 사라졌다.

"천장세녀요? 그럼 위에 사는 사람이 여자란 말입니까?"

"아, 제가 말씀드리지 않았었나요?"

남자는 허리와 고개를 내 쪽으로 숙인 채 말소리를 낮췄다.

"천장에 사는 사람들은 보통 어둠 속에서 생활하기 때문에 귀가 발달해 있어요."

나도 덩달아 속삭이는 톤이 되었다.

"그러니까 위에 사는 게 여자예요?"

"네, 이십 대 중반이니까 운이 안 좋은 처자죠."

"그럼, 그 여자가 제 사진을 가져간 건가요? 왜요? 제 사진을 왜 가져가요?"

"목소리를 낮춰주세요. 우선……. 음, 밖에서 얘기하도록 하죠."

나는 남자를 따라 현관을 지났다. 열대야였다. 뜨거운 공기가 온몸을 핥았다. 금방 땀구멍이 열렸다.

"죄송합니다. 번거롭게 해드렸네요."

남자는 건물에 조금 떨어진 가로등 아래에 멈춰 섰다. 그의 시선은 건물의 중간 정도, 천장세녀가 있을 만한 높이에 멈춰 있었다.

"그러니까 말이죠. 왜 그 여자가 제 사진을 가져가죠?"

"천장세로 사는 사람들에 대해 잘 아십니까?"

"아니요. 별로요."

"원래 도시에서 쉬쉬하는 일이라 잘 알려지진 않죠. 그 외에도 기이한 일은 너무 많으니까요. 실제로 천장세로 사는 사람들이 문제를 많이 일으키지도 않고요. 엄청 약한 사람들이거든요. 그냥 죽기 직전의 병자라는 게 맞아요. 문제는 그들의 성적 능력이 미약하게나마 남아 있다는 것이죠. 그건 어쨌든 의지를 불러일으키니까요. 우리 천장에 사는 처자도 마찬가질 거예요. 다른 곳에서 천장세 생활을 하다가 이쪽으로 옮기게 되었죠. 건물 리모델링이 들어가서 쫓겨났고 도시청에서 관리 받다 온 거예요. 이미 몸과 정신은 만신창이가 되었죠. 직접 보시면 깜짝 놀라실 겁니다. 그 몰골은……. 하지만 그래도 여자란 말입니다. 이성에 대한 관심은 너무나 당연한 것이죠. 게다가 이십 대 아닙니까. 그런 행동이 하나도 이상할 것 없는 나이예요."

"그럼 이런 일은 그냥 넘어가야 한다는 겁니까?"

"어차피 나쁜 감정에서 나온 것도 아니고, 비싼 물건을 가져간 것도 아니잖습니까? 그냥 어린 여자의 잘못된 행동은 애교로 넘어가도 되지 않을까요? 아까 소란으로 천장세녀도 자신의 도둑질이 문제가 된다는 것을 알았을 겁니다. 다시는 그런 일 없을 거예요. 아마도 말이죠."

"저는 그냥 못 넘어가겠습니다."

나는 단호하게 말했다. 남자는 입가의 미소를 잃지 않고 있었다.

"뭐, 그러시다면 어쩔 수 없죠. 제가 관여할 일은 아니니까요."

생각해 보니 그랬다. 이 남자가 훔쳐간 것이 아니라면 남자를 쫄이유는 없는 게 아닌가. 어디까지나 제 삼자일 뿐이니까.

"그리고 말씀 안 드렸지만 천장세 사는 사람들은 독특한 방법으로 성적인 욕구를 해소하기도 해요. 아무래도 특이한 환경 때문이겠죠."

"독특하게요?"

"뭐, 중요한 부분은 아니니까 나중에 말씀드릴게요."

며칠간 몸무게가 삼 킬로 빠져나갔다. 시간이 갈수록 몸이 약해짐을 느꼈다. 안 그래도 작고 마른 체격이었는데 없는 광대마저 뾰족해졌다. 신경도 엄청 예민해졌지만 회사에는 티를 내지 않으려 최대한 노력했다. 사람이 이렇게 죽어가는구나 싶었다. 해법은 하나였다. 이 복잡한 관계를 청산하고 이곳을 떠나는 것이다.

그리고 드디어 회사에 공고가 났다.

나는 벽에 붙은 명단을 보다 눈물을 흘렸다. 너무 좋으니 눈물이

다 나왔다. 상관이 슬쩍 귀띔을 해주었다. 거의 마지막에 명단에 들어간 거라고. 아무래도 상관없었다. 도시에서 평생 벗어나지 못하는 사람이 태반인데 나는 결국 벗어나는 것이다. 먹은 게 하나도 없었는데 배가 불렀다.

명단 밑에 공지가 또 붙어 있었다.

'발령자들은 한 달 내로 도시 내 관계를 청산해야 합니다. 그 후, 도시청에서 발령 승인을 받을 수 있습니다.'

도시 내 관계는 월세, 전세 따위를 칭하는 말이었다.

"관계 청산 안 하면 어떻게 되죠?"

"안 그래도 권리관계가 복잡한데 그 구성원이 빠져나가면 어떻게 되겠어? 도장 받으러 외국까지 나갈 순 없잖아. 청산시키는 게 당연하지."

듣고 보니 그럴 듯했다. 게다가 발령 공지가 난 이상, 관계 청산은 그리 어렵지 않을 것 같았다.

나는 간만에 의욕적으로 움직였다. 주인아저씨한테 퇴근 후 바로 찾아가 사정을 말했다. 아저씨는 흔쾌히 서류를 준비해 놓겠다고 대답했다. 일이 쉽게 풀리나 싶었다. 하지만 신혼부부 남자는 출장을 가서 거의 일주일을 보지 못했다. 나는 미리 부동산에 말해 서류를 준비해 놓고 그를 기다렸다.

내가 그를 강제로 내쫓을 권리는 없었다. 하지만 사안이 중요한 만큼 그가 관계 청산에 협조하지 않을 가능성은 적다는 생각이 들었다. 새로운 월세자가 들어오면 그 사람과 재계약을 하도록 이미 주인아저씨와도 얘기가 되었다. 남자는 그저 도장만 찍으면 지금처럼 살 수 있을 터였다.

"오랜만에 뵙네요."

그의 아내에게 남자가 오는 날짜와 시간까지 물어본 뒤였다. 담배 다섯 개비를 소비했을 때쯤 남자가 나타났다.

"나와 계셨습니까?"

다 필요 없었다. 빠르게 나의 사정을 말했다. 외국으로 발령이 났다. 떠나야 한다. 그래서 관계를 청산해야 한다. 협조를 부탁한다.

남자는 여전히 포커페이스였다.

"그렇습니까? 그렇담 도와드려야죠. 제가 월세로 들어갈 수도 있고요. 회사에서 지원 정책이 나왔는데, 월월세 사는 사원에 대한 부분도 있었거든요. 결제만 잘 나면 제가 주인 형님 자리로 들어갈 수도 있겠네요."

듣던 중 반가운 소리였다. 생각보다 쉽게 처리되나 싶었다.

"그리고 천장세녀 도장은 바로 상위 권리자인 그쪽에서 받아주셔야 합니다."

"알겠습니다. 시간 나는 대로 올라가서 도장 받아올게요."

그는 입가에 미소를 걸었다.

며칠이 지났지만 남자는 도장을 받아오지 않았다. 속이 타들어가기 시작했다. 아직 스무날이라는 여유가 있었지만, 이미 다른 발령자들은 회사와 도시청에 서류를 제출했다. 내가 꼴찌였다. 그런 문제 때문에 나를 자르진 않을 테지만 그래도 흠 잡힐 일은 되도록 없어야 한다. 인생, 단 한 번의 기회가 아닌가.

나는 안 되겠다 싶어 화장실에 노크를 했다.

"네?"

"남편 분은 어디 계세요?"

"출…… 출장…… 갔어요."

여자는 더듬거리며 엄청난 말을 던졌다.

"네?"

나도 모르게 언성이 높아졌다.

"그럼, 언제 오는데요?"

"이…… 이 주 뒤…….""

나는 화가 나 화장실 문을 쾅 소리 나게 닫아버렸다. 신경이 날카로워진 탓이었다. 침대에 쓰러져 머리카락을 쥐어 잡았다. 스트레스때문에 미쳐버릴 것 같았다. 이 주 뒤면, 기한이 겨우 한 주밖에 남지 않게 된다. 사실 도장을 받는 게 하루 만에 끝나는 일이긴 하지만세상엔 변수란 게 있지 않은가. 게다가 지금도 속이 타들어 가는데,이 주일을 또 어떻게 버틴단 말인가.

"잘 될 거야, 잘 될 거야. 씹할……. 잘 될 거야."

낙관을 집어넣으려 중얼거렸다. 갈비뼈 마디마디가 굳어버린 듯숨을 쉴 수가 없었다. 그렇게 보낸 두 주 동안 나는 삼 킬로가 더 빠져버렸다. 피골이 상접했다는 말에 어울리는 몸이 되었다. 신경을너무 많이 써서 그런지 위가 음식을 받쳐주지 않았다. 먹은 것도 없는데 자고 일어나면 언제나 입 주위 침이 흥건했다.

도시청에서 전화도 두 번이나 왔다. 관계 청산했냐고. 서류 언제보낼 거냐고. 나는 금방 된다고 죄진 사람처럼 말했다. 도시청 직원은 서류 처리하는 데 일주일 정도 걸리니까 빨리 보내달라고 했다.

나는 최대 일주일이냐고 놀라 물었다. 다행히 직원은 그렇다고 말했다. 공휴일이 끼어 있을 경우라고 덧붙였다.

남자가 출장에서 돌아와 나를 보았을 때, 그는 짐짓 놀란 표정으로 말했다.

"왜 이렇게 마르셨습니까? 주인 형님."

너 때문이다, 개새끼야!

"요즘 입맛이 없어서요. 본론으로 그냥 들어갈게요. 오늘 천장세녀 도장 받아와 주세요. 저한테 굉장히 중요한 일이에요."

남자는 입가에 미소를 씨익 지었다.

"회사 일이 정신없어서 말씀을 못 드렸네요. 출장 가기 전에 이미 천장으로 올라갔었어요. 정확히는 얼굴과 한 쪽 팔만 올라갔죠. 보시다시피 제 몸이 천장 입구로 들어가기는 버겁잖아요."

이미 도장을 받아왔다고?

"천장세녀를 불러서 도장 얘기를 하려 그랬는데요……."

남자는 뜸을 들였다.

"싫데요."

"네?"

"싫데요. 도장 찍기 싫데요."

"왜요?"

"복잡한 거 싫다고. 말도 걸지 말라고."

천장이 무너져 내리는 소리였다. 완전 미친년 아닌가.

"완전 미친년이죠."

남자는 내 생각을 완벽히 읽어냈다. 정말 미칠 노릇이었다. 나는 천장에 눈을 붙였다.

"왜 그러는 거예요!"

천장 바닥에 달라붙어 있을 여자에게 외쳤다.

"도대체 내가 뭘 잘못했다고! 내가 뭘 잘못했다고 날 못살게 구는 거야! 나는 열심히 산 죄밖에 없다고!"

눈물이 비명처럼 튀어나왔다. 남자는 내 어깨를 손바닥으로 감싸잡으며 위로했다.

"제 생각엔 말이죠. 주인 형님이 떠나는 게 싫어서 그러는 거 같기도 하고요."

씹할…… 미치겠네…… 돌겠네…….

눈깔 두 개가 경련을 일으키고 있었다. 질끈 감고 일 분 정도 숨을 뱉어낸 뒤에야 피가 가라앉기 시작했다. 남자는 여전히 어깨를 잡고 있었다.

인생 마지막 기횐데.

미친년 때문에…….

나는 촉촉해진 눈으로 남자를 올려보았다.

"서류 이리 줘요. 내가 올라갔다 올게요. 도장만 찾아서 찍어오면 되는 거죠?"

"억지로 찍으면 문제가 되지 않을까요? 음……. 뭐, 천장세 사는 사람이 그런 걸로 고소하고 그러진 않을 테니……. 그래도 괜찮을 것 같네요."

남자는 자신의 가방을 들어 서류를 골라 꺼냈다. '천장세 권리 변동 증서'라는 글자가 깊게 박혀 있었다. 남자의 도장은 이미 찍혔고 천장세녀가 찍어야 할 자리만 공란이었다.

오케이, 마지막 미션이다.

집으로 들어와 바로 화장실 문을 열었다. 신혼부부 여자는 변기 위에 쪼그려 앉아 있다가 밖으로 나왔다. 다행히 일보는 중은 아니었다. 화장실 선반을 밟고 올라가는데 남자는 내 엉덩이를 밀며 도와주었다. 선반 3층의 상자 하나를 빼내자 위쪽에 천장 입구가 보였다.

"거기 밀고 올라가면 돼요. 주인 형님은 몸이 호리호리하니까 올라갈 수 있을 거예요."

선반 3층에 발을 딛고 요가 하듯 몸을 꼬아 그 안으로 몸을 밀어 넣었다. 남자는 오, 하며 나의 동작에 감탄했다. 오른손으로 몸을 지탱하며 왼손으로 천장 입구를 올려 밀었다. 참으로 가벼운 입구였다.

"어둡죠?"

우선 눈을, 그리고 얼굴 전체를 천장 위로 올렸다. 캄캄했다. 아무것도 보이지 않았다. 여기에 어떻게 사람이 산단 말인가?

"여기 핸드폰 가져가세요."

남자는 내 핸드폰을 건네주었다. 나는 액정 불빛으로 안쪽을 비췄다. 다락 같은 느낌이었지만 불빛이 약해 공간을 파악하긴 힘들었다. 가슴까지 올린 다음에 쑥 엉덩이와 허벅지를 당겼다.

밑에서 남자의 목소리도 올라왔다.

"주인 형님, 물리지 않게 조심하세요."

나는 발까지 당겨 완전히 천장 위로 올라앉았다. 구석 어디선가 숨소리가 들리는 듯했다. 곰팡이 냄새가 코를 후비고 들어왔다. 목덜미에 두드러기가 돋는 듯 가려워졌다.

"거기 있어요?"

내 목소리는 가늘게 떨려 나왔다. 목소리의 떨림을 의식한 심장이 따라 뛰기 시작했다. 핸드폰 액정 불빛이 자동으로 꺼지자 먹물 같은 암흑이 덮쳐 왔다. 플래시 버튼을 누르려다 바닥에 떨어뜨렸다.

"아, 씹할……."

어디론가 굴러가는 소리가 들렸다. 손가락으로 바닥을 더듬었다. 쉬익, 바람 빠지는 소리가 오른 쪽에서 들린 것 같았다. 나는 동작을 멈추고 소리 방향으로 고개를 돌렸다. 시야에 아무것도 보이지 않았다.

"거기 있어요? 불 좀 켜보세요."

남자의 말이 떠올랐다. 물리지 않게 조심하라니. 장난으로 한 얘기 같긴 한데, 뭐가 튀어나와 물어도 하나도 안 이상할 분위기였다.

쉬익…….

또다시 소리가 들렸다. 이번엔 왼쪽이었다.

"아, 씹할……. 불 좀 켜보라고요."

두려움에 목이 잠겨버렸다. 목소리는 개미만 하게 흘러나왔다. 왼손으로 바닥을 더듬어 핸드폰을 찾았고, 오른손으로 서류가 주머니에 있는지 확인했다.

두두두득…….

이건 또 무슨 소린가?

"저기, 아가씨. 이러시면 저……. 화낼 겁니다. 도장만 찍어주시면 돼요."

대답은 없었다. 나는 두 손으로 바닥을 더듬었다. 일 분이라도 더 머무르면 숨이 멎어버릴 것만 같았다. 앞쪽으로 굴러 간 건가? 나는 한쪽 구석까지 기어갔다. 바닥에는 장판이 깔려 있었고 요철은 없었다. 공사 시작할 때부터 아예 사람 사는 공간으로 작정하고 만든 듯했다.

손끝에 동그란 고무재질의 뭔가가 잡혔으나 핸드폰은 아니었다.

"빨리 나오시죠. 이런다고 해결될 건 하나도 없어요."

어둠 속이었지만 꽤나 넓은 공간이란 느낌이었다. 현관과 화장실, 발코니와 침실을 하나로 엮은 개념이니 그럴 만도 했다. 하지만 높이가 낮아 편히 앉기는 불가능했다. 지린내가 나는 납작한 동굴이었다.

두두두득…….

그 소리와 비슷했다. 환청이라 생각했던 소리.

손가락 끝에 차가운 뭔가가 걸렸다. 잽싸게 잡아 올려 버튼을 눌렀다. 플래시 빛이 쏘아지고 바로 눈앞에 여자의 얼굴이 떠올랐다.

"으악!"

발작적으로 허리가 펴지는 바람에 뒤통수를 위쪽에 박았다. 전기 같은 통증이 척추를 타고 발가락까지 퍼져 나갔다.

"아……."

한 손으로 혹이 올라오는 뒤통수를 잡고 다른 손으로 핸드폰을 올렸다.

거울이었다. 병신처럼 내 얼굴에 놀란 것이다.

통증을 추스른 나는 핸드폰 플래시 불빛으로 공간을 살폈다. 반쯤 풀린 화장지, 누런 매트리스가 보였다. 그 앞에 만화책 몇 권도 굴러다녔다. 천장세녀는 모습을 드러내지 않았다.

"어디 숨은 거야?"

여전히 목소리는 개미처럼 나왔다.

"불빛 쪽으로 나오세요. 우리 얘기 좀 해요."

손바닥이 바닥에 박힌 고무를 누르고 있었다. 액정 불빛을 그쪽으로 향했다. 화장실에서 쓰는 고무 패킹 같은 모양이었다. 손바닥 정도 넓이에 다섯 개가 박혀 있었고 먼 쪽에 두 개 더 보였다. 손가락을 고리에 걸어 잡아당기자 바닥에서 쉬이 올라왔다. 다른 것도 잡아당기자 쑤욱 빠졌다. 고무마개 모양은 길지 않은데, 구멍 자체는 깊었다. 어느 정도 깊은가 하면……. 천장 바닥을 관통할 정도였다. 내 방이 보일 정도?

설마 하며, 하나의 구멍에 눈을 붙였다. 방의 불은 꺼져 있었다. 밖의 가로등 불빛이 새어들어 희미하게 실루엣이 보였다.

올라오기 전에 불을 껐었나?

나는 눈을 껌뻑이며 기억을 더듬다 이상한 실루엣에 시선을 고정했다. 구멍은 정확히 침대 베개를 내려다보는 위치에 있었다. 당연히 베개만 보여야 할 터였다. 하지만 검은 덩어리가 시선을 잡았다. 긴 머리카락도 선명했다.

뭐지? 신혼부분가?

어둠에 익숙해졌는지 실루엣이 또렷해졌다. 젊은 여자처럼 보였다. 귀에 꽂은 하얀 이어폰이 가장 선명하게 눈에 들어왔다.

뭐지?

원래 좋지 않은 머리가 더 나빠진 느낌이었다. 바보같이 입에 침이 고인 줄도 모르고 있었다. 스읍 하고 침을 당기는데 그 일부가 열어놓은 구멍을 통해 떨어졌다. 툭 떨어지는 게 아니라 엿처럼 끈적끈적하게 이어지며 떨어졌다. 여자의 얼굴 부근에 떨어졌을 터였다. 나는 깜짝 놀라 고무마개로 구멍을 막아버렸다.

씹할, 이게 어떻게 되고 있는 거야? 저 여자는 누군데, 왜 남의 침대에서 자고 있는 거야?

핸드폰을 들었다.

어떻게든 빨리 여자를 찾거나 도장을 찾거나 해서 이 공간을 벗어나야겠다는 생각뿐이었다. 거울 옆을 지나 아래에 발코니가 있을 위치에 앉은뱅이책상을 발견했다. 약통처럼 생긴 것들도 있고, 멀쩡해보이는 스탠드도 놓여 있었다. 스위치를 올리자 거무튀튀한 불빛이 쏟아졌다. 반쯤 맛 간 전구였다.

"계속 숨어 있어도 되는데 말이죠. 그렇게 살지 마세요."

책상 선반에는 사진 하나가 붙어 있었다. 내 사진이었다. 정확히, 얼마 전 잃어버린 사진이었다. 남자의 생각이 맞았던 것이다.

"이런 거 훔쳐가지 말라고요!"

사진을 거칠게 떼어 주머니에 구겨 넣었다.

"도장 좀 쓸게요. 갑자기 나타나 물거나 하지 마세요."

책상 서랍을 당겨 열었다. 다행히 연필 몇 자루 사이에 도장이 보였다. 인주를 찍어 도장을 꺼내 들고, 주머니에 넣었던 '천장세 권리변동 증서'를 책상 위에 펼쳤다.

얼마나 기다렸던 순간인가. 좋아서 손가락이 다 떨렸다. 이제 도시를 떠날 수 있다.

도장 찍을 공란을 찾아 눈동자를 저었다. 그런데 뭔가 이상했다.

스탠드 모가지를 잡아 종이 가까이 당겼다.

원래 이랬었나?

'천장세 권리 변동 증서'라는 글자는 어린 아이가 쓴 글씨처럼 삐뚤삐뚤했다. 타이핑 된 글씨가 아니라 그냥 볼펜으로 대충 끼적인 모양이었다. 혹시나 해서 아래 적힌 계약 내용도 읽어보았다. 도시청 권리로 천장세를 청산하고 주인으로 승격시킨다고 쓰여 있었다. 글씨도, 내용도 이상했다.

뭐지?

남자가 나한테 서류를 넘길 때……. 바꿔치기한 건가?

음……. 아닌데…….

얼굴에서 피가 싹 빠져나가는 느낌이었다. 얼굴 전체를 손바닥으로 세차게 문질렀다. 그런 후 책상 선반에 놓인 약통을 잡아 스탠드 불빛 아래 놓았다.

'보건소 공급 약 A1'

그 밑에 설명이 있었다.

'망상이나 환각 증상에 한 알 꺼내 삼키세요.'

아주 존댓말까지 쓰는 아름다운 설명이었다. 나는 약통을 열어 지체 없이 한 알 꺼내 삼켰다. 목구멍으로 알약이 지나는 걸 느끼는 순간, 죽은 친구의 나머지 말이 떠올랐다.

"사실 그 안에는 다른 뜻이 숨어 있지. 도시에서 천장세 사는 사람들을 위해 정책을 만들 리 없잖아."

"도시의 먹이는 사람들이란 말이야. 사람이 없으면 도시도 없어. 그래서 죽어가는 도시일수록 사람들이 떠나지 못하게 만들지. 천장세도 그런 개념이야. 죽을 사람들을 어떻게든 살려놓고 거기에 따른 보건 인력 일자리를 만들어. 게다가 월월세 제도를 접목시켜서 거주하고 있는 사람들이 복잡한 권리 관계로 못 떠나게 만드는 거야. 죽을 때까지 도시의 톱니바퀴로 살아가게 만드는 거지. 생각해봐. 무엇이 이 도시를 못 뜨게 만드는지. 왜 네가 이 도시에서 못 떠나고 있고, 왜 앞으로도 못 떠나는지."

생각해 보았다. 왜 이 도시를 못 떠나는지……

알약을 하나 더 꺼내 삼켰다.

그러자 아무 생각이 나지 않고 그저 멍했다. 책상 오른쪽 서랍을 열고 패치를 꺼내 팔뚝에 붙인 뒤 스탠드를 껐다. 완전한 암흑이 찾아왔다. 조금 전의 떨림은 사라졌다. 매트리스까지 가기도 귀찮았다.

그냥 벌러덩 누워 잠을 청했다.

완벽한 죽음을 팝니다

지현상

1991년에 태어나 청주에서 자랐다. 제1회 황금가지 타임리프 공모전에서 「그날의 꿈」으로 우수상을 수상했다. 책을 좋아해 서점에서 꽤 오래 근무했고, 현재 재미난 글을 쓰기 위해 무던히 노력 중이다.

번들거리는 대리석 벽재 사이에 구식 아파트의 현관문 같은 것이 뜬금없이 서 있었다. 검고 투박한, 잘못 열 면 빌딩이 무너지도록 삐그덕 소리를 낼 만한 그런 놈이었다. '서울 한복판 금싸라기 빌딩에 문패조차 없는 사무실이라.' 그는 한참이나 문을 노려본 끝에 살짝 떨리는 손으로 손잡이를 잡아당겼다.

"무슨 일로 오셨나요?"

안내 데스크의 아가씨가 사람 좋은 미소로 그를 맞았다.

"저……, 최민현 선생님을 만나러 왔습니다."

그가 우물거리며 대답했다. 예상 외로 멀쩡한 공간이었다. 정말 이곳에 최민현이란 사람이 있기는 한 걸까?

"성함이 어떻게 되시죠?"

"정태호요."

"아." 안내원이 서류뭉치를 뒤적이더니 작은 포스트잇 하나를 집어 들었다. "선생님께서 기다리고 계셨어요. 잠시만 앉아서 기다려 주시겠어요? 차례 되시면 말씀드릴게요."

"기다리셨다고요?"

"예, 어제부터요."

기다렸다고? 그가 의아하게 머리를 긁적였다.

그는 비교적 한적한 자리에 앉아 주변을 둘러보았다. 소파가 줄줄이 늘어선 것이 사무실이라기보다 병원에 가까운 느낌이었다. 딱 환자들이 앉아서 대기하고 있는 그런 곳. 하지만 비싼 건축재와 갖가지 인테리어 소품이 사방에 가득하고, 밟기 겁날 정도로 부드러워 보이는 카펫이 조명과 잘 어우러져 있는, 부담스러울 정도로 고급스러운 분위기를 자아내는 곳이었다. 하다못해 벽에는 200인치는 가뿐히 넘겠다 싶은 대형 TV도 걸려 있어서 저런 건 대체 어디서 구하는지 궁금할 지경이었다.

소파에는 태호 이외에도 스무 명 남짓한 사람들이 앉아 있었다. 다들 어쩌다 여기까지 오게 됐을까. 뭐, 몇몇은 행색을 보니 이해가 갈 법도 했다. 그들은 이미 모든 의욕을 상실한 채 삶에 찌들어 죽어 가고 있었다. 하지만 명품으로 온몸을 도배한 저 아가씨는……

'그래, 저마다 사정이 있겠지.'

태호가 한숨을 내쉬었다. 복장도 생김새도 전혀 다르지만 사람들의 얼굴엔 한결같이 체념이 담겨 있었다. 태호는 모두의 얼굴을 찬찬히 훑어보다가, 결국 TV를 향해 고개를 돌렸다.

TV는 연달아 터진 경제난에 대해 신나게 떠들고 있었다. 40대 남

198

자가 자신을 해고한 공장에 불을 지르다 붙잡힌 모습이 나오고, 성남에서 일어난 모녀 살해사건의 용의자 신상정보가 뒤를 이었다. 자살 소식은 너무 많다 못해 화면 아래에 카운트 되는 신세였다.

원주시 김우영 47. 서울시 민지혜 27. 청원군 이서훈……. 그 사이에 이름이 한 명 더 늘어서, 오늘의 자살 사건은 집계된 것만 82건이 되었다. 태호는 이 모든 게 돈 때문이라고 생각했다. 가진 게 없으면, 나라가 망하는 것도 순식간이었다.

망할 놈의 뉴스는 계속 개떡 같은 소식만을 토해냈다. '이러이러해서 나라가 어렵고 또 이렇게 누가 죽었습니다.' 사람들은 의식적으로 TV를 외면했지만, 아무렴 외면하는 것만으로는 아나운서의 무감각한 목소리를 막을 길이 없었다. 그 비싸고 화려한 공간이 오롯이 나쁜 소식의 땅이었다.

사람들이 차례차례 안내데스크의 뒤쪽으로 사라지고, 또 그만큼의 사람들이 새로 들어와 소파를 채웠다. 안내원은 한 시간이 지나서야 태호의 이름을 불렀다. 그는 반가움과 두려움을 반씩 섞어 휘저으며 자리에서 일어났다.

"4번 상담실로 들어가세요."

안내원이 복도를 가리키며 여전히 사람 좋은 미소로 말했다.

복도에는 좌우 6개씩 총 12개의 각기 다른 조각이 새겨진 대리석 문들이 늘어서 있었다. 4번 상담실에는 금화더미가 새겨져 있었는데 금화 한 닢마다 그 안에 그려진 사람이며 테두리의 자잘한 주름까지 묘사돼 있는 게 상당히 인상적이었다. 태호는 꼭 동전이 넘쳐흐를 것만 같아서 조심스럽게 문을 밀었다.

나무로 도배된 아늑한 공간이 그를 맞이했다. 고풍스럽다 못해 사치스럽기까지 한 그곳은 천장에도 벽에도, 장식용으로 만들어 놓았을 벽난로 위에도 금으로 만들어진 장식품들이 가득했다. 황금 샹들리에, 황금 촛대, 벽난로 위에 세워진 작은 황금 기사 동상. 하다못해 벽에 걸려 있는 큼지막한 사슴 머리도 황금이었다. 방 한가운데는 편해 보이는 적갈색 의자와 격이 다르게 비싸 보이는 의자가 큼지막한 테이블 하나를 사이에 두고 마주 보도록 놓여 있었다. 그 비싸 보이는 의자에 앉아 태호를 느긋이 바라보는 남자가, '최민현'인 듯싶었다.

"앉아요."

남자가 말했다.

태호는 남자의 얼굴을 보고 적잖이 당황했다. 그는 이십 대 초반이나 됐을까 싶은 어린애였다. 피부는 하얗다 못해 빛이 나고 있었고, 표정은 개구지다 못해 철이 덜 들어 보였다.

"앉아요. 태호 씨 무슨 생각 하시는지 압니다."

남자가 재차 말했다.

태호는 주춤거리며 자리에 앉았다. 이렇게 보니 남자의 앉은키가 태호보다 머리 하나는 더 높았다.

"어제쯤 올 거라 생각했는데 의외로 늦게 오셨군요. 가끔 그러는 분들이 있지요. 뭐 상관은 없습니다."

남자가 고개를 끄덕이며 밝게 말했다.

태호는 상담사가 지긋이 나이 먹은 사람일 거라고, 못해도 사오십 대는 넘었을 거라고 생각했었다. 뭔가 잘못됐다는 느낌이 공기처럼 스며들었다.

테이블 위에는 와인 잔 한 개와 수북한 서류뭉치들이 부산스럽게 널려 있었다. 금색 각인을 새긴 기다란 명패도 있었는데, 내용은커녕 어느 나라의 글자인지조차 알아볼 수 없었다. 로마자로 표기된 Ⅳ자 하나가 그가 해석할 수 있는 전부였다.

4번.

"아시겠지만 전 최민현이 아닙니다." 남자가 웃으며 말했다. "사실 이름 따위야 아무렴 어떻습니까. 그냥 편하게 선생님이라고 부르세요. 일전에 만나 뵌 적이 있었죠?"

"글쎄요. 잘 모르겠는데요."

태호가 얼떨떨하게 대답했다.

"아뇨. 분명히 만났습니다. 그러니 태호 씨가 제 앞에 앉아 있는 거죠. 이틀 전에 꾼 꿈. 기억 안 난다곤 말 못 하실 텐데요?"

무슨 소릴까. 태호가 멍청한 표정으로 남자를 바라봤다. 그런 꿈을 꾸기는 했다. 하지만……

"일반적인 상식으론 이해하시기 힘들겠지만, 정태호 씨의 꿈에 찾아간 것도 저고, 머리맡에 명함을 놓고 온 것도 접니다. 따지고 보면 영업도 겸하는 셈이니 일이 썩 쉬운 편은 아닌 거죠."

남자는 뭐가 그리 재밌는지 웃음기를 지우지 않았다. 그는 서랍을 뒤져 빳빳한 명함 한 장을 꺼내 태호에게 내밀었다.

완벽한 죽음을 팝니다.
담당자

태호는 명함을 받아들고는 주머니에 있는 또 다른 명함을 꼼지락거렸다. 담당자 옆에 '최민현'이란 이름이 빠진 것을 빼고는, 이틀 전 아침 머리맡에 홀연히 나타난 그 명함과 똑같았다.

"말씀드렸다시피 타인의 죽음은 의뢰하실 수 없습니다. 그건 살인 청부업이나 매한가지고, 결국 범죄니까요. 저희 회사는 오직 의뢰 당사자, 고객님 본인의 죽음만을 판매합니다. 꿈에 그리던 홀가분한 죽음을 말이죠."

남자가 웃으며 태호를 바라봤다. 그의 눈이 장난감이라도 얻은 어린애처럼 이글거렸다.

"정말 죽고 싶습니까?"

태호는 뭐라 대답해야 할지 고민했다. 그는 죽고 싶을 정도로 삶이 힘들었고, 그래서 정말 죽고 싶은 마음에 이곳에 찾아왔다. 하지만 뭔가 꺼림칙하니 이상했다.

내가 지금 제정신일까?

난 왜 여기 있지?

"이런, 죽고 싶으니까 여기 있는 거죠." 남자가 대뜸 말했다. "태호 씨는 몇 달 동안 매일 밤 죽고 싶다고 기도를 했어요. 확실히 제정신은 아닌 거죠. 그래서 제가 약간 손을 써서 태호 씨를 여기까지 불러낸 거라면, 좀 우스운 얘긴가요?"

태호가 놀란 눈으로 남자를 바라봤다. 태호는 자신이 미친놈처럼 혼잣말을 한 건 아닌가 생각해 보았는데 그건 확실히 아니었다.

"어쨌든 태호 씨가 제 명함을 보고 여기까지 찾아오셨다는 게 중요합니다. 모든 고객분들이 그랬듯이, 지금부터가 진짜 중요한 거죠."

"이봐요. 내가 언제 무슨 기도를 했는지 어떻게 알고 있죠?" 태호가 물었다. 그의 목소리가 점점 높아졌다. "언제부터 날 지켜본 겁니까? 생각해 보니 머리맡에 명함을 두고 간 것도 당신 짓입니까? 젠장. 술을 하도 처마셔서 기억이 끊긴 줄로만 알았는데! 명함을 대체 어디서 받아 온 건지 한참을 고민했다고요. 집 주소는 어떻게 알아낸 거고, 어떻게 집 안까지 들어왔던 거죠?"

"글쎄요. 일단 진정부터 좀 하시죠."

남자는 여유로운 표정으로 의자에 더 깊게 기대앉았다. 그는 태호를 바라보며 잠시 만족스러운 웃음까지 지었다.

"궁금한 게 많으시겠지만 질문은 하나씩 해야 하는 법입니다. 게다가 인간이란 당황하거나 이해를 못 하면 화부터 내는 경향이 있는데, 그건 썩 좋지 못한 버릇이죠."

그가 와인잔을 집어 들며 킥킥댔다.

와인이라고? 태호는 자신의 눈을 의심했다. 저건 언제부터 저기에 있던 거지?

"물어보신 모든 사항은 사업상 비밀이라 당장 말해 드릴 수는 없습니다. 하지만 태호 씨를 여기까지 모셔온 힘은…… 일종의 최면 같은 거라고 해두죠. 일이 일이다 보니 고객에게 접근하는 방법이 조금 과격하다는 건 인정합니다." 남자가 잔을 내려놓고는 태호와 눈을 마주쳤다. "하지만, 세상은 각자 이익을 추구하기 때문에 움직이는 겁니다. 태호 씨는 속 편히 죽고 싶고, 저희는 돈이 필요합니다. 그렇죠?"

남자의 눈이 대답을 기다리듯 꿈뻑였다. 하지만 태호가 아무 말도 하지 않자, 그는 다시 능글맞게 말을 이었다.

"아시겠지만, 저는 태호 씨의 죽음을 자살 같은 싸구려가 아닌 좀 더 다듬어진 형태로 만들어 드릴 수 있습니다. 죽으시더라도 따님한테 보험금 정도는 남겨줘야 할 것 아닙니까? 요즘 세상에 돈 한 푼 없는 식물인간은 이틀을 못 가서 안락사 처리되고 말 겁니다. 물론 보호자도 있어야겠지요. 저희는 고통 없는 깔끔한 죽음은 물론, 죽고 싶어 죽었음에도 사고사나 자연사로 판명되는 이상적인 서비스를……."

"딸아이에 대해서도 알고 있습니까?"

태호가 물었다. 딸에 대한 이야기에 목소리가 떨려왔다.

"저희 회사는 모르는 게 없습니다." 남자가 싱긋 웃으며 대답했다. "그리고 따님을 도와드릴 수도 있죠. 태호 씨가 군이 여기까지 찾아온 이유도 결국 따님 때문 아닌가요? 다시 묻겠습니다. 정말 죽고 싶습니까?"

태호가 고개를 들고 남자를 빤히 쳐다봤다. 죽고 싶냐고 물으면, 그래, 정말 죽고 싶었다. 이 엿 같은 세상에서 벗어나고 싶었다. 하지만 그가 죽으면, 딸아이는 어떻게 되는 걸까? 딸은 태호가 세상을 등질 수 없는 유일한 책임이자 이유였다. 더군다나 딸아이는 사고로 정신을 잃었고, 당연히 스스로를 지킬 힘도 능력도 없었다.

그 사고만 아니었더라면.

태호는 힘없이 고개를 떨궜다. 그에겐 딸을 지켜줄 힘이 남아 있지 않았다. 목숨보다 무거운 병원비가 그의 온몸을 찍어 눌렀다.

"뭐, 됐습니다. 절차상 물어봤을 뿐이에요." 남자가 말했다. "여기에 제 발로 찾아오신 순간 이미 대답은 정해진 거겠죠. 제가 이래저래 수를 좀 쓰긴 했지만, 정말 죽고 싶지 않았다면 제가 무슨 수를 쓰든 태호 씨는 여기에 오지 않으셨을 겁니다. 어차피 태호 씨는 한 달 이내에 고층빌딩에서 투신할 운명이었어요. 확률 통계적인 이야기입니다만, 사람이 견딜 수 있는 한계치라는 게 있거든요." 남자는 다시 잔을 집어 들었다. "태호 씨도 한잔하시겠어요? 술만큼 긴장을 푸는 데 도움이 되는 것도 없지요."

남자는 태호가 뭐라 대답하기도 전에 서랍에서 잔 하나를 더 꺼내 피처럼 붉은 와인을 반쯤 따라 태호에게 건넸다. 태호는 얼떨결에 그것을 받아 들었다. 좋아하는 술은 아니었으나 그는 주는 술을 사양하는 남자가 아니었다.

"필요하시면 담배도 피우셔도 됩니다."

남자가 검은색 재떨이를 내밀며 말했다.

"아뇨, 담배는 끊으려고 노력 중입니다."

태호가 힘없이 대답했다.

"하지만 재킷 안주머니에 항상 한 갑씩 넣고 다니잖아요?" 남자가 키득거렸다. "어차피 죽으려고 온 건데 무슨 상관이죠? 괜한 데 집착할 필요 없어요."

태호가 남자를 멍하니 쳐다보았다. 그래, 그는 죽기 위해 이 자리에 온 거였다. 딸아이에게 조금이나마 돈을 남겨주고, 세상을 털어

버리고 싶었다.

술을 입에 털어 넣자 담배가 명치를 콕콕 찔렀다.

"아뇨, 정말 괜찮습니다."

태호가 목을 쥐어짜 대답했다.

"그럼 일단 거래를 확정해 놓고 얘기를 진행해 보죠."

남자가 종이 한 장을 내밀며 말했다. 일종의 계약서인 듯했으나 금색 명패처럼 태호가 읽을 수 있는 글자는 거의 없었다.

"대체 뭐라고 쓰여 있는 거죠?"

그가 종이를 받아들고 물었다.

"태호 씨에게 흠이 될 만한 내용은 없습니다. 기본적인 합의 약속과 진행 비용에 대한 내용이죠."

"비용이요?" 태호가 미심쩍은 표정으로 종이와 남자를 번갈아 보며 말했다. "전 아직 비용에 대한 설명은 듣지 못했습니다."

"걱정하실 필요 없어요." 남자가 웃으며 말했다. "4번방에서, 저에게 상담을 받고 계시다는 건 돈 때문에 죽고 싶다는 얘기니까요. 땡전 한 푼 없으시겠죠. 알고 있습니다."

태호는 순간 남자가 자신을 비웃고 있다고 생각했다. 사실이든 아니든, 남자가 재수 없는 놈인 건 확실했다.

"돈이 많다고 꼭 행복한 건 아니라고들 하지만, 돈이 많은데 죽고 싶은 사람은 거의 없습니다. 사람들이 부자들의 자살을 의외로 익숙히 여기는 건, 그들의 죽음이 흔치 않은 특종이기 때문이죠. 부자 한 사람만 죽어도 그 화제로 몇 날 며칠이고 TV에 불을 밝히는데 사람들이 속아 넘어갈 수밖에요. 제 소관이 아니니 그 사람들이 왜 죽는지는 모릅니다만, 돈 때문에 죽는 사람은 언제나 수두룩하단 건 잘 알고 있죠. 혹시 대기실에서 뉴스를 보셨다면 오늘 자살한 사람들이 몇 명인지 아십니까?"

"82명이요."

태호가 짧게 대답했다.

"지금은 86명입니다. 경제난 덕분이지요. 요즘은 저희 지점에서 제가 제일 바쁩니다. 물론, 보통 때도 제가 제일 바쁘긴 했지만요. 돈이란 건 확실히 태어날 때부터 죽을 때까지 민감한 문제죠."

남자가 자신의 잔에 연거푸 술을 채우더니 태호를 향해 술병을 들이 밀었다. 그가 태호의 잔에 술을 조금 채워주고는 말을 이었다.

"세상 사정이 이렇다 보니 저희 사장님은⋯⋯, 고객들에게 돈을 받으면 도저히 장사가 되지 않는다는 걸 깨달으셨죠. 그래서 저희는 고객에게 돈을 받지 않습니다. 고객님이 죽게 되면 보험금이 나올 테고, 그 보험금에서 의뢰비용만큼을 수거해 갑니다."

"하지만 전 죽어봐야 보험금이 얼마 나오지도 않을 텐데요. 웬만한 보험은 돈이 급해서 깬 지 오랩니다."

"그것도 걱정하실 필요 없습니다. 이미 저희가 태호 씨 이름으로 보험을 몇 개 들어놨어요. 저희가 받을 돈이니, 그 문제는 저희가 알아서 해결합니다."

"어⋯⋯ 그건, 그렇군요."

태호가 말문이 턱 막혀 무의식적으로 중얼거렸다.

"아주 합리적인 방법이죠." 남자는 본인의 말에 감동이라도 받은 듯 고개를 끄덕였다. "저희가 가져가는 돈은 원하시는 죽음에 따라 조금 달라지지만, 대체로 보험금의 절반도 안 된다고 보시면 됩니다. 분명 의뢰에 따님께 돈을 남기고 싶다고 얘기하시겠지요? 저희는 그런 것까지 고려해서 일을 처리합니다."

돈, 돈, 돈! 죽는데도 돈이 들다니!

태호는 계약서를 뚫어져라 바라보았다. 꾸불텅 거리는 글씨가 그의 마음을 휘저었다.

"일단은……." 남자가 펜 하나를 건네며 말했다. "계약이 먼저겠죠. 원하시는 죽음에 대해서는 서명을 하시든, 도장을 찍으시든 한 후에 천천히 얘기해 보도록 합시다. 이 일도 실적이 필요하거든요. 그러니까. 태호 씨는 죽고 싶은 거잖아요? 그렇죠?"

"예……."

스스로가 대답해 놓고도 멍청이 같은 소리였다. 남자가 술을 마시며 킬킬거렸고 태호는 홀린 듯 종이에 펜을 들이밀었다.

"어? 이거 잉크가 안 나오는데요?"

그가 펜을 흔들어 보며 물었다.

"펜으로 손가락을 찌르셔야 합니다." 남자가 대답했다. 그는 이제 잔뜩 쌓인 서류 더미를 뒤적이고 있었다. "자세히 보시면 펜 끝이 엄청 뾰족해요. 그걸로 아무 손가락이나 콕 찌르신 다음, 거기서 나오는 피로 도장을 찍으시든 서명을 하시든 하면 됩니다."

펜 끝이 과연 바늘처럼 뾰족했다. 태호는 펜을 바라보고, 종이를 바라보고, 남자를 바라보았다.

"무슨 의미가 있는지는 몰라도 이렇게까지……."

"절차상의 이유입니다." 남자가 그의 말을 끊었다. "사장님께서

격식을 따지는 걸 어지간히 좋아하시거든요. 소독이 잘 돼 있으니 걱정하실 필요 없습니다."

남자는 어느새 서류도 술잔도 내려놓은 채 비딱하게 기울인 얼굴로 태호를 응시하고 있었다. 웃음기 빠진 그의 앳된 얼굴에 적잖이 소름이 돋았다.

태호는 굉장히 우스운 짓이라 생각하면서도 펜으로 왼손 검지를 찔렀다. 그러곤 피로 종이에 이름을 휘갈겨 쓰고, 남자에게 펜과 종이를 건네주었다. 남자는 종이를 돌려받자 다시 웃음기를 되찾았다. 그는 태호 사인을 보더니 과장되게 박수까지 쳐 보였다.

"현명하시군요. 아주 현명해요." 남자가 말했다. "간혹 끝까지 사인하기를 두려워하다가 그냥 돌아가시는 분들이 있죠. 죽고 싶어서 온 주제에 정말 죽는다고 생각하니 눈앞이 아득해지는 겁니다. 오오, 불쌍해라. 하지만 태호 씨는 첫 관문을 아주 잘 넘겼어요. 이제 정말 죽을 수 있겠군요!"

남자가 재수 없는 미소를 흘렸다.

'내 목숨을 가지고 장난을 치고 있어.'

화가 났다. 하지만 어리석은 생각이었다. 태호 스스로 이런 장소에 직접 찾아온 터였다. 담배가 한 번 더 그의 명치를 찌르고 눈앞의 재떨이가 그를 유혹했다.

"그래서, 어떻게 죽고 싶으신지는 생각해 오셨습니까?"

남자가 말했다. 그의 백지장처럼 하얀 얼굴이 귀신처럼 보이기 시작했다.

"그저……." 태호가 맥없는 목소리로 대답했다. "제가 죽어서 우리 아현이라도 살릴 수 있었으면 좋겠습니다."

"말에 어폐가 있군요. 죽어서 살린다……. 죽음과 삶은 얼핏 동일한 가치를 지닌 듯 보이지만 전혀 그렇지 않습니다. 특히 태호 씨처럼 스스로의 삶을 포기하는 죽음은 더욱 그렇지요. 그건 불가능합니다."

남자가 비웃었다.

"이봐요. 당신은 내가 죽으면 아현이에게 쓸 만한 돈을 줄 수 있다고 했어요!" 태호가 소리쳤다. "그게 아니면 내가 왜 여기 있겠습니까?"

"죽고 싶으니까요." 남자가 대답했다. "제가 언제 태호 씨에게 돈을 준다고 했었죠? 꿈에서요?"

남자가 서류를 내려놓으며 진지함이라곤 찾아볼 수 없는 목소리로 되물었다. 붉으락푸르락해진 태호의 얼굴을 바라보던 남자의 목에서 깨진 유리 같은 웃음소리가 새어 나왔다.

"맞아요, 제가 그랬었죠. 가벼운 농담입니다. 하지만 저는 따님을 살려 드리겠다는 소리는 한 적이 없었어요. 오로지 돈에 대한 이야기였죠. 이해는 합니다만, 일단 진정하세요. 따님이 누워 있는 병원이 어디라고 했죠?"

"알려 드린 적 없습니다."

태호가 남자를 노려보며 대답했다.

"따님이 살지 죽을지는 신과 운명이 판단합니다. 살려 드릴 수 있다고 장담은 못 하지만, 태호 씨가 죽으면 저희가 앞으로 병원비 정도는 내줄 수 있겠지요. 보아하니 병원비가 꽤 비싼 곳에 누워 있으시던데요?"

"당신……."

"뭐, 알았습니다." 남자가 손사래를 치며 태호의 말을 끊었다. "따님의 퇴원까지 지속적인 진료를 보장하지요. 따님이 정말 살아날 운명이라면, 저희도 손익분기점이란 게 있으니 2년 안에 일어날 겁니다. 더 필요하신 건 없습니까?"

태호가 남자를 바라보며 숨을 골랐다.

"아현이를 그 지경으로 만들어 놓은 놈." 그가 대답했다. 그러곤 한참 숨을 고르고, 다시 말했다. "그놈도 찾아서 죽여주시면 안 됩니까?"

"하얀색 쿠페 말이군요? 안 됩니다."

남자가 망설임 없이 대답했다.

"하얀색 쿠펜지 뭔지는 모릅니다. 하지만……, 당신들이라면 할수 있잖아요. 도저히 어떻게 안 되겠습니까? 전 그 자식 죽이기 전까진 절대 편히 죽을 수 없습니다."

"말씀드렸다시피 다른 사람의 죽음은 의뢰하실 수 없습니다."

남자가 대답했다.

"그럼 관두겠습니다." 태호가 자리에서 일어나며 말했다. "제가 원하는 죽음은 고작 이런 게 아니에요."

"원하시는 죽음이란 게, 빌딩에서 투신자살하는 건 아니실 텐데요?" 남자가 여유롭게 술잔을 기울이며 말했다. "저희 사장님은…… 뭐랄까 굉장히 고지식한 분입니다. 서명하신 이상, 벗어나실 수 없어요."

"무슨 소리죠?"

"어차피 태호 씨가 곧 죽을 거란 얘기입니다." 남자가 싱긋 웃으며 말했다. "저 같으면 다시 자리에 앉고, 이왕 죽을 거 좀 더 입맛에 맞게 죽겠어요. 딸을 살리고 싶다. 복수를 하고 싶다. 그게 전부입니까? 우린 지금 태호 씨가 원하는 죽음에 대해 합의를 하고 있는 겁니다. 지금 나가신다면 따님의 병원비 정도만 보장해 드릴 수 있겠군요."

"미쳤군."

"세상이 미쳤죠. 이런 데 제 발로 찾아온 당신도 미쳤고요. 일단 자리에 앉아요. 제게 좋은 방법이 있습니다."

'아니 미친놈은 내가 아니라 너야.'

태호가 이를 갈았다.

남자는 태호를 한참 바라보더니, 그가 자리에 앉을 생각을 하지 않자 대뜸 말을 이었다.

"따님을 치고 도망간 사람은 20대 중반의 여자분입니다. 부모도 좀 살고, 꽤 반반해서 남자도 잘 만난 케이스죠. 저희가 그분을 죽여 드릴 순 없지만, 원하신다면 응당한 죗값을 치르게 할 수는 있어요. 또 태호 씨가 죽기 전에 직접 한 방 먹여줄 기회도 만들어 줄 수 있습니다."

"아뇨, 못 믿겠습니다." 태호가 눈앞의 명패를 노려보며 물었다. "어떻게 그렇게까지 알고 있는 거죠? 뭘 보고 당신을 믿어야 합니까? 보험금 얘기까지는, 그래요, 믿겠습니다. 당신들도 뭔가 돈이 되는 일이니까 이 짓을 하고 있겠죠. 하지만 그냥 날 죽여 놓고 끝내려는 거 아닙니까? 어차피 내가 죽어버리면 아무도 모르는 일일 테니, 병원비니 하얀 쿠페니 하면서 되는 대로 지껄이는 거 아니냐고요."

"아닙니다. 저희는……."

"하다못해 난 당신 이름도 모른다고!"

태호가 소리쳤다.

"어차피 죽을 사람이 남의 이름이 그렇게 중요합니까?" 남자가 말했다. 술을 마시며 미소 짓는 그의 입이, 이번엔 확실히 비웃음을 띠었다. "제 이름은 너무 많아서 다 열거할 수 없습니다. 굳이 따지자면 제 이름은 '돈'입니다. '마몬(Mammon)이라고도 하죠."

"그게 무슨 소리……."

"당신은 계약서에 서명을 했고, 어차피 죽습니다." 이번엔 남자가 말을 끊었다. "선의를 베풀 때 조용히 자리에 앉으세요."

"싫다면 어쩔 겁니까?"

"강제로 앉히면 되지요."

남자가 태호 노려보며 대답했다.

태호는 자신이 헛것을 보는 건지 의심하며 연거푸 눈을 비볐다. 남자의 눈이 뻥 뚫린 붉은 구멍처럼 변해 있었다. 텅 빈, 끝없는 눈구멍이 붉게 타오르자 태호의 몸이 스스로 의자에 주저앉았다. 힘이 탁 풀려 혓바닥조차 꼼짝할 수 없었다. 죽음, 그리고 공포가 태호를 집어삼켰다.

무슨 일이 벌어진 거지? 태호는 의자에 힘없이 늘어져 가까스로 고개를 흔들었다. 남자의 눈은 언제 그랬냐는 듯 평범했다. 싱긋거리는 저 재수 없는 눈매. 뭔가 걸려도 단단히 잘못 걸렸다는 생각이 들었다. 식은땀에 온몸이 축축했다.

"나한테 왜 이러는 겁니까?"

태호가 잔뜩 떨리는 목소리로 물었다. 개미가 기어가는 것 같은 목소리였다.

"사실 우리는 태호 씨가 아니라 누구라도 상관이 없습니다." 남자가 다시 서류를 뒤적거리며 말했다. 그는 종이에 무언가를 놀라운 속도로 휘갈겨 쓰고 있었다. "죽고 싶다고, 하지만 이대로는 죽을 수 없다고 매일 밤 간절히 기도한 것도 태호 씨고, 여기 직접 찾아온 것도 태호 씨인 거죠."

"나는…… 당신 같은 사람한테 기도한 게 아니야."

태호가 중얼거렸다.

"오! 당신의 그 위대한 신! 하지만 세상에 자신이든 타인이든 누굴 죽여 달라고 기도하는데 천사를 내려주는 신은 없어요." 남자가 대놓고 태호를 비웃었다. "뭐 따지자면 그 기도 때문에 제가 태호 씨를 만났으니 저도 신이 부리는 직원 정도는 될지도 모르겠군요. 태호 씨만의 천사랄까요."

태호는 얼이 빠져 멍청하게 남자를 바라보았다. 남자는 뭐가 그리 신났는지 서류를 정리하고, 술을 마시고, 태호를 놀려댔다.

난 왜 여기에 있는 거지? 그래, 그날도 어김없이 기도를 하다가 잠이 들었지. 이 엿 같은 세상에서 벗어나고 싶다는 기도를 말이야. 그러다가 꿈에서 이 남자를 만나고, 일어나보니 명함이 놓여 있고, 신의 계시라도 받은 것처럼 미친 척 여기까지 찾아왔고, 그러곤…

"완전히 끝나버리는 겁니다." 남자가 킬킬거리며 설명을 이었다.

"그래도 찍소리도 못하고 혼자 뛰어내려 죽는 것보단, 뭐라도 남기고 가는 게 좋지 않겠습니까? 태호 씨는 딸을 위해 돈을 구하고, 우리도 돈을 구하는 거죠. 서비스로 10퍼센트 할인된 가격에 죽을 때 유명세까지 얹어 드리겠습니다. 어때요?"

"씨발. 이게 다 그놈의 돈 때문이었어."

태호의 침통한 눈빛이 바닥을 때렸다.

"반은 맞는 말입니다. 저는 돈 때문에 이 일을 하고 있죠. 미국조차 수백 번 사버리고도 남을 만한 돈이 제게 있습니다만, 전 돈을 버는 게 좋습니다. 돈은 많으면 많을수록 좋은 거죠." 남자가 고개를 끄덕이며 행복한 미소로 말했다. "하지만 우리 사장님은 꼭 돈 때문에 이 일을 하시는 게 아닙니다. 당신이 남길 영혼의 틀이 필요해요. 인간들이 좀 죽어줘야 세상이 돌아갈 판이거든요. 담배 피우시겠어요?"

남자가 재떨이를 내밀며 다시 물었다. 태호는 어느새 안주머니의 담뱃갑을 만지작거리고 있었고, 담배가 절실히 필요했다. 그 더러운 연기가 없으면 죽기 전에 미쳐버릴 것 같았다.

"예, 그럼 한 대만 피우겠습니다."

태호가 약한 목소리로 대답했다.

"몇 십 대를 피우시든 상관없습니다."

남자가 손을 내저으며 웃었다. 그는 점잖게 태호가 담배를 꺼내 불을 붙일 때까지 기다렸다.

"인간들은 너무 오래 살고, 또 너무 개체 수가 많아졌어요. 이 세상에 할당된 영혼의 수는 한정돼 있는데, 인간의 욕심이 도를 넘어선 지 오래였죠. 인간들은 무의식적으로 그 한계를 지키기 위해 전

쟁을 벌여 서로를 죽여 왔습니다. 아이도 조금만 낳고, 다른 동식물들도 죽여 왔죠. 한데…… 이제는 그것도 슬슬 무리예요. 생명체라고는 동물원의 몇 마리를 빼면 인간이 전부라고 생각해 봐요. 끔찍하지 않습니까?"

이야기는 더 이상 귀에 들어오지 않았다. 문득 딸아이의 얼굴이 생각나고, 정말 죽는다고 생각하니 죽고 싶지 않아졌다. 너무 무서웠다. 순식간에 담배 한 대가 태호의 폐 속으로 들어가 버려 그는 떨리는 손으로 새 담배를 꺼내 들었다. 이번엔 남자가 손수 불을 붙여 주었다.

태호가 더듬거리며 말했다.

"돈 때문이면……. 얼마면 되겠습니까? 달라는 대로 드릴 테니 없던 일로……."

"이해를 못 하셨군요." 남자가 정색하며 바로 말했다. "전 돈 때문에 이 일을 하지만 사장님은 돈 때문에 당신에게 죽음을 파는 게 아닙니다. 그냥 심장마비 같은 처방으로 눌러 죽여도 될 일을 자비를 베풀어 진행하고 계시는 거예요. 그분은 돈이 필요한 게 아니시고, 이미 얘기는 끝났습니다."

남자의 목소리는 소름 끼치게 섬뜩하고 차가웠다. 가까이 다가온 죽음의 목소리. 그래. 딱 그랬다. 태호의 손이 담배가 떨어지지는 않을까 걱정될 정도로 떨려왔다.

내가 무슨 짓을 한 걸까. 왜 죽고 싶다고 생각했을까. 돈 때문에? 내가 죽으면 우리 아현이는 어떻게 하지? 이런 놈한테 딸을 믿고 맡겨도 되는 걸까?

밝게 웃으며 아빠, 아빠를 연발하던 딸아이의 어린 시절이 담배 연기와 함께 머리를 가득 채웠다. 아현이가 처음 교복을 입었던 모습도, 아내가 긴 투병 끝에 죽었을 때 옆에서 오열하던 눈물범벅의 모습도 눈앞에 아른거렸다. 그리고 지금, 병원에 누워 죽은 인형처럼 잠들어 있는 아이의 모습도……

"돈을……."

"직장도 잃고, 그나마 가지고 있던 돈도 딸아이 병원비로 다 날리신 마당에 무슨 돈이 있다고 그런 말씀을 하시는지 잘 모르겠군요." 남자가 원래의 표정으로 돌아와 싱긋 웃었다. "태호 씨. 당신 통장에는 지금 꼴랑 17만 3000원이 들어 있습니다. 그것도 곧 이런저런 채무 이유로 압류되겠지요. 1원 한 장 남지 않을 겁니다. 사실, 다른 계좌들까지 고려해 보면 이미 심각한 마이너스죠."

태호는 두 손으로 얼굴을 쥐어 쌌다. 죽고 싶었다.

아니, 살고 싶었다.

"뒤에 기다리시는 분들이 많으니 이만 상담을 끝내겠습니다. 정리해보자면 태호 씨는 자신이 죽음으로써 따님의 병원비를 안정적으로 지불하고 싶은 겁니다. 그렇죠?"

태호가 붉어진 눈을 들어 남자를 쳐다보았다.

"그리고, 따님을 그 모양으로 만든 여자분을 처벌받게 하고, 직접 한 방 먹여주고 싶으신 겁니다. 동의하십니까?"

"예……."

그래, 그년을 죽이고 싶어.

자신도 모르게 대답이 나왔다.

"또, 서비스로 조금 저렴하게 죽음에 유명세를 추가하셨고요. 거참, 이렇게 간단한 얘기를 참 오래도 했군요." 남자가 서류들을 탁탁 내려쳐 정리했다. "좋은 거래였습니다. 안녕히 가십시오."

* * *

태호는 건물을 나와 하늘을 올려보았다. 꿈을 꾼 듯 몽롱하고 정신이 없었다. 온 사방은 그에겐 관심조차 없는 듯 평온하고 평범했고, 쨍쨍한 햇볕만이 그를 조롱하듯 내리쪼였다.

그는 본능적으로 시간이 얼마 남지 않았다는 걸 알 수 있었다. 그리고 무엇보다 딸아이가 보고 싶었다. 병원으로, 지금 당장 병원으로 가야 했다.

다급하게 주변을 둘러보았지만 세상은 끝까지 그를 외면하려는지 도로엔 택시는커녕 멀쩡한 차 한 대조차 다니지 않았다. 하나, 둘. 하나, 둘. 그의 걸음이 점차 빨라져 아예 내달리기 시작했다.

서둘러 달려가는데 갑작스레 여자아이 하나가 도로 위로 뛰어들었다. 분명 횡단보도였으나 아직 빨간불이었다. 예감이 좋지 않다 싶은 찰나, 어째서인지 아이는 도로 한가운데에 딱 멈춰 섰다.

태호는 저도 모르게 아이에게 시선을 돌렸다. 고작해야 여덟아홉 살 정도 돼 보이는, 이상할 정도로 딸아이의 어린 시절과 꼭 닮은 아이였다. 하굣길인 건지 메고 있는 빨간 책가방이 눈에 띄었다. 그리고, 표정이 무척 이상했다. 잔뜩 풀린 채 하늘을 응시하고 있는 그 눈은 분명 사람의 눈이 아니었다. 몸은 경련이라도 하듯 잔뜩 떨리며 움찔거렸다. 귀신에라도 홀린 듯, 아이는 스스로 도로에 뛰어든 게 아닌 것 같았다.

태호는 순식간에 깨달았다.

유명세.

이런 씨발! 저딴 데 뛰어들어서 죽으란 소리인가? 아이를 구하려 다 죽어버린, 비운의 영웅행세라도 하란 말인가?

그는 아직 죽을 수 없었다.

적어도 딸아이를 보고 나서 죽어야 했다.

뒤쪽에서 차 한 대가 아이를 향해 일말의 망설임 없이 달려들었 다. 속도가 줄어들 기미는 보이지 않았다.

'이대로라면 곧 치이겠어.'

제기랄! 여자아이를 구하고 싶은 생각은 없었다. 아이는 아현이와 너무도 닮았지만, 그는 진짜 딸아이를 봐야 했다. 태호가 매정하게 고개를 돌렸다.

하지만 여자아이가 차에 치이기 직전, 그의 몸이 제멋대로 차도로 뛰어들었다. 정말 제멋대로. 그의 의지와는 상관없이 실에 걸린 꼭 두각시 인형처럼.

태호는 아이를 끌어안은 채 바닥에 몸을 굴렀다. 가까스로 정지한 차가 그의 바로 발끝에 스치도록 닿아 있었다. 쇼크가 상당했던지 아이의 얼굴이 눈물과 침으로 뒤덮여 무섭도록 떨려댔다. 보행자 신 호등은 그들을 조롱하듯 그제야 파란불을 번뜩였다.

"뭐야! 당신 미쳤어?"

차에서 깡마른 남자 하나가 튀어나와 소리쳤다.

"애를 칠 뻔했다고!"

태호는 휘청거리며 일어나 저도 모르게 고함을 질렀다.

깡마른 남자는 태호의 품에 안긴 아이를 보더니 크게 놀라는 표정을 지었다. 무슨 상황인지 전혀 이해가 안 된다는 눈치였다. 태호가 다시 소리쳤다.

"눈도 없냐 이 새끼야! 애가 도로 한복판에 서 있는데……"

쾅—!

태호의 몸이 붕 떠올랐다. 분명 파란 불이었는데. 그의 몸이 차에 치여 도로 위를 날아갔다.

범퍼가 찌그러지고 앞 유리에 금이 간 하얀색 쿠페가 보이고……

또다시 쾅.

바닥에 떨어지는 소리도 차에 치이는 소리 못지않았다. 등뼈가 모두 부러졌는지 숨쉬기가 곤란했다. 가슴을 짓누르는 여자아이가 너무 무거웠다. 아이는 여전히 작은 발작을 했지만, 다행히 다친 곳은 없어 보였다.

눈을 감았다, 다시 떴다.

눈앞에 웬 남자 하나가 쪼그려 앉아 햇빛을 가렸다.

"깜빡하고 날짜랑 고통에 대한 합의 없이 보내드렸지 뭡니까."

남자가 능글맞게 웃으며 말했다.

태호는 흐릿한 의식 속에서도, 놈에게 딸아이를 맡긴 것을 미치도록 후회했다.

                              * * *

　당시의 상황은 도로에 설치된 CCTV와 주차 중이던 몇몇 차량의 블랙박스에 의해 세간에 알려졌다. 매스컴이 좋아할 만한 기삿거리였다. 여자아이를 구하고는 미처 달려오는 다른 차량을 보지 못해 화를 당한 태호의 이야기는 꽤 오랫동안 대중의 입을 오르내렸다.

　'아직 선의는 죽지 않았다.' '아이를 끝끝내 지켜내고 세상을 떠나다.' 등등.

　아이는 자신이 왜 도로로 뛰어들었는지 기억하지 못했지만, 경미한 쇼크와 기억상실 증세 외에는 기적이다 싶을 정도로 멀쩡했다. 민심과 여론은 오롯이 태호의 편이었고 분노의 화살은 모조리 사고 차량의 운전자에게 돌아갔다.

　하얀색 쿠페의 운전자는 20대 중반의 젊은 여성이었다. 그녀는 브레이크 오작동과 급발진을 사고의 원인으로 주장했는데, 차량에서 아무 문제도 발견되지 않아 되레 사람들의 비난과 온갖 욕설에 매장되고 말았다. 거의 모두가 신호를 무시하고 내달린 게 분명하다고 여겼다. 법원은 그녀에게 면허 취소와 막대한 양의 벌금을 선고했지만, 많은 사람들은 그것으론 부족하다고 입을 모았다.

　그가 죽은 지 한 달, 검찰은 돌연 쿠페 운전자가 3년 전 정태호의 딸 정아현을 가사상태로 만들고 도망친 뺑소니 피의자라 발표했다. 어떤 수사를 통해 그런 사실이 밝혀졌는지, 왜 대대적으로 공개를 하는지는 미지수였으나 세간은 떠들썩하게 들썩였다. 곳곳에서 정아현에 대한 후원금이 쏟아졌고 법원은 범인에게 죄질 불량의 이유를 들어 무기징역을 선고했다.

그리고 정태호가 죽은 지 2년 후. 쿠페의 여기사가 감옥에서 자살한 바로 그 날, 정아현은 기적처럼 깨어났다.

아현은 하루하루 자신뿐인 집에서 아침을 맞이했다. 어머니도 아버지도 없이 오로지 혼자. 그 텅빈 집에서, 그녀는 아침마다 평생 움직이지 않을 다리를 보며 눈물을 집어삼켰다.

하반신마비.

수년 만에 정신을 차린 그녀에게는 가혹한 진단만이 남아 있었다. 외롭고 억울하고 버티기 힘든 삶이었다. 그녀는 자신을 남기고 떠난 아버지를 원망했고, 도로에 뛰어든 멍청한 꼬마년도 증오했으며, 그녀를 이 꼴로 만들고 아버지마저 죽여버린 '개 같은 년'은 지옥까지 찾아가 한 번 더 죽여버리고 싶었다.

사방에서 들어오는 후원금 덕에 먹고살 걱정은 없었다. 하지만 더 이상 세상에 남아 있고 싶지 않았다. 세상도, 그녀의 다리도, 그녀를 숨 쉬게 해주는 산소마저도 모조리 싫었다. 하얀색 자동차는 보기만 해도 돌아버릴 지경이었다.

"제발 저 좀 죽게 해 주세요."

그녀는 매일 밤 눈물을 흘리며 기도했다. 가혹한 신을 미워하면서도, 또 그에게 기도하는 자신이, 아현은 너무도 밉고 처량스러웠다.

오늘 아침 그녀는 이상한 꿈을 꾸었다.

그리고 그녀의 머리맡에는

꿈만큼이나 이상한 명함이 한 장 놓여 있었다.

완벽한 죽음을 팝니다.

담당자 윤정임

압구정동 골든피크 빌딩 7층 엘리베이터 좌측 2번째 문

이른 새벽의 울음소리

해도연

초등학생 때 우주괴물 소설을 쓴 이후로 소설과는 무관한 삶을
보내다가, 2017년 뜬금없이 소설 쓰는 취미를 시작했다. 물리학과
천문학을 공부했지만, 소설 쓰는 데는 별로 도움이 되지 않고 있다.
SF를 쓰고 싶은데 자꾸 호러가 나와서 고민중이다.

해도연 작가의 브릿G 게재작 목록(브릿G 필명은 달바라기)

『위대한 침묵』
『안녕, 아킬레우스』
『뱀을 위한 변명』
『이른 새벽의 울음소리』
『블루베리 초콜릿 올드패션』
『새벽하늘이 어두워질 때』
『에일-르의 마지막 손님』

새벽 2시 40분.

아기가 갑자기 숨을 헐떡거리더니 소리 지르기 시작했다. 곧 고막을 찢을 것 같은 울음소리가 어두운 방 안을 메웠다. 오늘도 어김없이 2시 40분에 아기가 깼다. 아기 손목에 투명한 시계라도 있는 걸까. 내가 침대에 누운 자세로 고개를 들어 옆에 있던 아기침대를 내려다보자 아기가 나를 보고는 더 큰 소리로 울기 시작했다. 다행히 울음소리가 옆에서 자는 아내까지 깨우지는 못했다. 아니, 자는 척하고 있는 걸까? 부족한 잠이 머릿속을 가득 채워 눈구멍을 타고 흘러내릴 것 같았다. 누가 이마에 송곳을 찌른다면 피 대신 잠이 쏟아질 거야. 나는 힘겹게 침대에서 내려와 아기를 끌어안았다.

"우리 수미, 일어났구나."

내 품에 안겨 어깨에 머리를 기댄 아기는 잠시 잠잠하더니 곧 내 귀 바로 옆에서 더 큰 소리로 앵앵거리며 울었다. 고막이 얼얼해진 다는 게 아마 이런 느낌일 것이다.

"괜찮아, 괜찮아. 아빠도 여기 있고, 엄마도 여기 있어. 괜찮아, 수 미야."

무릎을 굽혔다 펴기를 반복하며 위아래로 흔들어주자 울음소리가 조금 잠잠해졌다. 하지만 여전히 잠들지는 않았다. 아기를 들고 정 면으로 바라보자 똘망똘망한 눈망울이 보였다.

"우리 수미, 누굴 닮아서 이렇게 예쁘니."

거짓말. 새벽에 보는 아기의 맑은 눈동자는 무섭다. 창밖의 가로등 빛이 새어 들어와 아기 눈망울에서 반짝하고 깨질 때는 악마의 미소 가 떠오른다. 그럴 때마다 잇몸밖에 없는 저 입속에 보이지 않는 송 곳니가 잔뜩 줄지어 있는 모습을 상상했다. 작은 입술 사이로 이빨 을 드러내며 넌 이제 잠들 수 없어, 라고 말하겠지.

"큰 눈은 엄마 닮았고 큰 코는 아빠 닮았네."

"아…… 진짜."

아내가 짜증이 섞인 목소리로 몸을 비틀며 일어났다. 큰일이다. 아 내를 깨워버렸다.

"새벽에 이게 뭐 하는 거야? 냉장고에 모유 얼린 거 있잖아. 빨리 그거나 먹이고 재워."

"알았어. 미안해. 얼른 다시 자. 오늘 일찍 출근해야 하잖아."

아내는 나를 잠시 노려보더니 다시 몸을 돌리고 잠을 청했다. 그 러는 도중에도 아내의 입에선 거친 욕설이 흘러나왔다.

아기를 안은 채 부엌으로 나가자 냉장고 온도알림판 새파란 빛만
이 아기 얼굴에 쏟아졌다. 1그램의 미소도 없는 아기의 표정은 얼음
보다 차가웠다. 냉장고에서 모유를 꺼내 중탕으로 적당히 데우는데
15분 정도가 걸렸다. 새벽 3시 5분이다. 아기는 한사코 모유 먹기를
거절했다. 투명한 젖꼭지가 입술에 부딪히기 무섭게 고개를 돌렸다.
예전엔 그렇게 잘 먹더니. 날 왜 이렇게 싫어하는 거니.

그럴 만도 했다. 지난주에 기분 전환을 위해 아기를 데리고 조금
멀리 산책하러 갔었다. 그때 길게 이어지는 내리막 언덕길 가장자리
에서 잠깐 쉬려고 멈췄는데, 그만 유모차 바퀴의 잠금장치를 거는
걸 잊어버렸다. 아기를 태운 유모차는 혼자서 내리막길을 달렸고 나
는 붙잡기 위해 필사적으로 달렸다. 결국 내리막길 끝에서 무사히
유모차를 붙잡았지만, 아기는 공포에 휩싸여 눈물과 콧물을 쏟아내
고 있었다. 아기가 날 싫어하기 시작한 건 그때부터다. 나는 아기가
알아듣지도 못할 사과를 수십 번 수백 번 반복했다. 언덕 위에서 다
른 중년 여성 몇 명이 살펴보기 위해 뛰어오고 있는 것이 보이자, 얼
른 그곳을 떠나고 싶어졌다. 잔소리와 구박은 집에서 아내에게 듣는
것으로 충분했다. 급히 자리를 벗어나려고 했지만, 유모차 바퀴에
돌멩이라도 끼었는지 움직이질 않았다. 사람들이 다가올수록 당혹
감에 얼굴이 달아올랐다. 결국 유모차를 그 자리에 두고 아기만 데
리고 와버렸다.

내가 아기만 안고 집에 돌아왔을 때, 아내는 그게 얼마나 비싼 건
지 아냐고 소리치며 부엌에서 프라이팬을 가져와 내 어깨와 등을 내

려쳤다. 현관에서 신발을 벗기도 전이었다. 하지만 다행히 그 두 번이 전부였다. 그때 생긴 어깨의 멍은 아직도 남아 있다. 대신 아내는 내게 외출금지령을 내렸다. 날 못 믿겠다고 했다. 그래서 그날 이후 일주일째 밖에 나가지 못하고 있다.

아기는 결국 모유는 조금도 마시지 않고 다시 잠들었다. 3시 55분. 하지만 여기서 부터가 문제다. 아기를 침대에 내려놓는 것이 가장 어렵다. 조금만 자세가 흔들려도 다시 울기 시작해 원점으로 돌아온다. 나는 조심스럽게 발걸음을 옮겨 침실로 향했다.

결국, 나는 4시 30분이 되어서야 잠들 수 있었다. 그것도 거실에 있는 창가 소파에서. 베란다엔 깨진 토마토 화분이 널브러져 있었다. 언제 깨진 것인지는 기억나지 않았지만, 검게 썩어 들어간 토마토들을 보니 한 달은 지난 것 같았다. 내 삶이 저런 운명일까? 언젠가 아기가 나의 좁은 세상을 찢어버리면 난 무력하게 썩어 들어갈 수밖에 없을까?

* * *

아기는 7시가 되기 전에 깼다. 다행히 크게 울며 보채지는 않았지만, 여전히 불만과 의심이 가득한 얼굴이었다. 날 왜 그렇게 싫어하니. 거실로 데리고 가서 바닥에 내려놓자 천장을 멀뚱멀뚱 바라보기만 했다.

"아침밥은?"

아내가 잠옷 차림으로 침실에서 나오며 말했다.

"미안, 나도 방금 일어나서……. 금방 만들어줄게."

"뭐? 어제 내가 오늘은 일찍 나가야 한다고 했잖아!"

아내 목소리가 높아졌다. 두세 걸음 다가오자 나도 모르게 그만큼 뒷걸음질 쳤다.

"아니, 그게, 미안. 수미가 아침에 잠을 안 자서……"

"그럼 자기 전에 만들어 놓든가! 애가 밤에 깨서 안 잔 게 한두 번이야? 육아 처음 해? 어제 11시에 집에 오니 먼저 골골거리고 있던 게 누구야? 그럼 14시간 일하고 온 내가 만들어야 해?"

아내는 그렇게 쏘아 말하면서 커피테이블 위에 놓여 있던 가제손수건 하나를 집어 들고 내 얼굴에 던졌다. 하룻밤 묵은 습기의 냄새가 콧구멍을 자극했다. 그래도 아내가 던진 것이 손수건 옆에 있던 빨간 머그컵이 아니라서 그나마 다행이라고 생각했다. 일전에 아내가 유리컵을 내 발등에 던진 적이 있기 때문이다.

"아무튼, 남자가 여자한테 빌붙어서 집안일 하겠다고 할 때부터 알아봤어야 했어. 남자 행세도 못하는 게 어떻게 애를 봐?"

나는 아무 말도 할 수 없었다.

"반년이나 지났으면 좀 익숙해져. 난 돈 벌고 당신은 애 보고. 당신만 힘든 거 아니야. 나는 뭐 야근까지 하며 노는 줄 알아?"

아내는 그렇게 말하며 옷을 챙기고 화장실로 들어갔다. 수도꼭지가 돌아가고 물이 쏟아지는 소리가 들렸다. 10분 뒤에 화장실에서 나온 아내는 평소와는 달리 긴 머리를 뒤로 묶고 있었다.

"잘 어울리네."

조금이라도 기분을 풀어주기 위해 한 말이었지만 돌아온 것은 아내의 매서운 눈빛뿐이었다.

"누구 때문에 머리도 못 감아서 억지로 묶은 게 보기 좋아? 응? 고
등학생도 아니고, 기름기 쩨질한 머리 묶고 편의점에서 김밥이나 먹
어야 하는 게 보기 좋아?"

아내가 다시 다가왔다. 이번엔 검지로 내 가슴을 찌르며 눌렀다.
얇은 여름 잠옷은 잘 다듬은 손톱의 날카로움을 막을 수 없었다.

"좀 잘하자, 응?"

아내는 그렇게 말하며 양손으로 나를 밀쳤다. 내가 뒤에 있던 소
파로 그대로 쓰러지자, 아내는 가방을 챙기고는 뒤도 돌아보지 않고
현관문을 열고 나갔다. 현관문이 쾅 하고 닫히자 아기가 화들짝 하
며 몸을 비틀었다. 소리에 놀란 것이었다. 조금 전까지만 해도 내 비
굴한 모습을 지켜보고만 있던 아기가 울기 시작했다. 울음소리 때문
에 귀가 멀 것 같았다. 차라리 귀가 멀었으면 좋겠다.

* * *

좋은 날씨였다. 바깥에선 아침부터 아이들이 놀이터에서 소리치
며 노는 소리가 들렸다. 30분을 울다가 지친 아기는 내 품에서 몸을
축 늘어뜨리고 바깥소리를 유심히 듣고 있었다. 그네의 체인이 비
틀어지는 소리, 미끄럼틀에 엉덩이를 찧는 소리, 시소가 모랫바닥에
떨어지는 소리. 엄마들이 부르는 소리에 아이들이 흩어지고 놀이터
의 소리도 조금씩 잠잠해지자 아기도 슬슬 눈을 감았다.

"우리 수미 좋은 꿈 꾸렴……."

나는 다시 10분 정도 그대로 있으면서 아기가 조금이라도 더 깊이 잠들기를 기다렸다. 아기의 호흡이 길어지면서 가볍게 잠꼬대를 하는 걸 확인하고는 아기침대를 향해 천천히 걸어갔다. 한 발짝 한 발짝 걸을 때마다 땀에 젖은 발바닥이 쩍쩍하고 소리를 냈다. 그럴수록 더 긴장되고 땀도 늘었다. 악순환이다.

아기침대 앞에 도착해서 팔을 비틀어가며 아기를 내려놓을 준비를 했다. 목과 머리 사이, 엉덩이와 허리 사이를 손바닥으로 받치며 천천히 내려놓았다. 침대 바닥과 아기 사이의 거리를 짐작한다고 눈도 바빴다. 아기가 몸을 움직일 때마다 다시 들어 올려 안아줘야 했다. 그리고 다시 내려놓기를 시도했다. 허리가 부러질 것 같았다. 아내에게 프라이팬으로 맞은 곳이 지끈거렸다. 세 번째 시도에 이르러서야 아기를 얌전히 내려놓을 수 있었다. 이제는 아기 밑에 깔린 손을 빼야 했다. 아기 엉덩이에 촉각과 시각을 모두 집중시키고 조금씩 손을 빼냈다. 허리에 쥐가 날 것 같았다. 엉덩이 밑에서 손이 완전히 빠지자 긴장도 조금 풀렸다. 이젠 머리 아래에서 손을 뺄 차례다. 시선과 촉각을 이번엔 아기 머리로 향했다.

아기는 두 눈을 부릅뜨고 나를 노려보고 있었다.

미동도 없는 둥그런 눈동자의 시선이 내 눈구멍을 파고들었다. 갈아입지 못한 잠옷이 식은땀에 젖어 들었다. 아기는 꿈쩍도 하지 않았다. 눈은 깜빡였을까? 그랬길 바랐다. 아기는 작은 입술을 불쾌하게 오물거렸다. 입에 열리자 그 속에 가득 담겨 있던 울음이 폭포처럼 흘러나왔다. 찰나의 순간이었지만 아기 입속에서 무언가 보였다. 핏빛 잇몸 위로 바늘 같은 송곳니가 잔뜩 늘어서 있었다. 그 속에서 움직이는 짧은 혓바닥은 지옥에서 온 뱀처럼 보였다. 세상에, 저게 뭐야?

나도 모르게 아기 머릿밑에서 손을 급하게 뺐다. 아기 머리가 살짝 들리더니 베개 위로 가볍게 쿵 하며 떨어졌다. 아기는 입을 더 크게 벌리고 있는 힘을 다해 쩌렁쩌렁 울기 시작했다. 나는 거칠게 뛰는 가슴을 진정시키고 아기 입속을 다시 들여다봤다. 아랫잇몸에 하얗고 작은 덩어리가 보였다. 잇몸을 뚫고 나오기 시작한 앞니였다.

"수미야, 미안해, 미안해. 이가 나온 줄 몰랐어. 아빠가 미안해. 아빠가 왜 그랬을까."

나는 아기를 다시 품에 안고 울면서 사과했다. 눈물이 쏟아졌다. 세상에, 내가 도대체 뭘 상상한 걸까. 내가 내 아기에게서 뭘 본 걸까. 온몸에서 힘이 빠져 쓰러질 것 같았다. 지금 당장 침대에 드러누워 소리치며 잠들고 싶었다.

"아빠가 잘못했어. 아빠가…… 내가 아빠 자격이 없나 봐."

아기 울음은 멈추질 않았다. 고막이 찢어질 것 같았다. 누가 나 대신 애 입을 막아줬으면. 부엌에 도망가서 김치냉장고 속에 숨어버릴까. 얼마 전에 산 최신형 김치냉장고는 몸만 좀 비틀면 어른 한 명 정도는 얼마든지 들어갈 수 있는 크기였다. 거기라면 죽은 듯 조용히 잠들 수 있을까. 완전히 밀폐된 차가운 그 공간 속이라면, 아기가 울고 불어도 깨어나지 않고 언제까지나 잠들 수 있지 않을까.

뭐가 잘못된 걸까. 내가 지금 여기서 뭘 하고 있는 걸까. 이 아기는 정말 내 아기가 맞는 걸까?

나는 내 뺨을 때렸다. *정신 차려. 도대체 무슨 생각을 하는 거야.*

234

어제 잠을 못 자서 그래. 지금 제정신이 아니야.

휴식이 절실히 필요했다.

* * *

작은 접시에 담은 이유식을 비우는 데 한 시간이 걸렸다. 사실 3분의 2는 보행기와 바닥에 흘렸고 나머지 3분의 1은 입에 들어가긴 했지만, 목구멍으로 넘어갔는지 턱 아래로 흘러내린 건지 알 수 없었다. 그나마 아기도 지쳤는지 보행기에 앉은 채 그대로 잠들었다. 보행기는 얼마 전 내 발에 걸려 넘어지면서 바퀴 하나가 빠진 상태였지만 움직이는 데는 문제가 없었다. 오히려 앞쪽으로 절묘하게 기울어져 아기가 쉽게 움직일 수 있어서 일부러 고치지 않았다. 아기는 보행기가 기울어진 쪽으로 고개를 늘어뜨리고 색색 숨을 쉬었다.

발소리가 나지 않도록 발바닥의 땀을 닦은 뒤, 아기를 천천히 들어 올려 아기침대로 향했다. 도중에 옹알이 소리를 낼 때마다 심장이 차갑게 식었지만, 다행히 침대에 내려놓을 때도 깨어나지 않았다. 나는 마음 깊은 곳에서 신께 감사 기도를 드렸다.

침실을 나와 방문을 닫은 직후, 초인종이 울렸다. 온몸이 금속덩어리처럼 무거워졌다. 모든 신경을 고막에 집중시켜 침실 소리를 들었다. 다행히 울음소리는 들리지 않았다. 이번에는 정말 가슴 앞에 양손을 모아 기도했다. 하느님, 감사합니다.

도대체 어떤 새끼가. 거실로 나와 인터폰 모니터를 보니 건장한 남자 하나가 현관문 앞에서 두리번거리고 있었다. 낯선 사람이다.

아내의 지인처럼 보이지도 않는다. 무엇보다 초인종을 눌러놓고도 주변만 살피는 모습이 수상했다. 나가면 안 될 것 같았다. 남자가 다시 한번 초인종을 눌렀다. 나는 재빠르게 인터폰의 스피커를 손바닥으로 막았다. 이번에도 울음소리는 들리지 않았다. 얼른 *꺼져버려.* 내가 모니터 속 남자를 노려보자 무언가가 전달되기라도 한 걸까? 남자는 현관을 슬쩍 흘려보고는 다시 주변을 살피며 뒤돌아서 사라졌다.

다리에 힘이 풀리자 그대로 주저앉아 버렸다. 무서웠다. 뭐가 무서웠을까? 낯선 남자가 무서웠는지, 아기 울음소리에 다시 고막이 찢어지는 것이 무서웠는지, 알 수 없었다. 그저 무서웠다.

그러고 보니 얼마 전에 마을 도서관 앞에서 6개월도 안 된 영아가 납치되는 사건이 있었다. 목격자 말로는 웬 젊은 여성이 품에 안고 사라지는 걸 봤다고 한다. 문득, 초인종을 누른 남자가 그 여자와 관련 있는 건 아닐까 하는 생각이 들었다. 납치 사건이 있었던 곳은 다름 아닌 며칠 전 유모차를 잃어버린 곳과 멀지 않았기 때문이었다. 그러고 보니 그때 언덕 위에서 내려오던 사람들이 좀 수상하기는 했다. 혹시 그 중 누군가가 우리 아기도 눈독을 들인 게 아닐까? 그리고 결국 여기 찾아온 걸까? 아무런 근거도 없었지만, 혈관을 짓누르는 두려움의 원인을 어떻게든 만들고 싶었다. 내 아기 울음소리를 무서워하는 부모가 되고 싶지는 않았다.

* * *

저녁 식사 메뉴는 컵라면과 김밥 한 줄. 식탁은 침과 이유식으로 범벅이 된 장난감으로 가득해서 그 옆에 있는 김치냉장고 위에서 먹어야 했지만, 오히려 슬쩍 김치를 꺼내먹기 쉬워 편했다. 앞으로도 여기서 먹을까. 오늘 아침에 이 속으로 도망가고 싶어 했다니. 자신에게 비웃음이 나왔다. 그러고 보니 한 달쯤 전에 같은 마을에서 사는 여자가 김치냉장고에 죽은 고양이를 숨겨뒀다가 소란을 일으킨 적이 있었다.

"그 여잔 왜 그랬을까?"

나는 이유식을 뒤집어쓴 채 식탁에 멀거니 앉아 있는 곰 인형에게 물었다.

글쎄, 그 여잔 고양이를 죽여서 냉장고에 넣은 거야, 아니면 죽은 고양이를 가져와서 넣은 거야?

"내가 그걸 어떻게 알아?"

곰 인형이 다시 대답하려고 했지만, 무시하고 역할극을 그만뒀다. 거실을 살펴보니, 아기는 앞으로 기울어진 보행기에 앉아 텔레비전을 보고 있었다. 창백한 새끼 펭귄이 이상한 옷을 입고 노래를 불렀다. 뭐라고 하는지 알아들을 수는 없었지만, 아기의 신경을 잠시라도 빼앗을 수 있다면 그게 마릴린 맨슨이라도 좋았다.

저녁을 먹었으면 청소를 할 시간이다. 아내의 공부방이 가장 먼저다. 아내의 방에 들어가 청소기를 켰다. 우웅거리는 청소기 소리는 아기가 지르는 비명을 충분히 감추고도 남을 만큼 소리가 컸다. 공부방 바닥에는 책들이 널브러져 있었지만, 함부로 만질 수는 없었다. 책의 위치가 조금만 달라져도 아내는 불같이 화를 내기 때문이었다. 자유롭게 회전하는 청소기의 목 덕분에 먼지 쌓인 책들 사이를 헤집고 다닐 수 있었다. 나도 한때는 책도 많이 읽었는데. 마지막으로 책을 읽은 게 언제였을까? 굳이 기억하려고 노력할 필요도 없었다. 아내와 수미가 산후조리원에서 돌아온 날이었으니까. 일중독인 아내는 다음 날 아침 곧장 출근했고 나는 전날 밤 회사의 책상을 비웠다.

오랜만에 책장의 먼지를 털 생각으로 책장을 한 층 한 층 살피던 도중에, 가지런하게 꽂힌 책들 위에 살며시 놓인 종잇조각 하나가 보였다. 꺼내서 보니 인터넷 기사를 인쇄한 것이었다.

아내가 친척을 동원해 남편과 아이를 청부 살해.

그러고 보니 아내가 일하는 출판사에서 요즘 범죄소설을 준비하고 있다고 했다. 그래서 식탁에서도 범죄 수법에 대한 이야기를 할 때도 잦았다. 일 때문에 자료수집이라도 한 걸까. 문득 조금 전에 초인종을 누른 남자가 떠올랐다. 안 그래도 요즘 아내가 화를 내는 일이 잦았다. 툭하면 욕설을 뱉고 물건을 집어 던졌다. 이대로는 죽는 게 아닐까 생각한 적도 있었다.

아내가 날 죽이려는 걸까?

설마. 그럴 리가 없어.

청소기를 정리하고 거실로 나와 보행기 옆에 누웠다. 아기는 여전히 텔레비전만 보고 있다. 아빠가 옆에 와서 누웠는데도 눈길조차 주지 않았다. 무거워진 눈꺼풀을 견디지 못하고 나는 그대로 잠이 들었다.

갈색 머리를 한 남자가 아기를 품에 안은 채, 바닥에 누운 나를 내려다보는 꿈을 꿨다.

* * *

새벽 2시 30분. 저녁을 먹고 잠을 조금 잔 덕분일까. 아기가 매일 깨는 시간인 2시 40분이 되기 전에 내가 먼저 잠에서 깼다. 아기도 곧 깨겠지. 나는 슬며시 아기 침대를 내려다봤다.

아무도 없었다.
아기가 없다.

심장이 쿵쾅거리며 호흡이 거칠어졌다. 아기가 어디 갔지? 주변을 살폈지만, 침실 어디에도 아기는 없었다. 게다가 아내도 없다! 분명 11시 즈음에 들어와서 내게 잔소리를 했고, 내가 내일 아침 식사를 준비하는 동안 먼저 잠자리에 들었다. 하지만 지금 침대 위엔 나 혼자밖에 없다. 나는 허겁지겁 침실 문을 열고 부엌으로 나왔다.

거기 있었다.

갈색 머리를 한 남자가 있었다. 남자는 냉장고 온도표시등의 파란 불빛 속에서 몸을 흔들며 아기를 품에 안고 있었다. 남자의 움직임에 맞춰 아기의 호흡 소리도 들렸다. 벌어진 입이 다물어지질 않았다. 소리치고 싶었지만 그럴 수 없었다. 귀밑에서 턱관절이 소리 없이 삐걱대며 연골을 씹는 소리만 들렸다. 뜨뜻미지근한 소름이 목덜미를 내달렸다.

그때, 남자의 품에 안긴 아기가 고개를 슬며시 돌리며 나를 바라봤다. 웃었다. 아기는 초승달 같은 눈을 하고 웃었다. 그러고는 천천히 입을 벌리더니 있는 힘껏 울기 시작했다. 익숙한 울음소리였다. 나는 벽에 걸린 시계를 봤다.

2시 40분.

* * *

아내가 현관문을 닫고 나가는 소리에 잠이 깼다. 시계를 보니 이미 8시를 지난 시간이었다.

결국, 어젯밤도 거의 자지 못했다. 새벽 2시 40분에 내가 비명을 지르며 잠에서 깨자 아내가 날 침대 밖으로 발로 걸어 차버렸다. 바닥에 떨어지면서 허리를 삔 건지, 아파서 잠들 수가 없었다. 언제나처럼 울음을 터뜨린 아기를 재우고 싶었지만, 허리가 아프니 거실 소파에 앉아서 흔들어 줄 수밖에 없었다. 하지만 아기는 서서 흔드는 것과 앉아서 흔드는 것을 귀신처럼 구분했다. 결국, 아기가 다시 잠든 건 새벽 4시를 넘어선 시간이었고 나는 허리 통증 때문에 6시에야 잠들 수 있었다.

부엌으로 나오니 어젯밤 차려놓은 아침 식사가 식탁에 그대로 놓여 있다. 조금도 줄어들지 않았다. 아내는 항상 이런 식이었다. 아침 식사가 없으면 없다고 불평하지만 정작 만들어 놓으면 먹는 둥 마는 둥이다. 결국 내가 꾸역꾸역 먹을 수밖에 없었다. 남은 반찬은 적당히 골라 분쇄기에 돌려 이유식을 만드는 데 썼다. 하지만 이 이유식도 결국 대부분 바닥에 버리게 되겠지.

오전 11시, 화장실 청소를 하며 부산히 움직이고 있을 때, 초인종이 울렸다. 다행히 아기는 방구석 바닥을 기어다니며 놀고 있었다. 어제 그 남자일까? 아니었다. 인터폰 모니터에는 어제보다 훨씬 어린 남자가 어색하게 서 있었다. 누군지 알 수 있었다. 아내의 회사에서 인턴으로 일하고 있는 대학생이었다. 왜 여기에 온 걸까? 문을 열어줄까, 고민했지만 아내는 내가 회사 일에 간섭하는 걸 싫어했다. 나는 조용히 기다렸다.

잠시 뒤, 인턴은 뒤돌아서서는 전화기를 꺼내 어디론가 전화를 걸었다. 나는 조용히 인터폰의 수화기를 들었다. 인턴의 목소리가 들렸다.

"……네, 팀장님. 접니다. 지금 수현 씨 집 앞에 와있어요. 네……, 네……. 집에도 없는 것 같네요. 네, 무단결근에 며칠째 연락도 안되고 가족분들도 없는 걸 보니 무슨 사정이라도 있는 거 아닐까요? 네……, 네, 그럼 조금 이따가 뵙겠습니다."

아내가 회사에 나오지 않았다고? 그것도 며칠째?

인턴은 그대로 모니터에서 사라졌다. 발소리가 멀어지다가 이윽고 조용해졌다.

아내가 무단결근이라니? 분명히 3시간 전에 회사 간다며 집을 나섰는데. 회사가 아니면 어딜 갔다는 거지? 공부방에서 발견한 인터넷

기사가 떠올랐다. 설마. 그럴 리가. 혹시 어제 왔던 그 남자가……?

아닐 거야. 아내가 거칠고 다혈질이긴 하지만 가족을 해칠 사람은 아니야.

아내가 친척을 동원해 남편과 아이를 청부살해

어제 왔던 그 남자, 아내와 조금 닮은 것 같기도 했다. 기분 탓일까? 아니, 안 돼, 무슨 생각을 하는 거야.

잠이 절실히 필요했다.

먼저 아기를 재워야 했다. 허리 아픈 것도 참으며 품에 안고 30분을 흔들어 줬지만, 말똥말똥한 눈동자는 거실 구석구석을 살피기만 했다. 그리고 배가 고파졌는지 다시 울음을 터뜨렸다. 나는 잠을 포기하고 부엌에 가서 이유식을 데웠다. 전자레인지가 돌아가는 동안, 점심으로 먹을 김밥을 식칼로 잘랐다. 몽롱한 정신으로 팔을 움직이는데 손가락 끝이 따끔하고 아팠다. 손가락을 베었다. 손톱을 타고 내려간 피가 하얀 김밥 속에 스며들었다.

* * *

오후 4시, 아기의 낮잠 시간에 맞춰 30분 정도 잘 수 있었다. 그것만으로도 몸과 영혼이 해방되는 느낌이었다. 아기는 아직 자고 있었다. 반나절을 울고 불었으니 아기도 지쳤겠지. 진심으로 그렇기를 바랐다. 앞으로 한 시간만 더 자줬으면.

영화 속 주인공들이 세계평화를 지켰을 때의 느낌이 이런 걸까? 하지만 영웅들의 후일담까지 상상할 여유는 없었다. 해가 지기 전에 빨래를 널어야 하고, 바닥을 뒤덮은 이유식과 기저귀를 치우고 설거지를 한 다음엔 이유식도 새로 만들어야 했다. 저녁 식사는 점심 때 먹다 남은 김밥이면 충분했다. 거실에 나와 빨간 머그컵에 얼음물을 잔뜩 담아서 들이키자 몽롱했던 정신이 조금은 돌아왔다.

초인종이 울렸다. 심장이 덜컹거렸다. 다행히 침실에서 울음소리는 들리지 않았다. 하느님, 감사합니다. 짧은 기도가 끝나자 지금 당장 밖으로 나가 초인종을 망치로 때려 부숴버리고 싶었다. 망치는 없으니 일단 머그컵을 손에 붙들고 인터폰 앞으로 갔다.

어제 왔던 그 남자. 그리고 젊고 아름다운 여자 한 명.

여자는 아내의 동생이었다. 아내와 12년 터울을 두고 태어난 처제는 아내처럼 교활했지만 성실하지는 못했다. 아내는 부모님이 사고로 돌아가시자 자기가 가장이라며 치열하게 노력했다. 10년을 그렇게 달려온 끝에 멍청한 남자들 사이를 비집고 헤쳐 나가 사회적 성공과 경제적 여유를 손에 넣었다. 아내 회사의 경쟁사에서 일하던 내가 아내에게 반한 것도 그런 뜨거운 행동력 때문이었고, 내가 회사를 그만두고 육아와 가사를 담당하기로 한 것도 아내의 수입이 나보다 압도적으로 높았기 때문이었다.

반면 처제는 주변 사람들의 관심과 사랑을 당연하다고 여기며 막무가내로 살아가다가 결국 대학도 그만두고 계약직과 아르바이트, 돈 많은 남자와의 연애만 반복하고 있었다. 그리고 돈이 떨어질 때면 항상 언니를 찾아와 부모님 돌아가실 때 돈이나 벌고 있었잖냐며 소리쳤다. 누구보다 강한 사람이었지만 죄책감에는 약했던 아내는 결국 처제에게 몇 달치 생활비를 건네주고는 했다. 그러는 동안에도 처제는 내게 눈길 한 번 주지 않았다. 마치 자기가 쓸 샘물을 내게 빼앗기기라도 한 것처럼 나를 대했다.

그런 처제가 수상한 남자를 데리고 왔다. 애인일까? 친척일까? 아내는 오늘 집을 나가고도 회사에 출근하지 않았다. 온갖 시나리오가 머릿속에서 복잡하게 엮이고 끊어졌다.

모니터 속에서 두 사람이 대화하는 모습이 보이자 나는 조용히 인터폰의 수화기를 들었다. 무슨 대화를 할까? 하지만 처제는 말을 멈추고 카메라, 그러니까 나를 물끄러미 바라봤다. 그리고 말했다.

"집에 있는 거 알아."

뭐?

"수화기 조용히 들면 모를 줄 알아? 안에서 인터폰 키면 현관 카메라에 불 들어오는 것도 몰라? 이상한 짓 하지 말고 빨리 문 열어."

처제의 말투가 평소와 달랐다. 공격적이었고 내게 그나마 붙여주던 짧은 높임말도 사라졌다. 나는 아무 말도 하지 못했다. 처제가 왜 날 찾아온 걸까? 오늘 아내가 회사에 가지 않은 것과 무슨 관계가 있는 걸까?

아내가 친척을 동원해 남편과 아이를 청부살해

아니야.

아내와 처제는 같이 걷는 것도 싫어하는데, 그럴 리가 없다.

"아, 정말……. 내가 또 이럴까 봐 열쇠 하나 복사해 놨어. 진짜 이러긴 싫었는데……"

처제가 핸드백을 뒤지더니 열쇠 하나를 꺼냈다. 곧 현관문에서 찰칵하는 소리가 들리고 문이 열렸다. 거친 발소리가 거실로 다가왔다. 거실에 들어선 처제는 허리를 치켜세우고 나를 노려봤다. 그 뒤로 수상한 남자가 천천히 걸어 들어왔다.

"처제, 왜…… 왜 그래요? 무슨 일이에요? 언니는 지금 회사 가고 없어요."

"거짓말."

아내가 오늘 회사에 가지 않았다는 걸 처제가 알고 있는 걸까?

"언니, 정신 차려."

뭐?

"형부가 애 데리고 집 나간 지 벌써 한 달이야. 언제까지 이렇게 지낼 거야?"

뭐라는 거지?

"죄책감 때문에 그러는 거 알아. 언니가 형부한테 심하긴 심했지. 하지만 이미 떠난 거고, 붙잡고 싶다면 경찰에 신고라도 하든가. 집에서 역할 놀이한다고 해결되는 거 아무것도 없어."

역할 놀이?

아직 잠이 부족해서일까? 처제가 무슨 말을 하는지 알아들을 수가 없었다. 형부가 집을 나갔다니, 내가 집을 나갔다고? 아기를 데리고?

"바닥이 이게 뭐야? 혼자 이유식이나 만들고 인형한테 먹이기라도 했어? 인형도 없구만. 언니, 언닌 지금 상태가 많이 안 좋아."

처제가 내게 다가왔다. 나는 뒷걸음질 쳤다.

"서두르죠."

수상한 남자가 말했다. 처제는 그 남자를 한 번 보더니 한숨을 쉬고는 다시 내게 말했다.

"언니, 여기선 아무것도 못 해. 우리 병원 가자. 여기 이 사람, 병원에서 온 사람이야. 병원까지 데려다줄 거야. 거기서 치료받고 약 먹고, 많이 좋아지면 형부랑 수미 찾으러 가자, 응?"

온몸에 힘이 빠져 바닥에 주저앉았다. 처제가 내 꼴을 보고는 남자에게 10분만 더 기다려 달라고 말했다.

"언니, 서둘 필요 없어."

처제는 그렇게 말하며 핸드백에서 볼펜과 서류 한 장을 꺼내 내게 보여줬다.

"이거 입원동의선데…… 여기에 사인만 하면 돼. 그럼 언니가 편할 때 데리러 올 거야."

나는 서류를 내려다봤다. 현기증이 머리를 흔들고 있어 읽을 수가 없었다. 하지만 반복되는 단어 몇 개는 보였다. '입원', '동의', 그리고 '정신병원'. 처제는 볼펜을 내 손에 쥐어 주고는 종이 위에 올렸다. 거부하고 싶었지만, 손에 힘이 들어가질 않았다. 처제는 내 손을 붙잡고 능숙하게 아내의 이름을 서명란에 휘갈겼다.

"수고했어. 이제 나도 언니 괴롭히러 올 일 없을 거야."

처제는 입원동의서를 정성스레 접어서 남자에게 건네줬다. 남자는 확인도 하지 않고 주머니에 대충 집어넣었다. 처제는 핸드백에서 물수건을 한 장 꺼내더니 내 손을 잡았던 자기 손을 닦았다. 그리고 지금까지 한 번도 본 적 없는 커다란 미소를 예쁜 얼굴에 띠우며 말했다.

"언니 재산은 내가 관리해 줄게. 걱정하지 마."

집안을 두리번거리던 남자가 침실 방문을 열려고 한 건 그때였다. 나는 괴성을 지르며 박차고 일어나 남자에게 몸을 던졌다.

"미친년이 뭐 하는 짓이야?"

남자가 내 양팔을 붙잡고 강하게 흔들었다.

"안 돼, 애가 자고 있어. 수미가 자고 있다고. 깨우면 안 돼! 애가 울면 내가 당신 죽여버릴 거야!"

나는 남자 얼굴에 침을 튀기며 말했다. 남자는 나를 방바닥에 내던지고는 손바닥으로 얼굴을 닦았다.

"에이씨, 뭐야 이게, 더럽게. 거기 아가씨, 서명받았으면 이제 나갑시다. 눈에 띄어서 좋을 거 없어요."

남자는 그렇게 말하며 바닥에 쓰러진 내 손목을 잡아당겼다. 손목이 부러질 것 같았다. 처제가 그 모습을 지켜보며 다가왔다.

"언니, 도무지 나아질 기미가 안 보이네. 언닌 그냥 평생 병원에 있어야겠다. 형부도 우리 조카도 그냥 따로 살게 두는 게 어때?"

"안 돼, 우리 수미 두고는 아무 데도 안 가……."

눈물이 쏟아졌다. 도무지 영문을 알 수 없지만 어떤 상황이든 아기를 두고 갈 수 없다.

"그만해! 언닌 한 달 전부터 혼자 살고 있다고! 남편도 없고 수미도 없어!"

처제는 내게 소리치며 침실 문을 거칠게 열었다. 문이 쿵 하며 벽에 부딪히는 소리가 울렸다.

"이번엔 또 뭐야? 처음엔 곰 인형을 수미라고 그러더니, 그다음엔 고양이 시체를 가져오질 않나. 이번 수미는 뭐야? 돼지 시체? 아님 돌멩이?"

처제는 보란 듯이 손가락으로 어둠 속의 아기침대를 가리켰다. 저기에 돼지 시체가 있을 리가! 우리 아기가 저기 있는데! 그리고 당연하게도, 아기가 울기 시작했다. 울음소리가 여기 있는 세 사람 사이에서 메아리쳤다.

"세…… 세상에……"

처제는 똘망똘망하게 빛나는 아기 눈동자를 바라보며 뒷걸음질 쳤다.

"어…… 언니, 저 애 누구야? 왜 여기 있는 거야? 수미도 아니잖아!"

우리 아기야. 내 아기야. 내 핏덩이야.

"나…… 납치한 거야? 언니, 아길 납치 한 거야?"

처제가 말을 잇지 못하자, 상황을 살피던 남자가 아기를 슬쩍 바라보고는 커다란 한숨을 쉬며 말했다.

"며칠 전에 여기 마을 도서관 언덕길에서 애가 납치됐다더니, 아가씨 언니가 범인이구만. 웬 미친년이 유모차에서 애만 쏙 빼갔다던데. 에이, 시팔. 재수 없게. 보아하니 애도 굶기고 있었네."

남자는 내 팔을 내려놓고 주머니에서 입원동의서를 꺼내 여러 조각으로 찢어버렸다. 잘게 찢어진 종잇조각은 다시 남자의 다시 주머니 속으로 들어갔다. 흔적을 남기고 싶지 않은 게 분명했다.

"우리도 귀찮은 일은 피하고 싶어서 말이야. 영아 납치나 학대 같은 건 엮이면 골치 아프거든."

남자의 말에 처제가 난처한 표정을 하며 남자에게 따졌다.

"잠깐만, 선금도 줬잖아요! 끝까지 책임져요! 그깟 아기, 당신들이 처리할 수 있잖아! 내가 좀 더 얹어 줄게. 언니랑 아기랑 같이 좀 해결해 줘요."

나는 바닥에 늘어진 상태로 남자와 처제를 올려다봤다. 처제를 바라보는 남자의 시선에는 조금 전까지와는 다른 무게가 담겨 있었다.

"아가씨, 충고 하나 해줄게."

남자가 짧은 침묵을 사이에 끼우고 말을 이었다.

"아기는 말이야, 함부로 건드는 게 아니야. 아기한테 원한 샀다가는 평생 아기 울음소리 때문에 잠을 못 자. 농담 아냐. 우리같이 사람 지우는 일 하는 데선 그런 일 자주 보거든. 그리고 선금은 선금이야. 물릴 생각 하지 마."

남자는 처제의 어깨를 툭 치고는 뒤돌아서 현관문 밖으로 나갔다. 남자는 현관문을 닫기 전에 처제를 보며 말했다.

"경찰이랑 구급차 부를 거니까, 아가씨도 얼른 자리 뜨는 게 좋을 거야."

현관문이 쾅 하고 닫혔다. 아기 울음소리 더 커졌다. 처제는 어찌할 바 모르겠다는 듯이 손톱을 물어뜯으며 우왕좌왕했다. 아기 울음소리는 어느새 집 전체를 뒤덮을 만큼 커졌다.

"내가……"

처제가 내 목소리를 듣고 손톱 뜯기를 멈췄다.

"울면 죽인다고 했잖아."

"뭐……? 언니, 잠깐……"

나는 바닥에서 일어나 싱크대에 있던 식칼을 집어 들었다. 점심때 내 손가락을 자른 칼이었다. 칼날 끝엔 내 피도 묻어 있겠지.

"언니, 잠깐, 잠깐만. 우리 얘기 좀 해, 응?"

"너…… 진짜 무서운 게 뭔지 알아?"

"우리 말로 하자? 응? 언니, 제발!"

"한밤중에……, 이른 새벽에…… 아기 울음소리가 들리는 거야. 다시 잠들 수 없을 만큼, 큰 소리로 아기가 울고 있어. 근데 있잖아? 우리 집엔 아기가 없는 거야. 아기가 없는데 매일 밤 아기 울음소리가 들려. 수미가 울고 있는데…… 수미가 없단 말이야!"

칼날이 옷과 살을 찢고 처제의 창자를 헤집었다. 처제의 비명이 아기 울음소리를 덮었다. 칼을 잡아당겨 좀 더 높은 위치에 다시 한 번 쑤셔 넣었다. 폐포에 액체가 흘러 들어가며 목구멍으로 공기가 빠져나가는 소리가 들렸다. 처제는 가슴을 헐떡이며 바닥에 쓰러졌다. 나는 칼을 방바닥에 집어 던지고 거실 커튼을 달았다. 거실과 부엌의 형광등도 끄자 집안 전체가 어두컴컴해졌다.

이제 아기를 재울 시간이다.

그런데 침대에 다소곳이 앉아 있는 아기는 울고 있지 않았다. 그저 멍한 눈으로 나를 바라보고 있을 뿐이었다. 분명 지금도 아기 울음소리가 집안을 가득 채우고 있는데. 울음소리는 어디서 흘러나오고 있는 거지? 나는 소리를 따라 침실 밖으로 나왔다. 냉장고의 온도 표시등이 눈부실 만큼 파랗게 빛나며 부엌을 창백하게 물들였다. 자세히 보니 냉동실의 온도가 이상하리만치 낮았다.

나는 천천히, 냉동실의 문을 잡아당겼다. 쩌어억 하며 문이 열리고 차가운 냉기가 흘러나오며 내 몸을 감쌌다. 얼어붙은 수증기 사이로 얼린 모유팩들이 모습을 드러내자 가슴에 붙은 살덩이 두 개가 조금 무거워졌다.

모유팩 사이로 냉동실 깊이 숨겨진 검은 비닐봉지가 보였다. 울음소리는 거기서 나오고 있었다. 크기가 꼭 아기만 하다. 오, 세상에, 설마.

"수미야, 수미야!"

나는 울부짖으며 모유팩들을 전부 바닥에 던져버리고 검은 비닐봉지에 손을 뻗었다. 딱딱하게 굳은 수미의 팔과 다리가 만져졌다. 하지만 비닐이 냉동실 벽에 얼어붙어 떨어지지 않았다. 힘껏 잡아당겼지만 손톱이 부러지며 냉동실 바닥을 붉게 물들일 뿐이었다. 울음소리는 계속 흘러나왔다.

"미안해, 수미야. 엄마가 미안해……, 엄마가 너무 무서웠어. 너무 무서워서 가짜를……, 엄마한텐 수미밖에 없는데, 아무것도 수미를 대신할 수 없는데……. 이제 안 그럴게. 이제 수미랑 계속 같이 있을게. 엄마가 다시는 수미를 떠나지 않을게."

그때였다. 부드러운 노랫소리가 흘러나왔다. 동요였다. 남편이 수미를 달래기 위해 매일 밤 불러주던 동요였다. 노랫소리는 식탁 옆에 있던 커다란 김치냉장고에서 흘러나오고 있었다. 나는 떨리는 몸을 이끌고 김치냉장고 앞으로 향했다. 김치냉장고는 성인 한 명이 몸을 비틀고 들어가기에 충분히 큰 크기였다. 벌겋게 물든 손으로 김치냉장고의 문을 열었다.

남편은 그 안에 있었다. 갈색 머리카락을 적시며 흘러내린 피는 얼어붙어 하얗게 물들어 있었다. 몸과 다리 사이에서 기묘한 각도로 솟아오른 손목에는 시계가 채워져 있었다. 시곗바늘은 2시 40분 즈음에 멈춰 있었다.

그날 이른 새벽, 내가 아끼던 빨간 머그컵을 버린 줄 알고 뒤에서 한 번 걷어찼을 뿐인데 남편은 유모차에 발이 걸려 넘어지면서 토마토 화분에 머리를 부딪쳤다. 유모차에 있던 수미는 함께 넘어지면서 남편 몸에 깔려버렸다. 그리고 둘 다 깨어나지 못했다. 부서진 보행기 바퀴 하나가 또르르 굴러와 내 발에 닿았다.

그날이 언제였는지는 기억나지 않았다. 그날도 평소처럼 수미는 이른 새벽에 깨어났고 남편은 수미를 안고 재웠다. 나는 짜증 속에서 일어나 남편을 질책했다. 시간은 거기서 멈췄다. 그날 이후로는 시곗바늘이 말해 주는 것 말고는 시간을 느낄 수 없었다. 하지만 그날은 여전히 여기 머물러 있다. 아직도 수미는 울고 있고 남편은 노래를 부르고 있다.

"여보, 자기야, 미안해. 전부 나 때문이야. 내가 나빴어. 내가 당신을 몰랐어. 당신이 얼마나 힘든 줄 몰랐어……"

나는 두 냉장고 사이에 주저앉았다.

"이제 알 거 같아. 당신이 어떤 기분이었는지, 이제 알아. 그러니까, 나랑 같이 있어 줘……"

수미의 울음소리가 잠잠해지자 남편의 노랫소리도 멈췄다. 내 눈물은 멈추지 않았다. 침실의 아기침대에서 모르는 아기의 울음소리가 흘러나왔다.

고속버스

엄성용

1980년생. 강원도 춘천 출신. '후안'이라는 필명으로
2004년경부터 괴담들을 웹상에 올리기 시작, 전 매드클럽
공포작가모임 일원으로 「한국공포문학단편선 시리즈」에 『감옥』과
『스트레스 해소법』을 수록했다. 현재 소설과 영화 시나리오 집필에
매진하고 있으며, 웹 플랫폼 브릿G 에서 활동 중이다.

엄성용 작가의 브릿G 게재작 목록

『인정사정 볼 것 없다』(후안 유니버스)

『짜증난 희선 씨』(후안 유니버스)

『삼거리 맞은 편 빨간기와집과 3318 연맹』(후안 유니버스)

『친애하는 선생님께』

『괴담 - 울음소리』

『지하철』(후안 유니버스)

『헤드라이트』(후안 유니버스)

『키 메이커』

『춘권(春卷)』

『봤지?』(후안 유니버스)

『송장벌레에게』

『롤러코스터』

『스무고개』

『스트레스 해소법』

『세탁기가 있는 반지하』(후안 유니버스)

『감옥』

『신라 여관 202호』(후안 유니버스)

『지옥도』(후안 유니버스)

『아직 살아있나요?』

『모두 정화되기까지』

『트리거(trigger)』

『고속버스 외전』

『고속버스』(후안 유니버스)

이렇게 뒤통수 맞을 줄은 생각지도 못했다.

성식은 마지막 막차를 기다리는 동안, 휴대폰 메신저 수신을 수백 번도 더 확인했다. 도대체가 깜깜 무소식이다. 전화 통화는 반나절이 지나도 계속 받지를 않고, 문자는 답이 없고, 메신저는 쳐다볼 생각도 안 한다. 엿이나 잡수라는 거지 뭐겠는가? 그녀가 그렇게 배반할 줄은 꿈에도 몰랐다. 뭐가 부족해서? 해 달라는 거 다해줬지, 꼬박 용돈 챙겨줬지, 심지어 잠자리마저 최선을 다해 원하는 대로 맞춰 주려 노력했는데 말이다. 기껏 노력의 보상이라고 받은 건 머리가 얼얼하고 별이 핑 도는 뒤통수 얻어맞기라. 거기다 당했다는 치욕과 모멸감은 덤으로 얹혀 주시고.

"와. 대단한 년이다 진짜."

무엇보다도 분통 터지는 건, 그녀가 먼저 선수를 쳤다는 이유였다. 그 역시 그녀가 점점 지겨워져 갔기에 조만간 헤어지려 마음먹고 있었다. 2년여 동안 충분히 단물 쓴물 다 빨아먹은 지 오래고, 근래 조금씩 의심의 눈초리를 보내는 아내에 대한 눈칫밥도 보여 오늘 만남을 마지막으로 연락을 끊으려고 했었는데, 결국 보기 좋게 먼저 당하고 만 것이다.

마지막 버스 도착을 기다리는 동안 성식은 목이 칼칼해질 정도로 줄 담배를 피웠다. 불이라도 난 것처럼 연기로 빽빽해졌는데도, 그는 폐까지 갈 필요도 없다는 듯 겉 담배만 주구장창 내뿜어댔다. 한 손에는 여전히 휴대폰을 들고 있었고 연기를 뿜어대는 와중에도 수십 번 시선을 그 쪽으로 가져갔다. 던져 부숴버리고 싶은 충동이 자꾸 올라왔지만 그는 가까스로 참으며 품에 휴대폰을 우겨넣었다. 흡연실 유리문에 비치는 성식의 얼굴은 구겨진 신문지처럼 기묘한 일그러짐으로 가득했다.

"눈치도 빠른 년 같으니. 여우 같은 년이야. 진즉에 알아봤어. 안 된다고 해도 그렇게 보고 싶다고 울고불고 애원하더니. 아 씨발! 시간을 쥐어짜 내려왔더니 뒤통수를 쳐? 진짜 쌍년이네."

아내는 순진했지만, 여자는 천성 영악한 존재다. 여자이기에 감이라는 게 있다. 이대로 거짓말을 반복하다가는 꼬리가 잡힐 위험이 있었다. 별다른 변명 거리가 없어 이번에도 그는 출장이라는 핑계를 댔지만, 잘 다녀오라고 답하는 그녀의 대답이 너무나도 이질적이라 성식은 등골이 오싹했다. 단 한 번도, 그런 말투를 들어본 적 없었다. 그건 그를 몹시 불안하게 만들었다. 사실 성식은 아내가 바람을 피우든 애인을 만들든 별로 상관하지 않았다. 지금 사람이 질리면 애인을 만들 수도 있는 거고, 즐길 수도 있는 거지. 그러나 헤어진다는 건 절대로 안 될 일이다. 아내는 돈이 많다. 그 돈을 얻기 위해들인 노력을 생각하기만 해도 땀이 흐르고 진저리가 날 정돈데, 땡전 한 푼 못 받고 쫓겨난다면 복날 거품 물고 자빠지는 개새끼만큼이나 비참해지리라. 아내의 매력은 바로 돈이었다. 외모와 육체는 돈을 위해 감수해야 할 상황인 거지.

버스가 들어오고 있었다. 마지막 차편이라 기다리는 탑승객은 거의 없었다. 어차피 집에 들어가는 시간은 다음날 오전이라 여유는 있었다. 슬슬 올라타야 할 듯싶어 물 한 병을 들고 성식은 버스에 올랐다. 승객이 거의 없었기에, 그는 지정 좌석이 아닌 뒤쪽 왼편 구석에 자리를 잡았다. 문득 아내에게 출발한다는 전화를 해야겠다는 생각이 들었다. 자상한 남편, 부드러운 남자의 모습을 유지하기 위해서 말이다. 품 안의 휴대폰을 꺼내 들면서 ─ 휴대폰을 보는 순간 또 울컥했지만 어차피 버릴 년이었다. ─ 집에 전화를 걸었다. 신호음을 들으며 멍하니 앞을 보던 그의 시야로 조금씩 버스에 올라타는 승객들이 보인다. 하나, 둘, 셋, 네 번째로 올라탄 남자를 끝으로 더 이상의 승객은 없었다.

"뭐야? 왜 안 받아?"

아내는 전화를 받지 않았다. 이 시간에? 좀 이상했지만 어차피 다시 걸 게 분명하기에 성식은 메시지 하나를 보내놓고 그대로 품에 전화기를 집어넣었다. 갑자기 성식의 발밑으로 여행 가방이 툭 던져졌다. 놀라 고개를 돌리는 그의 눈에 씩 웃으며 눈인사를 하는 남자의 모습이 보였다.

"여기 자리 없죠?"

아까 마지막으로 올라탄 남자였다.

뭐라고 답해야 되나 고민했지만, 그는 성식의 대답을 기다리지도 않고 옆자리에 무턱대고 풀썩 앉았다. 남자의 귀에 꽂힌 이어폰에서 새어나오는 음악 소리가 성식의 귀를 자극했다.

'뭐야 이놈.'

황당한 눈빛으로 쳐다보았지만, 남자는 아랑곳 하지 않고 왼쪽 다리를 꼬며 자세를 편하게 유지했다. 오물거리며 껌을 씹는 그의 턱 주위로 간결하게 다듬은 수염이 도드라져 보였다. 묘하게도 수염과 머리카락은 미묘한 색 차이가 났는데, 머리가 짙은 흑색인 반면 수염은 붉은 빛이 감도는 적갈색을 띠고 있었다. '염색? 이거 양아치구만.' 그럼에도 전체적인 인상은 깔끔했다. 몸을 꽉 죄는 세미 정장과, 백금으로 보이는 반지와 귀걸이는 그런 느낌을 더욱 돋보이게 하는 요소였다.

버스가 서서히 움직였다. 앞좌석 그물망에 담겨 있는 물병이 출렁인다. 물끄러미 바라보던 성식이 물병을 홱 들어 뚜껑을 열었다. '왜 내 옆으로 기어 들어온 거야?' 남자가 듣고 있는 음악은 뭔 소린지 알 수 없는 영어를 남발하는 랩이었고, 그 소리는 가뜩이나 안 좋은 성식의 심기를 더 불편하게 만들고 있었다. 남에게 방해를 주지 않기 위해 사용하는 것이 이어폰이건만 다 들리는 볼륨을 보건대 이 남자는 그런 건 안중에도 없어 보였다. '귀가 먹었나 진짜.' 애꿎은 물만 마시며 성식이 속으로 투덜댔다.

'개념 없는 새끼. 자리도 많은데 왜 여기 앉고 지랄이냐고.'

갑자기 버스가 커브를 돌았다. 밑에 놓인 여행 가방이 성식의 발을 툭, 건드렸다. 묵직한 가방이 자꾸 압박하자 성식은 짜증이 치솟기 시작했다. 남자는 여전히 껌을 씹어대며 흥얼거리고 있다. 얼마나 볼륨을 크게 올렸는지 옆 사람이 같이 따라 부를 수 있을 정도다. 꼬부랑대는 영어 가사를 알아듣는다면 말이지.

'진짜 재수 옴 붙은 날이군.'

쌍으로 성식의 분노를 부채질하고 있었다.

'도저히 못 참겠다.'

성식이 남자를 향해 몸을 돌렸다. 음악을 줄이든지 자리를 옮겨달라고 말하기 위해서였다. 듣지 못할까 봐 성식이 남자의 어깨를 툭 쳤다. 남자가 슬쩍 고개를 돌려 성식을 바라봤다. 성식이 자신의 귀를 가리키며 손짓을 하자 남자가 씩 웃으며 이어폰을 뺐다. 최대한 정중히, 하지만 기분이 나쁘다는 감정을 표현하려 굵고 낮은 목소리로 성식이 입을 열었다.

"음악 좀 줄이시죠. 다 들립니다."

"그래요?"

남자가 머리를 긁적이며 빙긋 미소를 지었다. 그의 멋쩍어하는 웃음을 보자 성식은 더 요구하고 싶은 자신감이 생겼다. 이참에 자리를 옮겨 달라고 말해보려는 찰나에, 버스가 덜컹 요동쳤고 가방이 다시 성식의 발을 압박했다. 순간적으로 인상을 찌푸리고 가방을 쳐다보는 성식에게 남자가 미안하다는 듯 말했다.

"아! 가방 때문에 불편해요?"

"좀 그러네요."

"아이고! 미안합니다. 얼른 옮기죠."

남자가 가방을 자신의 발 쪽으로 끌어당겼다. 허리를 숙인 그의 목덜미 뒤쪽 옷깃 끄트머리로 깊게 파인 흉터가 드러나 보였다. 무언가 날카로운 것에 당한 흔적이다. 깔끔한 그의 인상과는 어울리지 않는 흉터라 성식은 잠깐 의아했다. 남자가 다시 허리를 펴며 자세를 바로잡았다. 이어폰으로 향하는 그의 손을 보고 성식이 기회를 놓칠세라 재빨리 말을 이었다.

"흠, 저, 그리고 제가 좀 혼자 있는 걸 좋아하는 스타일이라서……"

"이런, 제가 옆에 있어서요?"

"아 네. 그렇습니다."

"그러면 제가 자리를 옮겨야 되나요?"

'옮겨야 되냐고?' 무척이나 우스운 질문이라 성식은 바로 대답하지 못했다.

"옮기기 싫은데요?"

"네?"

이어진 그의 대답이야말로 우스운 얘기다. 시비를 걸겠다는 거지 뭐겠는가? 성식이 볼멘소리로 말을 던졌다.

"그럼 제가 옮기죠 뭐."

"그냥, 그대로 앉아 계시죠?"

"뭐요?"

남자는 대놓고 실실 웃고 있다. 성식은 어이가 없었다. 도대체 뭐 하자는 수작인 거야.

"……혹시 시비 거는 거요?"

최대한 화를 자제하며 성식이 묻자 남자가 자신의 이마를 탁 치며 웃음보를 터트렸다. "하하하하하!" 한참을 웃던 사내는 잠시 숨을 고른 뒤, 고개를 한 번 갸우뚱하곤 성식을 바라보았다.

"시비라뇨, 저는 그런 양아치가 아닙니다. 성식 씨."

가만히 눈을 응시하며 읊조리는 그의 말투는 성식의 머리칼을 쭈뼛 세울 만큼 소름끼치게 차가웠다.

이름을 알고 있다.

그 찰나에 성식의 머릿속엔, 이 남자가 누구인지를 알아내기 위한 수십 가지의 기억들이 오르락내리락하고 있었다.

전혀 알 수가 없다.

성식이 고작 할 수 있는 말은 이게 전부였다.

"누, 누구세요?"

"놀랐죠? 물론 놀라셨겠죠. 저는 당신을 알지만 당신은 저를 모르니까."

남자가 느긋한 목소리로 말했다.

그에 반해 성식의 목소리는 알아듣기 힘들 정도로 떨려오고 있었다.

"너 누…… 구야?"

"일단 제가 누구인지 알기 전에 얘기나 한번 들어보시죠."

남자의 입에서 나온 말이 너무 생뚱맞아 성식은 어떤 대답을 해야 할지 몰랐다. 성식의 답은 필요 없다는 듯, 남자가 다시 말문을 열었다.

"여기, 한 남자와 두 여자가 있습니다. 두 여자는 이 남자를 동시에 사랑하고 있습니다. 남자는 그걸 즐기듯 번갈아 이 여자들을 만났습니다. 아주 몹쓸 인간이죠?"

그가 피식 웃었다.

성식의 얼굴은 조금씩 새파랗게 질려가고 있었다.

"한 여자는 남자의 아내였고, 다른 여자는 남자의 애인이었습니다. 아내는 남자 앞에서는 애인의 존재를 모르는 척했지만, 이미 눈치를 채고 있었죠. 물론 애인은 아내의 존재를 알고 있었고요. 자고로 옛말 하나 틀린 게 없는 게, 남자는 바보예요. 이 남자만 이 사실을 몰랐다 이겁니다. 그런데 우연찮게도, 아마도 여자라서 그런 건가요? 두 여자가 동시에 비슷한 생각을 했습니다. 소유욕입니다. 남자를 자신만의 것으로 만들려는 질투라고 할까요. 그러기 위해서는 둘 중 한 명은 사라져야 하겠죠. 남자를 떠나든가, 세상을 떠나든가. 다행히 그녀들은 자신의 손을 더럽히지 않을 만큼의 충분한 돈이 있었습니다. 아내는 원래 돈이 좀 있는 집안이었고, 여자는 남자에게서 받은 선물과 돈이 모으면 꽤 되는 금액이었죠. 수소문 끝에 두 여자 중 하나가, 그 일을 해결해 줄 수 있는 사람을 찾았습니다. 원래 이 나라가 이런 일들이 그다지 활성적이지는 못해도, 암암리에 진행되고 있기는 하거든요. 그리고……"

"야 이 개새끼야!"

성식이 그의 멱살을 잡았다. 윤영이 자신을 엿 먹인 것이 아니라, 이놈이 무슨 일을 저지른 것이다.

"이 씨발! 윤영이에게 무슨 짓을 한 거야!"

그가 말을 멈추고, 멱살을 잡은 성식을 쳐다보았다. 날카롭게 쑤시는 그의 눈빛에 성식의 손아귀 힘이 서서히 풀어졌다. 잠깐 와이셔츠를 단정히 고친 뒤 그가 낮은 목소리로 중얼거렸다.

"한 번만 더 이런 짓을 하면……."

단어 하나하나가 귀에 박힐 때마다, 얼음송곳으로 찔리는 느낌이었다.

"그냥 얘기고 자시고, 지금 넌 죽는 거야. 그냥 죽을래?"

"……."

빈말이 아니었다. 성식은 경직된 채 아무 말 하지 못했다. 몸을 움직일 수가 없었다. 그의 말에는 반박할 수 없는 힘이 있었다.

그것이 사람을 죽인 이에게 풍기는 살기라는 건, 삼척동자도 알 수 있었다.

남자가 흠 하며 헛기침을 뱉었다.

"자, 알아들었으면 하던 얘기를 마저 하죠. 그 윤영이라는 사람이 애인이죠?"

남자의 목소리가 다시 부드러워졌다.

"당신 얘기란 걸 알았군요. 어쨌든 상관없어요. 그 두 여자, 그러니까 아내와 애인 둘 중에 말입니다. 누가 먼저 내게 다른 여자를 처리해 달라는 의뢰를 맡겼는가는, 아직 얘기하지 않았습니다. 그리고 앞으로도 얘기 안 할 겁니다."

"뭐?"

성식이 묻자 남자가 히죽거렸다. 예상하던 대답과는 반대로 엉뚱한 이야기가 흘러나오기 시작했다.

"나는 굉장히 재미있는 사람입니다. 항상 유머와 위트를 잃지 않으려 노력하죠. 살다 보면 이런저런 일들이 많은데, 즐기며 살아야지 매사에 진지하기만 하면 그게 무슨 의미가 있습니까?"

"지금 그 얘기가 왜 나오는 거야……"

"왜냐고? 당신을 골려주고 싶거든."

"뭐라고?"

"일단 하나의 가정을 해봅시다."

남자가 몸을 돌려 성식을 바라보며 말했다. 영문을 몰라 쳐다만 보고 있는 성식을 향해, 남자가 손가락으로 돈을 세는 몸짓을 취해 보였다.

"돈 많은 아내가 의뢰했다고 가정해 봅시다. 아내의 의뢰를 받은 살인자가, 목표물인 애인을 죽이러 내려갑니다. 그런데 말이죠. 애인이 더 큰 금액을 주겠다고 살인자를 설득합니다. 영화에서 많이 봤잖아요? 얼마면 되는데, 내가 두 배를 주겠어! 이야, 가뜩이나 각박하고 먹고 살기 힘든 세상인데 살인자, 그 의견에 솔깃합니다. 개인적인 이유도 포함됩니다. 그런 거 있잖아요. 아 살인은 이제 지겨워. 사람 죽이는 일 지긋지긋 하다고. 은퇴하자 그런 거? 결국 애인에게 설득돼서, 더 큰 금액을 받기로 한 그는 처음 의뢰했었던 아내를 거꾸로 죽여버리고 말죠. 자 잘 들어요, 중요한 부분입니다. 흘려들으면 안 됩니다. 집중해서 잘 생각해 봐요. 이것은 서로에게 적용될 수 있죠. 애인이 처음 의뢰하고, 거꾸로 아내에게 설득당할 수도 있는 겁니다. 뭐 프로의식이니 신용 문제니 이런 건 중요한 게 아닙니다. 방금 전도 말했다시피 개인적인 사정, 어차피 살인자가 이 일을 마지막으로 손을 씻으려 한다면 당연히 의뢰인에 대한 신용 따윈 문제

264

가 되지 않을 테지요. 그리고 중요한 게……"

"중요한 것?"

"낯선 남자가 자신을 죽이려 하는 걸 보면서, 그녀들이 무슨 생각을 할까요? 과연 사랑했던 남자가 이 살인 의뢰와 아무 연관 없다고 생각할까요? 이 바보 같은 남자는 우습게도 두 여자를 죽일 만한 충분한 동기가 있습니다. 아내를 죽일 동기는 돈, 애인을 죽일 동기는 불륜을 들키지 않기 위한 정리차원에서. 여자의 복수는 오뉴월에 서리를 내리게 합니다. 막장 드라마에 많이 나오잖아요. 감히 나를? 알죠? 짜잔! 여자의 복수가 시작되었다! 이 남자는 그대로 두 번째 의뢰 대상이 되고야 마는 거죠."

"말도 안 돼!"

성식이 소리쳤다.

"나, 난 아무 짓도 안 했다고!"

"그것이 여자예요. 몰랐어요?"

남자가 성식의 어깨를 잡았다. 창가엔 빗방울이 툭툭 떨어지고 있었다.

"이제부터 중요합니다. 본론이니까."

남자가 잠시 고개를 돌려 누군가 듣고 있지 않나 살펴보았다. 둘은 가장 뒤 구석자리에 앉아있어 그나마 몇 안 되는 승객들과도 멀찌감치 떨어져 있었다. 듣거나 관심 가지는 이는 아무도 없어 보였다.

"이미 눈치 챘죠? 내가, 그 살인자입니다. 나는 둘 중 한 명에게 의뢰를 받고 살인을 시행했습니다. 그리고 이렇게 당신을 찾아왔어요. 왜 당신을 찾아왔는지는, 아까의 이야기로 충분히 설명이 되었을 거로 압니다. 여자의 복수가 시작되었다! 큭큭큭."

"무, 무슨 소리를 하는 거야!"

성식이 떨리는 목소리로 말했지만 남자는 아랑곳 하지 않았다.

"하지만 나는 유머를 잃지 않는 사람입니다. 항상 여유 있는 삶을 찾으려 노력합니다. 아주 재밌게도, 당신은 절대로 빠져나갈 수 없는 고속버스 안에 있습니다. 어딘가에 도착하기 전까지는 절대 달아날 수 없어요. 우습지 않나요? 일상적인 공간이지만, 엄청 폐쇄적인 공간이기도 합니다."

말을 잠깐 멈추며 남자가 품에서 주머니칼을 꺼내들었다.

날카롭게 날이 선 칼날이 광택을 내며 빛났다.

"당장 당신을 죽일 수 있습니다. 10센티미터의 길이밖에 안 되는 칼날이지만, 당신의 목 옆쪽 경동맥에 박아 넣으면 당신은 죽습니다. 아주 쉬워요. 그냥 박고 비틀어 주면 됩니다. 누구나 할 수 있죠. 일단 당신의 외투를 벗겨 머리 위로 덮어버리고, 피가 튀지 않게. 푹. 푹. 푹. 한 세 번 정도? 그러나 그건 재미없죠."

남자가 칼을 다시 접었다. 씩 웃는 그의 입술 밑으로 번쩍이는 하얀 송곳니가 보였다.

"도착할 때까지 2시간 정도 여유가 있습니다. 그때까지, 당신은 내가 과연 누구를 죽였는지 알아맞히는 겁니다. 내가 아내를 죽였을지, 애인을 죽였을지 그건 당신이 알아서 잘 생각해 보세요. 문제가 어려우니 힌트를 알려주죠. 내게는 죽인 이를 증명할 수 있는 증거물이 있습니다."

성식의 얼굴이 창백해졌다.

"내가 둘 중에, 누구를 죽였는지 알아낸다면, 당신은 사는 겁니다."

말을 멈추며 남자가 다시 이어폰을 귀에 걸쳤다. 음악 소리가 들린다. 성식은 그의 말을 듣던 자세 그대로 굳어 꼼짝도 하지 못했다. 몸을 아예 움직일 수가 없었다. 머릿속에 아무 생각도 나지 않았다.

말 그대로, 청천벽력과 같은 상황이었다.

'이게 무슨 날벼락이야.'

분명 오늘 하루의 출발은 윤영을 만나 즐기기 위한 기분 좋은 시작이었는데, 끝은 목숨이 왔다 갔다 하는 극한의 상황으로 치닫고 있다. 이 남자가 거짓말을 하는 것 같지는 않았다. 성식은 자신의 불륜에 대해 철저하게 비밀을 지키고 있다고 생각했었다. 그것이 틀린 생각이었다는 걸 알게 되었지만 — 적어도 아내는 눈치를 챘으니 — 최소한 타인이 알 수 있는 상황은 아니라 자신할 수 있었다.

그리고 무엇보다도 아까 잠깐 화를 낼 때의 그 눈.

살의로 희번덕이는 그 눈빛.

남자의 말이 사실이라면, 그는 말 그대로 의뢰받은 일의 마무리를 짓기 위해 성식을 추적하고 이곳에 올라탄 것이다. 심장이 터질 듯 뛰고 입술이 파르르 떨렸다. 누군가 자신을 죽이기 위해, 그것도 언제든지 죽일 수 있게 절대 달아날 수 없는 달리는 버스 안에서 옆 자리를 차지하고 앉아 있다는 사실.

난생 처음 경험하는 공포.

"그, 그러니까…… 어. 아. 저기 서, 선생님. 뭐, 뭘 맞히면 된다고요?"

성식이 더듬거리며 물어보았지만 남자는 듣지 못한 듯 반응이 없었다. 일부러 못 들은 척하는 건지도 몰랐다. 그의 말마따나 재밌는 상황이 진행되고 있으니.

"……"

손을 들어 그를 건드리려다, 성식은 그만두었다. 의미없는 짓이다. 무슨 짓을 하더라도 자신이 죽는다는 사실은 변함없을 것 같았다. 남자의 반응도 의외였다. 더 이상 그는 말문을 열지 않으려 했다. 곧 닥쳐올 죽음에 대한 두려움을 충분히 느끼라는 행동이겠지. 억장이 무너지는 느낌에 성식은 고개를 힘없이 떨어뜨렸다.

"……"

요란한 음악 소리가 계속 거슬린다. 순간 울컥하는 기분에, 성식은 주먹에 힘이 들어가는 것을 느꼈다. 지금 이 남자를 죽이면 되지 않을까? 최대한 있는 힘을 짜내어 목을 조르는 거야. 수십 가지의 생각이 번개같이 스쳐 지나간다. 그녀들에 대한 원망도 높아만 간다. '이 개 같은 년들. 왜! 단지 즐기려 한 것뿐인데, 나를 죽이라는 의뢰까지 해버려? 내가 뭘 그렇게 잘못한 거야? 아니 씨발, 일부다처제인 국가 남자들은 다 죽어 나자빠져야 돼?' 억울했다. '이 개 같은 년들 같으니라고.'

몇 분밖에 지나지 않았지만 벌써부터 숨이 막혔다. 이 상태로 계속 가다간 남자가 죽이기도 전에 먼저 피가 말려 죽을 것만 같았다. 깊게 한숨을 내신 뒤, 성식은 천천히 자신이 처한 상황에 대해 생각해 보기로 했다.

일단은 품에 지니고 있는 물건들부터 정리해 보았다.

남자를 위협할 만한 물건이 뭐가 있을까. 휴대폰이 있고, 지갑, 담배, 라이터…… 제길. 만년필이라도 있으면 좋으련만, 오늘따라 챙기지 않은 사실이 그렇게 안타까울 수가 없었다. 지갑 안에 들어 있는 물품도 생각해 보았다. 지폐, 명함, 카드……

'카드?'

플라스틱 카드를 쪼개어 목을 찌른다면? 말도 안 되는 생각에 성식은 고개를 가로저었다.

'자살 행위야.'

상대는 살인의 프로일 게 분명하다. 그는 칼도 가지고 있다. 일을 만들어 일찍 명을 뜨는 지름길일 뿐이다.

'나보고 어쩌라고!'

머리를 부여잡으며 성식은 울상을 지었다. 머리카락이 뽑힐 정도로 휘어잡으며 그는 고민했다.

도저히 달아날 방도가 없다.

충혈된 두 눈에 눈물이 고여 오기 시작한다.

이렇게 죽기는 싫었다. 아직 젊고 할 일도 많은데. 내 돈. 아니 일단은 아내 돈이지만. 그 돈을 가지려고 억지로 참아가며 몸 바쳐 충성했는데. 이런 쌍!

답은 하나뿐이다. 남자가 누구를 죽였는지 알아내는 방법밖에는 없다.

'윤영인 거야, 혜진인 거야?'

아까의 기억을 잘 살려 보자. 성식은 차분함을 유지해 보려 애썼다. 생각을 해야 한다. 남자가 죽인 여자는 내내 연락이 두절되었던 윤영일까.

그건 아닌 것 같았다. 둘 모두 연락이 되지 않았었다. 윤영은 내내 전화를 받지 않았고, 혜진 또한 버스에 올라타 걸었던 전화를 받지 않았다. 아내인 혜진이 집을 잠시 비웠었다고 해도 발신자 번호를 확인한 후 바로 전화할 것이 틀림없는 사실이기에, 아직 전화가 오지 않으니 현재 둘은 모두 연락이 되지 않는 상태로 보는 게 옳다.

이걸로 확정하기엔 너무 애매모호하다.

그렇다면, 남자에게 내 위치를 알려줄 수 있는 여자가 의뢰인일까.

이것도 아니다. 이건 둘 모두에게 해당된다. 윤영은 만나고 헤어질 때마다 성식이 이곳에서 집으로 돌아가는 버스를 탄다는 것을 알 테고, 외도를 눈치 챈 혜진도 그런 사실쯤은 모를 리가 없다고 본다. 행여 혜진이 몰랐었더라도 살인마가 혜진의 의뢰를 받아 윤영을 죽이러 가서, 협박으로 성식 자신의 위치를 알아낼 수도 있는 거다.

그러면 더 많은 돈을 쥐여 준다고 제안한 여자는 누구일까.

순간적으로 생각나는 여자는 혜진이었다. 이건 꽤 설득력이 있었다. 윤영이 아무리 성식이 주었던 선물이나 용돈, 혹은 자신 아닌 다른 누군가를 만나며 돈을 꽤 모아두었다고 해도 혜진보다는 분명 적을 것이 분명하다. 자신이 혜진과 결혼한 이유이기도 하니까. 윤영의 의뢰를 받은 살인마가 혜진을 죽이러 가고, 그 와중에 혜진이 더 큰 금액으로 설득했다는 건 충분히 가능성 있는 얘기다.

조금씩 가능성이 보이니 생각이 정리되기 시작한다. 혜진은 이런 식의 청부 살인을 할 만한 주변머리가 없는 여자다. 오로지 남편과 집안일밖에 모르는 순진한 여자였다. 혜진이 청부살인을 찾아 의뢰했다고? 그녀가 먼저 의뢰했다는 건 믿기지 않는 일이다. 그녀는 성식을 사랑했다. 그렇기에, 그녀는 분명 내게 한 번 더 기회를 줄 여자였다. 무턱대고 질투에 눈이 멀어 살인을 의뢰하는 그런 여자가 아닌 것이다.

어이. 정말 그 생각이 맞는다고 생각하나.

그녀를 정말 잘 알아?

성식의 마음속에서 누군가 되묻는다.

바보 같은 놈. 그녀를 잘 안다고 자부할 수 있어?

혜진을 잘 안다고 생각하는 거 자체가, 최악의 실수를 저지르고 있는 건 아닐까. 미친 듯이 고개를 가로젓는 성식의 마음속에 누군가가 계속 되묻는다.

너의 외도야말로, 그녀를 변화시킬 수 있는 충격적인 일일 거라고는 왜 생각 못하지?

그것이 누구의 목소리인지는 알 수 없었다. 아니, 알 필요도 없었다. 목소리의 의도는 성식의 판단을 흐리게 하는 것이고, 그것은 한 치 오차 없이 먹혀들고 있었다.

생각하면 할수록 의문은 꼬리에 꼬리를 물고 뫼비우스의 띠처럼 계속 흘러간다. 겨우 가능성 있는 생각을 끄집어냈건만 오히려 혼란이 더 가중되어 판단력만 극도로 흐려지고 있었다. 창 옆으로 비춰 지나가는 헤드라이트와 가로등 불빛처럼, 불안하게 떨리는 성식의 이성은 서서히 깊은 늪으로 가라앉고 있었다.

문득 싸늘한 느낌이 들어 성식은 감았던 눈을 떴다.

어느 순간부터 음악 소리는 들리지 않고 있었다.

뒤늦게 성식이 음악 소리가 멈췄음을 알고 고개를 들었을 땐, 이미 남자의 싸늘한 눈빛이 자신을 보고 있다는 사실을 알게 된 후였다.

소름이 등골을 훑었다. 서서히 고개를 기울이며 남자가 미소를 지어보였다.

가지런한 수염이 실룩거리고, 여자처럼 붉은 입술이 벌어지며, 고르고 하얀 치아가 그 입술 뒤로 숨는 모습이 슬로 화면처럼 지나간다. 그것은 굉장히 묘한 느낌을 주었고, 성식은 멍하니 그저 바라만 볼 뿐이다.

그러나 그 입에서 울리는 소리는, 잠깐이나마 잊고 있었던 현실을 다시 떠올리게끔 하는 끔찍한 소리다.

"머리 잘 굴리고 있어요? 내가 누구를 죽였는지?"

최소한의 정보도 도움도 없이 무작정 대답을 독촉하는 그의 모습은 악마 바로 그 자체였다.

"참 속 편한 양반이시네?"

반쯤 벌린 입으로 쳐다만 보는 성식을 보며 남자가 킬킬거렸다.

"어려워서 머리가 빵 하고 터질 것 같아? 뇌세포 하나하나가 미친 듯이 폭주하나? 그것이 정상이야. 당연히 죽음 앞에서는 무너지기 마련이지. 단순한 거야. 어찌됐든 살아있다는 건 좋은 거니까. 안 그래? 내가 이런 일을 하고 있기는 하지만, 얼른 끝을 내고 싶기도 해요. 하기가 싫어. 돈벌이라 하는 거지만 나도 사람이기에 죄책감도 있고 그래. 그래서 해소할 다른 무언가를 찾는 거야. 그것이 지금 상황이라 보면 되는 거고. 지금 내가 웃고 있는 듯 미소 짓고 있지만, 이건 웃는 게 아니라고요. 절대 나를 오해하시면 안 돼."

손을 들어 입을 감싸며 남자가 끅끅거린다. 가려진 손가락 틈으로 참지 못한 웃음이 새어 나온다.

"어쨌든 틀려도, 모르겠어도, 그래서 배 째라 무시해도 돌아오는 건 당신 목에 박히는 칼날입니다. 우스갯소리로 젓가락으로 사람 죽이는 방법, 알아? 젓가락이 반찬이나 집어 드는 물건인 줄만 알지? 큰일 날 소리예요. 젓가락 가지고 사람 죽이는 방법, 나는 열한 가지나 알고 있다고."

점점 구겨져 가는 성식의 표정은 남자의 웃음을 더 이상 참지 못하게 만든 듯했다.

"아 진짜 표정 기가 막히네. 하하하! 왜 그래요? 벌레라도 씹었어?"

순간적으로 그의 웃음소리가 커졌다. 금세 작아졌지만, 그 소리는 다른 이의 이목을 자극할 정도로 꽤 컸다. 아니나 다를까, 앞쪽 네 좌석 건너 앉아 있던 승객 하나가 이쪽을 향해 고개를 돌리는 게 보였다. 분명 갑작스러운 웃음소리에 놀라 돌아본 것일 테지만, 의도치 않게 그 승객은 성식과 정면으로 눈을 마주친 꼴이 되어버리고 말았다. 지금 성식은 겁에 질려 떨고 있는 한 마리 어린양이나 다름 없었으니 그 표정만 봐도 무슨 일이 생겼다는 건 누구나 눈치 챌 수 있는 일이다. 일그러진 성식의 얼굴은 굳이 길게 말하지 않아도 도움을 갈구하기에 충분했고, 승객의 의아해하는 눈초리는 그런 성식의 의도를 이해했다는 결과이기도 했다.

'도와주세요. 제발.'

절대로 입 밖으로 낼 수 없는 소리였다. 결국 그 승객은 다시 고개를 돌려버리고 말았다. 지푸라기라도 잡는 심정으로 실낱같은 희망을 품었지만, 지푸라기는 지푸라기일 뿐 동아줄이 될 수는 없는 일이다. 체념하는 순간까지 단 십여 초도 걸리지 않은 짧은 시간이었지만 성식을 압박하던 공포는 그 틈을 타 몸집을 더욱 키워버렸다.

결국 호흡까지 곤란해질 정도로 공포감이 거대해지며 성식을 압박했다.

"뭐지?"

순간, 남자의 싸늘한 목소리가 성식의 귀를 때렸다.

"지금, 뭡니까?"

성식은 가슴이 철렁 내려앉는 것을 느꼈다.

"네? 뭐, 뭐가요?"

"눈빛이 이상했어. 뭔가 주고받았다는 느낌."

"아니에요."

맙소사. 심장이 요동치기 시작했다. 그 짧은 순간도 남자의 눈길을 피할 수는 없었던 건가.

"누구지?"

남자가 고개를 쭉 빼며 앞쪽을 쳐다보았다. 살펴보는 그의 눈빛은 사냥감을 노리는 매의 눈이다.

"귀찮아졌네. 누구야?"

남자가 갸우뚱 고개를 꺾는다. 우둑하며 관절이 부딪히는 소리가 들렸다.

그 소리와 동시에, 아까의 승객이 다시 고개를 돌렸다. 남자와 눈이 마주치자마자 황급히 돌아보았지만, 이미 그는 남자의 덫에 걸려

들어 버린 후였다.

"찾았다. 잠깐만 기다려요. 금방 다녀오죠."

슬그머니 일어서며 남자가 주머니에 손을 집어넣는다. 그 안에 들어 있는 것은 상상하기조차 싫은 그 물건이다. 설마 지금 여기서 그를 죽이려고? 비명을 지르고 싶었지만 목소리가 나오지 않는다. 이 자식은 미친놈이다.

허리를 숙인 채 자리를 빠져나간 남자의 뒷모습을 보며 성식은 두려움에 몸을 떨었다. 정말로 죽이려는 걸까 하는 의문이 아직도 반신반의인 채로, 그는 손을 이마에 얹고 질끈 눈을 감아버렸다.

그때, 갑자기 어떤 생각이 성식의 머릿속을 빠르게 스쳐 지나갔다.

번쩍 눈을 뜬 성식의 시선에 검고 묵직한 남자의 여행 가방이 들어왔다.

성식은 재빨리 가방의 상태를 살폈다. 끄트머리에 색 바랜 지퍼 손잡이가 보인다. 다행히도 그 가방은 잠금이 아닌 개폐식이다.

숨이 가빠지고 손이 떨려오기 시작했다. 남자가 자리를 벗어난 지 단 몇 초가 흘렀지만, 머릿속에는 이미 두 가지 생각이 자리 잡고 갈등하고 있다. 가방을 열어 안을 확인해 보거나, 아니면 그냥 놔두거나. 반반의 확률이다. 모 아니면 도.

남자가 오래 걸릴 것 같지는 않았다. 그가 언제 돌아올지는 알 수 없는 일이다. 몇 분 만에 올 수도 있고 십여 분이 넘게 걸릴 수도 있다. 정말로 그 승객을 죽이러 간 것인지, 아니면 협박만 날리고 올지는 모른다. 알 수 있는 것은 아무것도 없다.

중요한 것은 지금밖에 기회가 나지 않는다는 거였다.

성식은 최대한 인기척을 줄이며 살인마의 행동을 살폈다. 여유가 좀 보이면 후딱 살피고 닫아버리면 되는 쉬운 일이지만, 현실은 그리 녹록지 않다. 막상 행동에 옮길 수가 없었다. 막말로 행여 가방에 그만이 아는 흔적을 남겨 두었다면 성식이 열어봤다는 걸 알게 될 것이 틀림없었다. 생각해 보니, 아까 그가 말했던 것도 일종의 덫일 거라는 느낌이 든다.

"문제가 어려우니 힌트를 알려주죠. 내게는 죽인 이를 증명할 수 있는 증거물이 있습니다."

굳이 그런 말을 할 필요는 없었음에도 그는 힌트라 강조했다.

'끝까지 바보처럼 굴래? 그래서 뭐 어쩌겠다고. 어차피 죽어. 이렇게 앉아서 죽음만 기다리자는 거야?'

입술에서 어느새 피가 배어 나오고 있었다. 피비린내가 느껴진다. 바짝 문 입술은 핏기가 사라지며 하얗게 변해갔다. 잠깐 눈을 감은 성식은 심호흡을 했다.

"씨발. 밑져야 본전이야."

눈을 뜬 그는 곧바로 지퍼 손잡이를 잡았다.

지퍼의 차가운 감촉이 느껴진다. 그것이 꼭 아까의 칼날을 떠올리게 해서 성식은 오싹함을 느꼈다. 그는 최대한 조심스럽게 흔적이 남지 않도록, 지퍼를 천천히 올리기 시작했다. 내부는 컴컴해 잘 보이지 않았다. 살펴보기 위해 얼굴을 들이밀자, 오묘한 냄새가 코를 찔렀다. 지독한 냄새였다. 뭐랄까, 강한 방향제 같았다. 눈이 시릴 정도로 고약한 냄새에 성식은 눈살을 찌푸렸다. 곧바로 눈을 뜬 그가 좀 더 자세히 살펴보기 위해 지퍼를 더 위로 올렸다.

약간의 빛을 받으며 내부가 조금씩 보이기 시작한다.

옷가지 몇 벌과, 무언가를 싼 검은 비닐봉지.

냄새는 그 검은 비닐봉지에서 흘러나오는 것 같았다. 봉지의 부피는 꽤 묵직했다. 여기저기가 둥글게 튀어나온 것으로 보아 나프탈렌으로 가득 찬 것 같았다. 강한 방향제로 둘러 싸여 있는 물체라. 성식의 머리칼이 바짝 곤두선다. 그것이 무엇인지 대충 짐작이 가기 시작한다. 역시 그 놈은 제정신이 아니다. 또한 그 놈의 협박이 우스갯소리가 아니라는 얘기도 된다.

"씨발……"

어찌됐든 안을 확인해야 한다. 성식은 어금니를 꽉 깨물었다. 더 이상 입술을 씹어 대다가는 피비린내가 입안에 내내 맴돌 것 같아서였다. 잠시 마음을 다잡은 후에, 그는 비닐봉지를 재빨리 풀어헤쳤다. 평소라면 금방 풀릴 매듭이었지만 몸이 말을 듣지 않는다. 초조하다 못해 숨이 가빠진다.

"어?"

겨우 봉지를 연 그의 입에서 탄식이 흘러나왔다. 봉지 안은 나프탈렌밖에 보이지 않았다. 희고 둥글한 나프탈렌 덩어리들만 가득 차 있다. 심장이 펄떡이며 요동치고 있다. 이 안에 아무것도 안 들어 있으면 안 되는 거다. 안 되는 거라고.

그건 반칙이라고. 반칙!

"씨발! 미치겠네!"

속삭이듯 욕을 내뱉으며 성식은 비닐봉지 안을 마구 휘저었다. 한시가 급했다. 무언가를 얼른 찾아내야지만 살인마가 낸 문제를 맞힐

수 있다. 심장에 이어 이제는 몸도 떨려온다.

"제발 좀!"

잡히는 나프탈렌들을 밀치며, 성식은 손을 더 깊숙이 집어넣었다. 까칠까칠한 감촉들이 성식의 손을 괴롭힌다. 미친 듯이 휘젓는 그의 손에 걸리는 건 여전히 방향제 덩어리들뿐이다. 손가락으로 마구 퍼 올리며 성식은 손을 더 집어넣어 보았다.

무언가 잡혔다.

드디어, 까칠한 감촉과는 다른 무언가 느껴졌다.

황급히 그가 그것을 집어 꺼냈다. 작고 가벼웠다. 딱딱한 느낌. 번 들거리면서도 차갑고 딱딱한 물체.

흰색의 방향제 틈을 비집고 그것이 모습을 드러낸다.

"헉!"

그것은 손가락이었다.

굳어 있는 여자의 손가락이 보였다.

잠시 멍하니 있던 그였지만 놀라는 것도 잠시일 뿐, 빨리 이게 누 구의 손가락인지 알아내야 하기에 그는 다급하게 머리를 굴렸다. 하 지만 머리를 쥐어짜도 소용없는 일이었다. 손가락만 보고 누구인지 알아맞히기란 그리 쉽지 않은 일이다.

눈알이 빠질 정도로 성식은 부릅뜨고 노려보았다. 가느다랗고 작 은 손가락이다. 차갑게 굳어 있는 변색된 손가락은 끄트머리에 핏자 국을 남긴 채, 이제는 미쳐버릴 것 같은 성식을 반기고 있다. 그 외 에 알 수 있는 건, 손톱뿐.

'손톱?'

손톱의 색깔. 매니큐어.

"매니큐어!"

손가락에 매니큐어는 칠해져 있지 않았다. 검게 변색되었지만, 분명 손톱 위에는 아무것도 덧칠 된 것이 없었다. 이런저런 생각들이 돌고 돌아 모인다. 아내와 윤영의 모습이 교차편집 되며 머릿속에 스친다. 요리 준비를 하는 혜진의 손, 성식의 가슴을 어루만지는 윤영의 손. 둘의 손이 확대되고, 그녀들의 손가락들이 부각되어 간다.

그리고 그는 기억해낸다.

'아내는 매니큐어를 칠하지 않았어.'

"이 정도면 되겠지."

저만치서 목소리가 들렸다.

심장이 터지기 일보 직전이다.

"괜히 일 더 키우는 건 귀찮으니까."

남자가 다시 돌아오고 있었다. 목소리가 들려오고 있었다. 죽이기에는 귀찮다는 말로 보아 생각을 바꾼 듯이 보였다. 그 목소리는 고작 두세 좌석 거리에서 들려오고 있었다.

"이 욱하는 성질머리 정말 고쳐야 한다니깐."

'놈이 온다!'

미친 듯이 성식이 손가락을 원래대로 밀어 넣고 비닐봉지를 묶기 시작했다. 손이 떨려 제대로 묶여지지 않는다. 아까의 매듭을 똑같이 따라 해야 하건만 시간이 없었다. 남자의 발걸음 소리까지 들려오고 있다. 또각, 또각. 돌아오기까지 거리가 두 좌석도 채 남지 않았다는 얘기다. 에어컨이 연실 시원한 바람을 내보내고 있었지만, 성식의 이마와 콧잔등은 땀으로 범벅인 상태였다. 빗방울은 연실 창을 때렸다. 투둑, 투둑. 또각, 또각. 이 환장할 리듬이라니. 아 씨발! 제발! 대충 묶어 버린 뒤, 성식은 지퍼의 손잡이를 잡고 내렸다.

'아!'

미치겠네. 지퍼가 내려가지 않고 있었다. 가방 천에 끼어 버린 것이다. 기가 막힌 타이밍이었다. 머리가 하얗게 타들어만 간다. 끄트머리를 쥔 손가락이 으스러질 정도로 성식은 온 힘을 다해 지퍼를 내리려 애썼다. 이가 아릴 정도로 악물고 바둥거리는 그의 모습을 누가 본다면 하나의 슬랩스틱 코미디처럼 보일지도 모른다. 대상에 따라서 우스울 수도, 무서울 수도 있는 상황이 너무도 아이러니하다.

'하느님!'

믿지도 않는 신에게 갈구해 봤자 소용없는 일이지만 그는 절박했다. 침착하게 천에 낀 지퍼를 빼고 내리면 되는 거지만, 생각처럼 쉽지가 않았다. 괜히 열어봤다는 생각이 마구 떠오르기 시작한다.

"와. 뭐해요? 결국 가방 열었어요? 그런데 어떡합니까? 지퍼가 안 내려가네."

성식을 나락으로 떨어뜨리는 목소리다.

어느새 남자가 서서 빤히, 그를 내려다보고 있었다. 경악의 눈빛으로 올려보는 성식을 보며 남자가 픽 웃었다. 온 몸이 꼿꼿하게 경직된 성식의 몸을 살피며 남자가 슬그머니 자리에 앉았다.

"이럴 줄 알았지. 증거가 있다고 했으니 바보가 아닌 이상 뒤져봐야지."

"내가 열 줄 알았다고?"

성식은 허탈한 목소리로 중얼거렸다. 힘이 들어가지를 않는다. 가방은 입을 벌린 채 그대로 놓여 있었다. 축 늘어진 성식이 몇 번 눈꺼풀을 끔벅거린다.

"증거가 있다고 말했으니 당연히 열겠죠. 내가 자리에 없으면. 사실 아까 말을 시작했을 때부터 그에 따른 경우의 수를 전부 생각해두고 있었어요. 당신이 가방을 연다, 당신이 내 품을 뒤진다, 당신이 나를 습격한다, 등등. 그다지 별일은 없었지만. 뭐, 결국 소심하고 겁쟁이인 당신이 나를 공격할 거라고는 생각지 않았어도 조금 실망이기는 하네요. 좀 더 재밌게 놀 수 있었는데."

"무슨 장난을 치는 거야! 그렇다면 문제는 왜 낸 거야. 도대체 어쩌라는 거야. 왜 나를 괴롭히는 거야. 처음부터 나를 죽일 거면서 왜 내게 이런 식의 고통을 안겨주는 거냐고……"

"내가 낸 문제가 아무 의미 없다고요? 그건 당신 생각일 뿐인데?"

남자가 킥킥거렸다. 수염을 어루만지며 가느다란 미소를 흘린다.

"자, 증거도 보고 뭐 다 끝났으니 이제 문제를 맞혀야죠."

"무슨 소리를 하는 거야…… 저건 아내의 손가락이잖아. 혜진이 손가락. 아내는 매니큐어를 칠하지 않았어. 윤영이는 젊어서 꾸미고 다녔는지 몰라도, 아내는 나와 결혼한 뒤에는 거의 집에서 살았다고. 밥만 하던 여자였단 말야. 이런 개 같은! 윤영이가 의뢰했나? 내가 자신을 헌신짝처럼 버릴 거라고 지레 짐작해서 나와 아내를 죽이라고 의뢰했어? 이 개 좆 같은 쌍년!"

"오, 그래서 결론은 내가 죽인 사람은 당신의 아내다?"

"왜, 내 생각이 틀린 거야? 얼른 죽여. 질질 끌지 말고. 한 마리 벌레처럼 꿈틀거리는 걸 충분히 봤으니 당신도 만족하겠지. 씨발."

남자가 큭큭 거리고 웃었다.

"흥분하셨네. 오해하지 마세요. 나는, 당신을 죽일 생각이 없습니다."

"뭐라고?"

"애당초 처음부터 당신을 죽일 생각은 없었습니다. 이 문제의 목적은, 말 그대로 당신이 두려움을 느끼게끔 하는 것입니다. 고속버스 안이라는 공간은 아주 적절했죠. 봐요, 당신의 상태를. 도망도 못치고 이상한 문제나 맞히기 위해 백방으로 노력하는 모습을. 식은땀은 뻘뻘 흘리면서 나이에 맞지 않게 발버둥 치는 꼴을."

떨리는 목소리로 성식이 반문했다.

"이유가 뭐야? 왜 내게 이러는 거야? 네 말 대로라면 왜 내가 공포를 느끼게끔 한 거야?"

"각인입니다. 저라는 존재를 당신 머릿속에 각인시켜야 하거든요."

남자가 갑자기 가방을 활짝 열었다. 가방 안에는 아까 미처 발견 못한 커다란 종이봉투가 하나 더 들어 있었다. 부스럭거리는 소리와 함께 그가 종이봉투 입구를 열었다.

남자가 성식에게 내용물을 보여주자, 성식의 입에서 작은 비명이 터져 나왔다.

"헉!"

사람의 목이다. 윤영의 잘려진 목이 성식을 노려보고 있었다.

남자가 종이봉투를 닫으며 다시 말을 꺼냈다.

"쉽게 설명해 드릴까요? 코끼리 사육법을 생각하면 됩니다. 태국에서 코끼리를 사육할 때, 발목에 쇠줄을 연결하고 그것을 직경이 1미터도 안 되는 기둥에 묶어두죠. 코끼리가 마음만 먹으면 기둥을 뽑아버리고 달아날 수도 있는데 그 놈들은 죽을 때까지 그러지 않습니다. 왜 그럴까요?"

남자가 자신의 관자놀이를 손가락으로 툭툭 쳤다.

"이것이 각인입니다. 어릴 때부터 기둥에 묶어 놓고 기릅니다. 아무리 코끼리라도 새끼 때 1미터 직경의 기둥을 뽑는다는 건 무리죠. 몇 번 시도하다가도 곧 포기해 버리고 말아요. 그 후엔 코끼리의 머릿속에는 기둥은 절대로 뽑히지 않는 것이라는 사실이 각인되는 것이죠. 커서 식은 죽 먹기로 해낼 수 있는 일이지만 그들은 시도조차 못 합니다."

뭔가 대꾸를 하고 싶었지만 힘이 빠져 아무 소리도 나오지 않았다. 남자가 품에 손을 넣어 무언가를 꺼냈다. 사진이었다. 성식에게 건네주며 남자가 빙긋 웃는다.

"봐요."

혜진이다. 사진에는 온 몸이 난도질당한 채 죽어 나자빠진 아내의 모습이 담겨 있었다. 머릿속이 여기저기 뒤틀리기 시작한다.

이게 뭐야.

"처음은 아내입니다. 사실, 당신의 아내가 처음 의뢰를 했을 때는 애인만 죽이고 끝내면 되는 거였습니다. 그런데 이 애인이 자신을 죽이러 온 걸 알더니 웃돈을 준다며 당신의 아내를 죽여 달라 재의뢰를 한 겁니다. 평소였다면 보통 그런 건 염두에 두지 않고 첫 의뢰를 중요시 하지만, 이쪽도 신용이라는 게 있으니까요. 묘하게 흥미가 생기더군요. 당신이라는 존재가 그때 드러났거든요. 결국 그녀의 이야기를 경청하고 아내가 이 여자를 죽이라고 의뢰한 원인이 당신이라는 걸 알았죠. 아 거기 물 먹어도 되죠?"

성식의 앞자리에 담겨 있던 물병을 집어 들고 남자가 벌컥벌컥 마셨다.

"당신의 아내는 돈이 많고, 당신이 돈을 보고 결혼한 것도 다 알게 됐습니다. 여기서 중요한 것은 당신의 아내가 죽으면 아내 돈은 전부 '당신 소유'가 된다는 것입니다. 막말로 난 돈이 필요했습니다. 이 일이 지겨워졌거든요. 손 씻고 깨끗이 살려면 아주 많은 돈이 필요합니다. 좋은 기회다 싶었죠. 하하. 그래서 당신 애인을 죽이고, 당신 아내에게 비용을 받은 뒤, 당신 아내도 죽였습니다."

물병을 툭 던지며 남자가 수첩을 꺼냈다. 어딘가를 편 그가 한 쪽을 찢어 성식에게 건네주었다.

그 종이에는 숫자가 적혀 있었다. 영문을 몰라 쳐다보자 남자가 말했다.

"이제 당신은 부자가 됩니다. 애인의 시신은 잘 처리했습니다. 아내는 강도 사건으로 위장했고요. 사진을 잘 보시면 치명상을 입히기 전 다섯 군데 정도 일부러 찔렀어요. 전문가가 아니라 모르시려나? 이렇게 하면 대부분은 목적 살인이라고는 보지 않죠. 아무튼, 당신이 애인과의 만남을 잘 숨기고 있었다면 당신을 의심할 사람은 별로 없을 겁니다. 그러니 그에 대한 대가를 주셔야겠습니다. 그것은 추적 불가한 계좌번호입니다."

남자가 말을 멈추고 시계를 쳐다보았다.

쳐다본 후 약간 시간이 지나자 버스 기사가 마이크를 잡고 방송을 하기 시작했다.

"휴게소에서 15분 동안 휴식이 있습니다. 15분입니다."

"좋아요. 갈 시간이 됐군요."

남자가 허리를 숙여 가방을 닫았다. 고속버스는 휴게소를 향해 천천히 진입하고 있었다. 가방을 들고 남자가 자리에서 일어났다.

비스듬히 고개를 돌려 성식을 바라보더니, 그가 나지막이 말을 꺼냈다.

"돈이 들어올 때까지 감시할 겁니다. 내가 준 계좌 번호에 알아서 돈을 이체하세요. 그 금액에 따라서 내가 당신을 영원히 떠나느냐, 다시 찾아가느냐가 결정될 겁니다. 나는 재미있는 사람이라고 말씀 드렸죠? 과연 얼마나 되는 금액이 손에 들어올지 궁금하군요. 다시 한번 말하지만 당신을 죽이는 건 쉬운 일입니다. 충분히 각인되셨나요?"

남자가 다시 입가에 손을 얹고 큭큭 거렸다. 키득거리는 소름끼치는 그 소리.

허물어지는 성식의 귓가에 그의 마지막 말소리가 들려왔다.

"기억하셔야 합니다. 아주 일상적이고 사소한 곳도 충분히 무서울 수 있다는 것을."

소름 돋는 그 웃음과 함께, 남자가 자리를 떠났다.

무너져버린 성식을 뒤로 한 채 남자가 여유작작한 걸음으로 통로를 나섰다.

　출구로 나가기 전, 남자는 옆으로 고개를 돌려 아까 찾아갔던 앞자리 승객을 보았다.

　그 승객은 좌석 팔걸이 위에 올려진 손등이 칼에 찍혀 고정되어 있었다.

　남자가 고개를 숙여 승객의 귓가에 속삭였다.

　"남의 일에 참견하는 거 아니야. 그 칼은 그냥 가져. 비싼 거야."

　돌아서는 남자의 입가에 여유로운 미소가 감돈다.

　그것은 승자의 미소였다.

　그대로 내려 버스에서 멀어지는 남자를 성식은 그저 멍하니 바라만 보고 있었다.

　성식의 머릿속엔 아내의 손가락과 난도질당한 사진이, 노려보듯 눈을 부릅뜨고 지켜보던 애인 윤영의 머리가, 날카롭게 날이 선 채 광택을 내던 그 남자의 주머니칼이 계좌번호가 적힌 수첩 쪼가리 주위를 뱅글뱅글 돌며 떠다니고 있을 뿐이었다.

더 도어 The Door

우명희

1972년생. 한국공포문학단편선에 「들개」 「담쟁이 집」 「불귀」
「늪」 「헤븐」 수록. 환상문학웹진 거울 중단편선 「사라진 아내」
수록. ZA문학공모전 수상작품집 『크르르르』에 「해피랜드」
수록. 교보문고 전자책 미스터리노블 「나락」 「파라다이스」 출간.
네이버캐스트 오늘의 문학 「종점」 게재

우명희 작가의 브릿G 게재작 목록

『사랑방손님과 맹인』
『친절한 남자』
『더 도어』
『헤븐』
『늪』
『불귀(不歸)』
『담쟁이 집』
『들개』
『위험한 협상』
『해피랜드』

재일교포인 와타나베는 일본의 모 건설회사 중역으로, 일 년에 두세 번씩 온돌난방에 쓰이는 바닥재를 살피러 제가 운영하는 안산 공장에 방문하곤 합니다. 올해는 첫 방문이라 그와의 만남이 무척 설렜습니다. 저는 와타나베를 잘 알지는 못하지만 인간적으로 그를 좋아합니다. 열 살이나 어린 제게 무척 깍듯하고 매번 잊지 않고 제 가족의 선물을 챙길 만큼 사려가 깊으며 여성 접대부가 있는 곳은 물론, 사치스런 접대도 정중히 거절하는 청렴하고 강직한 사람이기도 합니다. 또, 쉰을 넘긴 나이지만 테니스와 유도로 다져진 몸매는 이십 대 못지않을 만큼 건강하지요.

우리는 명동의 조기 구이식당에서 이른 저녁식사를 하고 호텔 스카이라운지로 가서 양주 한 병을 마신 후, 입가심으로 맥주 두 병을 더 마셨습니다. 그런데 맥주를 마시기 시작했을 때부터 와타나베의 말수가 부쩍 줄더군요. 그는 남의 이야기를 들어주는 편이지만 대화가 끊기면 먼저 머쓱한 침묵을 깨고 대화를 이끌어가곤 했는데 그때는 좀 달랐습니다. 출장으로 인해 피로감이 덜 풀렸거나, 어떤 다른 볼 일이 있다고 생각해, 웨이터를 불러 서둘러 술값을 계산했습니다.

"제 차로 모셔다 드릴게요."

와타나베는 잠시 바닥을 보이는 맥주잔을 응시하더니 대뜸 별장에 함께 가지 않겠냐고 묻더군요. 그와 눈이 마주치지 않았다면 헤어짐이 아쉬워, 술을 한잔 더 하겠냐는 뜻으로 들었을 것이고 그날 따라 몸이 피곤했던 터라, 핑계를 대고 그 자리를 빠져나왔을 겁니다. 그런데 그의 눈빛은 외면할 수 없는 간청에 가까웠습니다. 저는 멍청한 낯으로 "별장에요?"라고 되물었습니다. 그랬더니 아이처럼 눈치를 살피던 그가 맥주잔을 냉큼 비우더니 "그냥 해본 소리네. 대리나 불러주게."라고 말하지 뭡니까. 그 답지 않았습니다. 저는 단박에 그가 말 못할 고민을 안고 있음을 깨달았습니다. 그도 그럴 것이 2년 전쯤, 서너 명의 공장 간부들과 집들이 차원에서 별장에 초대된 적은 있지만 그가 개인적으로 별장에 가자고 제안한 적이 단한 번도 없었기 때문입니다. 게다가 밤 열 시가 넘은 시간인데, 그의 별장은 총알택시를 타도 1시간이 넘게 걸립니다. 저는 이대로 보내는 게 마음이 편치 않아, 그와 동행하기로 마음먹었습니다. 그는 "괜찮아. 괜찮아, 그럴 필요 없어"라며 손사래를 쳤지만 제 말이 떨어지기가 무섭게 그의 표정이 금세 밝아지는 걸 보고 거절하지 않길 잘했다고 생각했습니다.

별장에 도착한 건 자정이 막 지날 무렵이었습니다. 와타나베는 기사에게 대리운전 요금의 두 배를 지불한 뒤, 5킬로미터 정도 떨어진 주유소에 차를 맡기고 거기서 택시를 타라고 알려주었습니다. 별장 근처에는 택시가 다니지 않는 외딴 곳이었으니까요. 까만 승용차가 힘찬 소리를 내며 시야에서 사라지는 걸 지켜본 뒤, 저는 뒤돌아섰습니다. 와타나베는 처음 와본 곳인 양 자신의 별장을 올려다보고 있더군요. 제 시선은 자연스럽게 불 켜진 2층, 오른쪽 두 번째 창문으로 향했습니다. 그는 차에서 내릴 때부터 어딘가를 흘끔흘끔 쳐다보았는데 그것이 불 켜진 2층 창문임을 그때 알았습니다.

"별장에 누가 있나요?"

제가 물었습니다. 와타나베는 불 켜진 창문에서 눈을 떼지 않은 채, 파르스름한 턱을 손으로 스윽 문지르더니 이렇게 대답했습니다.

"이상하게도 저 방은 불이 꺼지질 않아."

"불이 꺼지지 않다니요?"

와타나베는 누가 듣기라도 하듯, 갑자기 목소리를 낮췄습니다.

"전원을 모두 차단해도 저 방은 불이 꺼지지 않는다고."

"귀신이라도 있단 말입니까?"

저는 장난 섞인 투로 말했지만 그는 웃지도, 웃고 싶지도, 웃을 수도 없는 사람처럼 입을 꾹 다문 채 현관 앞으로 걸어갔습니다. 바짓주머니에서 놋쇠로 만든 두툼한 열쇠를 꺼내, 대문을 열고는 제게 먼저 들어가라고 턱짓을 했습니다.

들어가자마자 깜짝 놀랐습니다. 1미터 50센티가 넘는 세례요한 청동상이 버티고 서 있었거든요. 와타나베가 껄껄 웃었습니다. 얼떨결에 저도 따라 웃었지만 사실, 그럴 기분이 아니었습니다. 별장 내부는 축축하고 서늘한데다, 정체 모를 비린내가 풍겨 속이 울렁거렸거든요.

"딸깍 —"

그가 불을 켰습니다. 자동차 미니어처로 가득한 고급 장식장이며 바로크식 소파, 장식용 오르간, 길이 2미터 남짓한 수족관 등, 2년 전에 보았던 것들은 하나도 남아 있지 않았습니다. 가구도 없는 탁 트인 실내는 무척 단조로웠고 텅 빈 공간을 가로지른 나선형 계단은 욕지기가 날 정도로 길어 보였습니다. 우리는 반질거리는 대리석 바닥 위를 천천히 걸었습니다.

뚜벅 — 뚜벅 — 뚜벅 — 뚜벅 —

일정한 간격으로 메아리치는 구둣발 소리가 귀에 무척 거슬렸지만 와타나베는 그 소리를 즐기기라도 하듯, 스산한 겨울 풍경 같은 거실을 한 바퀴 빙 돌지 뭡니까. 말없이 졸졸 따라다니자니 하도 갑갑해서 제가 말을 걸었습니다.

"실내가 깨끗하군요."

와타나베는 애매하게 웃으며 고개만 끄덕였습니다. 그러고는 나선형 계단에 발을 올려놓은 후에야 입을 열었습니다.

"자네도 알다시피 1층엔 잠을 잘 만한 방이 없어."

1층에는 서재를 겸해서 장기를 두는 방이 있고 차를 즐길 수 있는 일본식 다다미방, 그리고 호텔 레스토랑을 방불케 하는 넓고 세련된 주방이 있습니다. 2년 전의 제 기억은 그렇습니다. 와타나베는 자신이 직접 제작한 장기판을 보여준다고 자랑했지만 그 사실을 까맣게 잊은 듯 곧장 2층으로 성큼성큼 올라갔습니다.

서른 개가 넘는 계단을 다 올라섰을 때, 저는 거친 숨을 훅 내뱉었습니다.

"힘드나?"

그가 물었고 저는 웃으며 그렇다고 대답했습니다. 이유는 따로 있었습니다. 마지막 계단을 올라섰을 때 뭔가 제 옆구리를 치고 사라지는 오싹한 느낌이 들어 발을 헛디딜 뻔했고 중심을 바로 잡느라 제 의지와 상관없이 숨이 터진 것입니다.

2층 복도에 올라서자마자 와타나베는 스위치를 올렸습니다. 벽에 부착된 전등은 세 개인데 중앙의 전등 하나만 달랑 켜졌습니다.

"저기가 내 침실이네."

와타나베는 어두컴컴함 복도 끝을 손가락으로 가리켰습니다. 그러고는 자신의 침실 옆방에서 묵겠냐고 물었습니다. 방문 틈으로 야트막한 불빛이 새어나오는 방, 전원을 차단해도 불이 꺼지지 않는다는 그 방을 가리키면서요. 저를 빤히 쳐다보며 묻는데 참, 난감하더군요. 그의 말을 믿지는 않지만 취기 때문인지, 별장 내부의 괴괴한 분위기 때문인지, 접대고 나발이고 집으로 빨리 돌아가고 싶다는 생각밖에 들지 않더군요. 저는 대수롭지 않은 척, 날이 샐 때까지 술이나 퍼마시자고 대답했습니다. 이틀 동안 야근에 시달린 탓에 그것도 자신이 없었지만.

그의 침실은 2년 전과 달라진 게 없었습니다. 대문짝만 한 창문을 가린 청록색 공단 커튼, 마호가니 빛 앤티크 서랍장과 멈춰버린 괘종시계, 위스키와 코냑 몇 병이 진열된 작은 카운터, 침실 중앙을 차지한 커다란 침대, 그리고 먼지 냄새 풍기는 붉은 카펫. 한국에 온

지 사흘이나 됐다는 와타나베는 줄곧 일본인 친구와 별장에서 시간을 보냈다고 했지만 그들이 묵은 흔적은 찾아볼 수 없었습니다. 이부자리는 잘 정돈 되어 있었고 출장길에 필요한 짐 가방이며 옷가지는 보이지 않았고 커튼은 굳게 닫힌 채 환기조차 되어 있지 않았습니다. 저는 양해를 구하고 창문을 활짝 열었습니다. 그러고는 소파에 쓰러지듯 앉아, 상쾌한 새벽 공기를 쐬었습니다. 와타나베는 코냑이 든 둥근 브랜디 잔을 제게 건네고 맞은편에 앉았습니다. 저는 잔을 받았지만 마실 수가 없었습니다. 냄새만 맡아도 뻗을 것 같았거든요.

저는 술을 들이켜는 대신 대화를 시도했습니다.

"무슨 고민 있으세요?"

와타나베는 저와 눈을 잠깐 맞췄다가, 다시 브랜디 잔으로 시선을 떨어뜨렸습니다. 그가 망설이자 심술궂게도 더욱 캐묻고 싶어졌습니다. 그랬더니 불쑥 자신의 취미가 뭐냐고 묻지 뭡니까? 그의 취미는 테니스와 유도, 그리고 독서입니다. 와타나베는 저의 대답을 듣기도 전에 무명화가들의 작품을 모으는 게 자신의 취미라고 말하더군요. 저는 아, 하고 알은 체 했습니다. 무명화가들의 그림을 싼값에 사서, 적게는 10배, 많게는 30배 이상 오를 때까지 소장했다가 경매에 내다판다는 이야기를 지인으로부터 들은 적이 있습니다.

코냑 한잔을 다 비운 그가 제게 말했습니다.

"내가 소장한 그림들, 보고 싶지 않나?"

"한번 감상해 보고 싶네요."

솔직히 저는 예술방면에 문외한인데다 관심도 없고 그런 것 따위에 거금을 쓰는 사람들을 도통 이해를 할 수 없습니다. 와타나베는 새끼손가락에 낀 반지를 이리저리 돌리다가 다시 입을 열었습니다.

"소녀의 자궁을 뜯는 마녀, 악마의 이빨에 낀 신부, 태아를 먹는 산모······"

와타나베는 듣는 것만으로도 끔찍한 말들을 아무렇지도 않게 읊조렸습니다.

"섬뜩한가?"

어디 섬뜩하다 뿐이겠습니까? 그런 이야기를 주고받는 것 자체가 거북스러워 귀를 막고 싶은 심정이었습니다. 와타나베는 제 맘도 모르고 자신만의 예술 세계와 비즈니스를 설명했습니다.

비즈니스, 그러니까 작품 선별 과정에는 두 가지 규칙이 있습니다. 첫 번째는 기괴하면서도 아름다워야 한다는 것이고 두 번째는 화가가 이 세상에 존재해서는 안 된다는 것입니다. 말 그대로 죽은 화가의 작품 중, 기괴한 그림만 내다판다는 겁니다. 지병을 앓다 죽었든, 자살을 했든, 살해를 당했든, 유작이어야 한다는 것이죠. 저는 끔찍한 규칙에 몸서리가 쳐졌지만 침착하게 이야기를 더 들어보기로 했습니다. 와타나베는 잠시 숨을 고른 후, 아주 기묘한 이야기를 들려줬습니다.

8년 전, 행색이 초라한 젊은이가 와타나베를 찾아왔습니다. 젊은이는 그의 조카였습니다. 초등학교에 입학할 때 본 게 처음이자 마지막이었다고 하니 와타나베가 부쩍 커버린 조카를 알아볼 수 없었지요. 와타나베는 위로 형이 하나 있지만 불미스러운 사건(그 일에 대해선 말해주지 않았습니다.)으로 인해 연락을 끊고 지냈기 때문에 남루

한 행색으로 나타난 조카가 반가울 리 없었습니다. 예상했던 대로 조카는 오백만 엔을 꿔달라고 부탁했고 와타나베는 단칼에 거절했습니다. 나고야에 소재한 지방 대학에서 서양화를 전공한 조카는 와타나베의 취미를 잘 알고 있었습니다. 조카는 1년 전부터 그리기 시작한 작품이 있는데 숙부인 와타나베가 좋아할 거라고 확신하며 그림을 사달라고 요구했습니다. 와타나베는 그림을 보지 않고는 답을 줄 수 없으니 완성되면 다시 찾아오라고 그를 돌려보냈습니다. 반년 뒤, 조카는 완성된 그림을 들고 찾아왔지만 와타나베는 그 그림을 두고 천 엔의 가치도 없다며 쫓아냈습니다. 조카는 자그마치 2년 동안 7점의 그림을 선보였고 매번 보기 좋게 퇴짜를 맞았죠. 슬슬 지쳐가던 조카는 2년 동안 발길을 끊었고 와타나베도 그가 깨끗이 포기했다고 생각했습니다. 애초에 조카의 그림을 구입할 생각이 없었으니 원하던 대로 된 셈이었죠. 그러나 조카는 다시 찾아왔습니다. 이번엔 그의 그림에 매료됐습니다. 사지 않고는 못 배길 정도로 와타나베의 마음에 쏙 들었죠. 그러나 그림을 구입할지에 대해 고민했다고 합니다. 화가는 죽고 없어야 한다는 규칙 때문이었죠. 살아있는 무명화가의 그림은 낙서에 불과하단 게 와타나베의 지론입니다. 벌거벗은 채 27층 고층 빌딩에서 뛰어내린 어느 무명화가의 작품이 3년 뒤, 그 가치가 100배 이상 뛰어올랐다는 일화를 들려주면서.

와타나베는 조카와 한 가지 계약을 맺었습니다. 1년 뒤 어떠한 방법으로든 세상에서 사라져야 한다는 조건이었죠. 그의 조카가 제시한 금액의 절반만 지불한 뒤, 조카가 죽게 되면 오백만 엔을 더 얹어, 천만 엔을 그의 가족에게 지불하기로 약속했습니다. 조카는 그

의 제안을 받아들였습니다. 천이백오십만 엔. 목숨을 담보로 하기에
는 보잘 것 없는 금액인데다, 숙부와 조카 사이에 이 따위 계약을 맺
는다는 것 자체가 기가 막혔습니다.

와타나베는 그날 일을 회상하듯 허공을 응시했습니다. 저는 고작
스물네 살 난 조카가 오백만 엔이란 거금이 왜 필요했는지 물었습니
다. 와타나베는 잠시 생각에 빠졌다가, 아주 짧게 대답했습니다.

"몰라, 안 물어봤어."

그는 코냑 한잔을 더 따른 후, 소파로 돌아오며 제게 물었습니다.

"더 듣고 싶나?"

저는 곧바로 대답하지 않았지만 모든 것이 궁금해 미칠 지경이었
습니다.

"계속 하시죠."

그는 코냑 한 모금을 홀짝거린 후 이야기를 이어갔습니다.

"나는 조카가 죽기를 기다렸어. 그동안 그림은 창고에 처박아 뒀
지. 그건 작품이 아니니까. 1년 뒤에 그가 죽었어. 정확히 1년 뒤에.
나는 창고에서 그림을 가져와 서재에 걸어뒀지. 그런데 말이야, 그
렇게 탐나던 그림이 점점 불길하게 느껴지지 뭐야……? 어떤 나쁜
기운이 나를 좀먹는 거 같더라고."

저는 와타나베를 한눈에 매료시킨 그 그림이 보고 싶어졌습니다.
어떤 그림인지, 어떤 점이 그를 매료시켰는지, 궁금함은 꼬리에 꼬
리를 물고 이어졌지만 대놓고 꼬치꼬치 캐물을 수는 없었습니다.

그의 이야기는 이랬습니다. 와타나베는 불길한 기운을 뿜는 조카의 그림을 서재에 두고 하얀 천을 덮어 놓았습니다. 그리고 한 달이 지났을 무렵, 술집에서 만난 묘령의 여자를 자신의 아파트로 데려왔습니다. 서재에서 술을 마시던 중, 이웃에 사는 직장부하의 급한 연락을 받고 잠시 자리를 비웠고 한 시간 뒤, 집으로 돌아왔을 때 여자가 감쪽같이 사라졌습니다. 처음엔 여자가 값비싼 물건을 훔쳐 달아났다고 여겼지만 여자의 옷가지와 가방이 서재에서 발견되었고 그림을 덮고 있어야 할 하얀 천이 침대 아래에 떨어져 있었습니다.

와타나베는 이맛살을 찌푸리며 말했습니다.

"끔찍했던 건 그림이었어. 그림이……"

와타나베가 말을 얼버무리는 바람에 저는 속이 탈 지경이었습니다. 코냑을 단숨에 들이켜고 물었습니다.

"그림이 왜요?"

"그림이 여자를 데려간 거야."

저는 어안이 벙벙했습니다. 그림이 여자를 데려가다니요. 와타나베는 브랜디 잔을 코에 갖다 대고 냄새를 맡더니 다시 이야기를 시작했습니다.

"나는 그 그림을 집에 두기 께름칙해서 이 별장이 완공되는 날, 그림을 가지고 고향친구인 쿠로다와 함께 여기로 왔어. 그림은 천으로 덮어, 옆방에 뒀지. 그날 밤, 침실에서 술을 한잔 하면서 쿠로다에게 그림 얘기를 해줬지. 사라진 여자 얘기도. ……다음 날 아침,"

그는 잠시 말을 끊고 한숨을 깊게 내뱉더니, 쓴웃음을 지어보였습니다.

"쿠로다가 사라졌어. 집안 어디에서도 찾을 수 없었지. 여자가 그 랬던 것처럼 천을 벗겨내 그림을 봤던 거야. 난 확신했지. 그림이 쿠 로다를 데려갔다고."

"저는 도통 무슨 말씀을 하시는지 이해가 안 됩니다."

"쿠로다도 처음엔 내 말을 믿지 않았어. 자네처럼 말이야."

"그림이 사람을 데려간다는 걸 누가 믿겠어요?"

"그 일 이후로 한 가지 실험을 해봤어. 감쪽같이 사라져도 누구하 나 찾지 않을 노인 한명을 데리고 와서 식사를 대접한 후, 술 한 잔 을 하면서 이런저런 이야기를 나눴지. 대부분 그림에 관한 이야기 였어. 노인은 그 그림을 무척 보고 싶어 하더군. 그래서 그림이 있는 옆방에 잠자리를 마련해 줬어…… 무슨 일이 일어난 줄 아나?"

"어떻게 됐나요?"

"노인이 사라졌어."

"그림이…… 그랬다고요? 정말 그림이 그랬다고 믿는 겁니까?"

"알아, 믿기 힘들다는 거. 세상에는 미스터리한 일들이 너무 많아. 남들이 믿지 못한다고 해서 내가 직접 겪은 일을 부정할 순 없지 않 나?"

그는 취기가 오른 듯 한 손으로 미간을 꾹꾹 누르더니, 물끄러미 저를 쳐다보았습니다. 그러고는 자리에서 일어나, 크게 기지개를 켜 면서 말했습니다.

"좀 누워야겠어."

와타나베는 천천히 침대 위로 기어 올라갔습니다. 저는 어이없게 도 허무맹랑한 그 얘기가 더 듣고 싶었습니다. 그가 잠들면 이 모든 이야기가 머릿속에서 영원히 지워져 버릴 것만 같았습니다. 차라리 지워진다면 다행이지요. 어쩌면 내일 아침, 그는 자신이 했던 말들을 후회하며 더 이상 그림에 얽힌 이야기를 들려주지 않을 것 같아 조바심이 났습니다. 그래서 용기를 내, 물었습니다.

"조카는 어떻게 죽었나요?"

"익사."

"그림은 왜 팔지 않으셨어요?"

"팔고 싶지 않으니까."

"왜요?"

"작가의 혼이 담긴 작품에는 어떤 마력이 숨겨져 있지. 그런 작품을 찾기란 불가능에 가깝지. 그 그림은 엄청난 가치가 있다고. 그런 물건을 팔라고……?"

"조카의 그림이…… 아직도 옆방에 있나요?"

"음, 그렇다네. 그건 그렇고, 자넨 소파에서 잘 건가?"

"……네."

와타나베는 이불을 가슴께까지 끌어올리며 말했습니다.

"불 좀 꺼주게."

저는 창가에 있는 스탠드 불만 남겨두고 침실의 모든 불을 껐습니다. 와타나베는 금세 잠이 들었습니다. 소파에 누워 창밖을 보고 있자니 요요한 달빛이 그날따라 무섭게 느껴졌습니다. 억지로 잠을 청하려고 눈을 감았지만 몇 걸음만 가면 조카의 그림을 볼 수 있다는 생각에 잠이 오지 않았습니다. 오랜 고민 끝에 소파에서 빠져나와 살금살금 옆방으로 갔습니다.

가장 먼저, 와타나베의 말이 사실인지, 아닌지 전등 스위치를 꺼봤습니다. 딸깍. 딸깍. 딸깍. 그의 말은 사실이었습니다. 전등은 꺼지지 않았습니다. 게다가 마치 방금 전까지도 누군가 머무른 것처럼 와타나베의 침실보다 온기가 살아있었습니다. 오랫동안 비어 있던 방에 온기가 느껴진다는 게 이상하지만 희한하게도 나쁜 기분은 들지 않았습니다. 폴리에스터 소재의 하얀 천에 덮인, 문제의 그림을 발견하기 전까지는 말입니다. 그림은 방 구석지에 세워져 있었는데 어찌 된 일인지 한참 동안 거기에서 눈을 떼지 못했습니다. 침대에 걸터앉아 식은땀이 나는 이마를 옷소매로 닦았습니다.

그의 말이 사실일까요? 그림이 사람을 데려간다는 게 정말 가능할까요?

저는 침대 옆에 세워진 스탠드 불을 켜고 그림 앞으로 천천히 걸어갔습니다. 서너 걸음 앞에 우뚝 멈춰 서서 주변을 휘 둘러보았습니다. 누군가 방 안 어딘가에 숨어, 저를 지켜보는 듯한 께름칙한 기분이 들었거든요. 말끔하게 정리된 침실엔 아무도 없었습니다. 당연한 줄 알면서도 모든 것이 그대로임을 눈으로 확인하자마자 호기심이 제 발목을 붙잡고 얼른 천을 걷어내라고 충동질했습니다. 그림을 덮은 하얀 천으로 오른 손을 가져갔습니다. 손을 거뒀다가, 내밀기를 두어 번 반복하다가, 이내 스스로 바보 같단 생각이 들더군요.

그림이 사람을 잡아간다니!

그런 얼토당토않은 말을 믿는 제 자신을 실컷 비웃고 나니 마음이 조금 편해졌습니다. 와타나베의 말이 기든, 아니든 될 대로 되라는 심정으로 하얀 천을 확 걷어냈습니다.

그림을 본 순간, 제 눈을 의심했습니다. 천만 엔하고도 이백오십만 엔을 더 주고 산 작품이라기엔 볼품없기 짝이 없었으니까요. 화폭을 가득 채운 것은 어디에서나 흔히 볼 수 있는 나무로 된 문이었습니다. 저는 한 발짝 뒤로 물러나 그림을 바라봤습니다. 의심할 여지 없이 '문'이었고 와타나베가 말한 마력 따위는 전혀 느낄 수 없었습니다. 특이한 점이 있다면 손잡이가 없는 문은 손바닥 한 뼘만큼 열려 있고 벌어진 공간은 불 꺼진 방 안처럼 까맸습니다. 거기엔 각기 다른 네 개의 손이 희미하게 그려져 있었는데 손들은 마치 문밖으로 빠져나오려는 듯, 문기둥을 붙잡고 있었습니다. 핏줄이 불뚝 드러난 노인의 손, 빨간 매니큐어를 칠한 여자의 손, 비쩍 마른 누군가의 손……. 그러다가 문득 어두운 문 저편에 자세히 들여다보지 않고는 알아채기 힘든, 두 개의 눈동자를 발견하고 소스라치게 놀랐습니다. 그림 속 누군가가 문틈으로 저를 노려보고 있었습니다. 안 되겠다 싶어 얼른 천을 덮으려는데 어쩌면 와타나베의 말이 사실인지도 모른다는 생각이 번쩍 들었습니다.

'이 그림이 정말 사람을 데려갈까?'

만약에 그의 말이 사실이라면 불길한 그림이 있는 이곳 별장으로 저를 데려온 와타나베에게 배신감을 느끼지 않을 수 없었습니다. 게다가 그는 이 방에서 자겠냐고 묻기까지 했으니까요. 이 방에서 잠을 잤다면 저는 어땠을까요? 저도 사라진 그들처럼 하얀 천을 걷어, 그림을 보지 않았을까요?

여하튼 그때까지는 제게 어떠한 일도 벌어지지 않았습니다. 저는 그림을 살피다가 그림 하단에 깨알처럼 적힌 문구를 발견했습니다.

혼자 있지 마라. 눈 감지 마라. 그리고 잠들지 마라.

휘갈겨 쓴 세 문장에서 와타나베의 가난한 조카이자, 모든 영혼을 한 점의 그림 속에 쏟아 부은 젊은 미술학도의 분노를 느낄 수 있었습니다. 그를 위해 뭔가를 해야겠단 생각이 들었습니다.

저는 그림을 가지고 와타나베의 침실로 갔습니다. 그는 잠자는 공주처럼 가슴 위에 두 손을 가지런히 모은 채 잠들어 있었습니다. 놀랍도록 평화롭고 자비로운 모습으로 말입니다. 침대 맞은편에 그림을 두고 창가의 스탠드 불을 껐습니다. 그리고 조용히 문을 닫고 나왔습니다. 옆방으로 돌아와 문을 열어둔 채 침대에 걸터앉아 작은 소리에도 귀를 기울였습니다. 소름끼칠 정도로 조용한 가운데 나지막한 소리가 들립니다. 헐거워진 경첩이 내는 삐거덕거리는 소리입니다. 이 별장에는 잠든 와타나베와 저밖에 없습니다. 와타나베의 침실엔 고급스런 붉은 카펫이 깔려 있어 발소리는 들을 수 없습니다. 지금 무슨 일이 벌어지는지 제 눈으로 똑똑히 확인해 보고 싶지만 그들만의 시간을 방해하고 싶지 않습니다. 와타나베와 죽은 조카의 끔찍한 재회를 말입니다.

단편들, 리뷰하다.

* 브릿G에 게재된 작품 리뷰 중 저자의 추천과 리뷰어의 동의를
  얻은 리뷰를 본서에 수록하였습니다.

이른 새벽의 울음소리

난 아직 불면증에 시달린다 ─ 보네토

아기는 지옥 밑바닥에서 기어 올라온 악마 같았다.

사랑하지 않는다거나, 예쁘지 않다거나, 보살펴줘야 한다는 생각이 전혀 들지 않는다거나 하는 그런 문제가 아니었다. 아기는 작고, 낯설었고, 내가 웃건 찡그리건 어르건 화를 내건 그저 인상을 쓰며 울기만 하는 그런 생명체였다. 응애 응애 ─ 도대체 뭐가 그렇게 불만인 건지, 나는 왜 어른이라 너를 이해하지 못하고. 울지 마라, 울지 마. 그렇게 오늘도 또 해가 뜨는구나. 저쪽 하늘이 붉게 밝아져 올 때까지 그렇게…… 밤이 새도록 우는 아기는 악마 같았다.

그래, 밤의 아기 말이다.

처음엔 아들을 안쓰러워했고, 다음엔 이웃집에 끼치고 있는 폐를 걱정했다. 그 다음? 사람이 얼마나 이기적인 존재인가를 알았다. 둘이 번갈아 가며 아기를 재우고 달래고 어르고 하다가 어느 순간, 저

새끼를 밖에 내다 놓으면 그냥 혼자 알아서 울다 지쳐 자지 않을까, 우리가 너무 오냐오냐 해서 저것이 저렇게 우리를 들었다 놨다 하는 게 아닌가, 그런 생각까지 하게 된 것이다. 아들이 태어난 지 두 달 만의 일이었다. 어른들은 아들을 보며 이렇게 순한 아이 없다고 했다. '낮에만 보시니 그렇지요.' 그런 말은 할 수 없었다. 뭐하러 결혼을 하고 아이를 낳았는가, 나는 왜 그런 짓을 했는가, 밤이면 밤마다 그런 생각을 했던 기억이 난다.

백일이 찾아오고, 내 평균 수면 시간 동안 서너 번 깨던 아들은 한두 번만 깨게 되었다. 기뻐하던 일주일 후에, 이놈 새끼가 뒤집기를 시작했다. 자다가 휘딱 뒤집고는 침대에 얼굴을 파묻고 눈물 콧물 범벅이 되어 울고. 그 다음엔 아랫니가 난다고 밤마다 깨어 통곡하다 자고. 윗니 난다고 또 울고. 돌 되어서 이젠 좀 살겠는가 했더니, 순차적으로 이빨들이 아들의 잇몸을 뚫어냈다. 그리고 최종 보스는 어금니였다. 24개월의 대장정이었다. 그렇게 수면부족이 누적되었다. 내 이성, 사고, 모든 것이 흐릿해졌다. 나는 언제나 졸려했고, 피곤해했고, 면역력도 같이 잃었다. 배우자는 머리만 대면 곯아떨어지는 타입이었지만 나는 모친께 불면을 물려받아 예민한 자였다. 점차 내가 녹슬어가는 느낌을 나는 견딜 수 없어했다.

조금 잦아들어 그나마 좀 자겠거니 싶었던 시점에서 1개월 후, 딸이 태어났다. 불면의 지옥이 다시 반복되었다. 문득 사진을 발견할 때마다 그리워지지만 절대로 다시 돌아가고 싶지는 않은 나날들…… 이제 나는 그냥 아무것도 없는 밤에도 무조건 한 번씩은 깬다. 그렇게 몸에 피곤이 배었다. 나도 모르게 깨어서 애들 이불이라도 한 번 더 덮어주고 자게 된다.

글을 하나 읽었을 뿐인데, 너무나도 생생하게 기억들이 되살아나 치를 떨었다.

수미는 6개월쯤 된 모양이다. 아랫니가 나오려고 밤에 그렇게 울었던 게지. 아내는 매몰차다. 해동한 우유를 먹여 재우라며 등을 돌렸다. 유두 혼동을 모르나 보다. 밤의 아기는 더더욱 예민하다. 저도 자신의 불면이 짜증이 나는 게지. 멀쩡한 대낮에도 혀로 밀어내는 젖병이다. 데운 우유를 물려봤자 먹을 리가 없다. 배고파서 깬 것도 아니니까. 아기는 짜증을 내고 또 내다가 간신히 잠들었겠지. 생각한다. 당신들 초보 부모구나. 잇몸이 아파서 그러는 건데.

아내는 매몰차다. 거칠고 폭력적이기도 하다. 아침을 만들어놓지 않았다고 짜증을 냈다. 손수건을 던지는 것을 보며 **유리컵을 발등에 던졌던 기억**을 떠올렸다. 아내가 폭언을 퍼부었다. 자존감을 깎는다. 정신이 불안해진다. 자꾸만 아기 입속에서 괴물을 본다.

애들이 어릴 때 항상 궁금해했던 것이 있다. 이놈들은 손발로 갈 신경이 분화되기 전엔 전부 척추에 모여 있기라도 한 건가? 등짝에 센서가 달렸다. 자는 걸 눕혀놓으면 귀신같이 알아차리고 깬다. 깨서 조용히 있으면 괜찮은데, 이보다 더 큰 소리로 울 수가 없다. 우는 아기를 보며 **김치냉장고 속에 들어가서 숨어버릴까** 고민한다. 새로 산 김치냉장고는 성인 남자 하나 거뜬히 들어갈 만한 사이즈였기 때문이다. 하지만 김치냉장고로 들어갈 이유는 무어란 말인가? 왜 이렇게 우니, **정말로 넌 내 아기가 맞니?** 쓸데없는 고민이라며 스스로

뺨을 친다. 정신 차려, 정신 차려라.

불안하게도 자꾸만 초인종을 누르는 남자가 등장한다. 모르는 사람이다. **얼마 전 마을 도서관 앞에서 6개월도 안 된 영아를 젊은 여자가 납치**했다던데, 관련 사건은 아닐까 생각하며 불안해했다. 나는 식탁에 앉아 **이유식을 뒤집어 쓴 곰 인형에게** 온갖 의문을 묻는다. 정신은 여전히 불안하다. 곰 인형에게 질문을 하다니. 뉴스의 사건들은 불안하다, 꿈마저 불안하다. **갈색머리를 한 남자가 아기를 품에 안고 있다.** 꿈에서 본 남자는 환영으로까지 보인다. 꿈인가, 현실인가.

그리고 결말에 이르기까지.

결말을 읽고 나면 저 굵은 글씨들이 다시 보이게 될 것이다. 저자가 곳곳에 치밀하고도 세심하게 여러 가지를 쌓아두었다. 벽돌을 하나하나 쌓아올리듯 구조적으로 집을 지은 후, 마지막에 해머로 내려친다. 견고할 줄 알았는데 삽시간에 허망하게도 무너져 내린다. 팍— 하고 벽돌 파편이 튄다. 자잘한 파편이 내 얼굴에까지 튀어오르면, 나는 대체 누구의 잘못인가, 누가 문제인가 한숨을 쉬게 된다.

조금만 더 다정하지 그랬어.

어차피 둘 다 힘든데 왜 그렇게도.

조금만 더 이해하지 그랬어.

어차피 둘 다 처음이라 서투른 게 당연한데도.

조금만 더 —

— 그러지 말지 그랬어.

다 읽고 나서 저자의 코멘트를 보고 나면, 울컥 하고 가슴 속이 터져나가는 느낌이 든다.

정말 그러지 말지 그랬어. 당신은 너무 폭력적이야.

난 아직도 불면증에 시달린다.

완벽한 죽음을 팝니다.

나의 죽음은 어떨까 떠올리게 만드는 작품 ─ 아나르코

소설은 무척 흥미로운 상상에서 시작한다. 완벽한 죽음을 팝니다, 라니…… 「완벽한 죽음을 팝니다」는 엿 같은 세상에서 벗어나고 싶다고 간절히 소망하던 주인공에게 응답한 악마─혹은 신일지도 모르는 남자─앞에 마주앉아 죽음을 두고 협상을 벌이게 되는 이야기이다. '서울 한복판 금싸라기 빌딩에 문패조차 없는 사무실'. 이런 곳이 있을 것이라고 짐작조차 하지 못할 만한 자리에, 주변과 괴리감을 풍기며 자리 잡고 있는 문으로 한 남자가 들어서게 된다. '완벽한 죽음을 팝니다' 라는 명함을 보고 찾아간 그 곳에는 저마다의 사연을 간직한 듯 보이는 많은 이들이 앉아 있었다. TV 뉴스 화면 아래에 자막으로 자살 소식이 계속해서 전해지는 시대에 살아가다보니 어쩌면 이 많은 이들이 이곳에 앉아 있는 것이 그리 놀랄 일도 아닐 것이다. 정태호, 그 역시도 그 한 줄의 자막에 등장하길 간절히

원했기에 여기 함께 앉아 있는 것이니…… 어쨌든 그는 협상을 시작하게 된다.

내용적으로 보면 자살하는 주제에, 아니 죽음을 사고 있는 주제에 복수까지 그 협상 내용에 포함시키다니 뭐 좀 놀랍기는 했다. 인과응보, 정의구현, 뭐 그런 면에서는 당연한 일이지만 그 시작이자 마지막이 죽음을 사고파는 과정에서 결정된다는 사실은 조금 아쉽게 다가온 것도 사실이다. 반대로 뺑소니나 교통사고 가해자가 이런 복수심에 의해서도 결코 벌 받지 않는, 돈으로 그 죄에서 벗어난다는 설정을 더했다면 죽음을 사고파는 것도 결국에는 돈 때문이라는 사실이나 자살이 사회의 심각한 문제라는 사실과 더불어 이 소설로 이 사회를 향해 더 큰 엿을 날릴 수 있지 않았을까 하는 아쉬움도 든다. 물론 이건 순전히 개인적인 느낌, 뭐 그 정도라 말 할 수 있을 것이고, 전체적으로 전혀 문제 될 것은 없다는 사실은 확실히 하고 넘어가자.

읽다가보면 자연적으로 나의 마지막은 어떤 모습일까 생각해 보게 된다. 아무 의미도 없이 그냥 그렇게 살다가 죽기보다는 그래도 이런 선택(?)으로 죽음을 맞이한다면 나름 의미가 있지 않을까 싶은 생각도 든다. 하지만 모두가 이런 죽음을 원한다면? 이라는 생각을 해본다면 결과적으로는 무척 무서운 상상이 되기도 한다. 한편으로는 앞서 언급했듯이 자살이라는 것이 —설사 다른 이에게는 다른 모습의 죽음으로 보이도록 바뀐다 하더라도, 여기서는 결국 자살이니까— 이렇게 다양한 조건을 내걸고 협상을 할 수 있을 만큼 인정받을 수 있을만한 일인 것일까, 라는 생각도 든다.

이런저런 생각에도 불구하고 제목부터 끌리게 만들고, 조금씩 읽어나가는 사이에 나도 모르게 상당한 몰입을 하게 만드는 소설의 힘은 훌륭하다고 느껴진다. 소설 속 주인공이나 소설 밖에서 글을 읽고 있는 사람이나 모두 무슨 상황인지 제대로 파악이 되지 않은 상태에서 낯선 공간의 분위기를 함께 느끼고 함께 그 순간을 겪어나가는 기분이 들어서 그랬는지도 모르겠다. 마치 내 머릿속을 읽는다는 듯이 장면의 순간순간에 가졌던 의문이나 생각들이 주인공을 통해서 혹은 그 앞에 앉아있는 남자를 통해서 조금씩 풀려나갔으니 더더욱 그렇게 느껴졌는지도 모른다.

　이야기를 풀어나가면서 독자들까지 잘 끌어들이고, 나름의 사이다를 가미한 이야기 전개에, 마지막에 또다시 던지는 한 방까지, 전체적으로 깔끔하게 풀어나간다. 또한 많은 대화를 주고받고 있음에도 전혀 어색한 투가 없다는 것이 더 훌륭하다고 느껴진다. 이야기 자체로, 그리고 그 뒤에 던져진 많은 생각들까지 모두 마음에 드는 소설이었다. 다음에는 또 어떤 작품으로 다가올지 기대까지 더해지는 소설이 아니었나 생각된다.

증명된 사실

이 소설에 대해 제가 증명하고픈 사실들은…… —후더닛

자주 방문하는 커뮤니티에서 누군가 추천하기에 읽어 본 작품입니다. 마지막 한 방이 꽤 강하다고 하더군요. 제가 좀 그런 쪽을 좋아합니다. 얼른 찾아와 읽었죠. 그 말이 맞더군요. 절로 '오!' 했습니다. 결말에서 톰 고드윈의 『차가운 방정식』이란 소설이 생각났습니다. 한 소녀가 우주선에 몰래 숨어듭니다. 오래도록 만나지 못했던 오빠를 그렇게 해서라도 만나고 싶었기 때문이죠. 소녀를 발견한 소설의 주인공은 곤혹스러워 합니다. 아니, 곤혹스럽다는 표현만으론 부족하군요. 깊고도 치열한 갈등에 빠집니다. 바로 우주선이 견딜 수 있는 질량 때문이었죠. 우주선을 타고 우주 항해를 하는 것은 우리의 상상만큼 낭만적이지 않습니다. 고속으로 운행하면서 우주에 적용되는 모든 물리 법칙을 섬세하게 튜닝해야 하는 우주선인만큼 원래 정해진 질량을 조금만 초과해도 커다란 위험에 빠질 수 있습니다. 그래서 주인공이 타는 긴급 연락선과 같은 우주선엔 다음과 같은 사항이 법으로 정해져 있습니다. '밀항자는 발견 즉시 제거하라!' 주인공은 갈등에 빠지고 맙니다. 순진무구한 소녀를 버리느냐 마느냐 선택해야 하니까요. 선한 주인공은 그래도 소녀를 살릴 방법이 있지는 않을까 계산하고 또 계산합니다만 방법이 없습니다. 차가운 방정식은 냉혹한 표정을 지으며 주인공의 기대에 찬 물음에 번번이 고개를 절레절레 저을 뿐입니다. 그리하여 주인공은 결국…… 네, 결말은 당신은 상상하는 그대로입니다. 자연은 차갑습니다. 그러니 더욱 무서운 것이겠죠.

이 결말에서 받은 느낌을 그대로 「증명된 사실」의 결말에서 받았습니다. 서늘하더군요. 사실 칠흑같이 어둡고 무한히 열린 공간에 홀로 버려지는 것만큼 사람의 간담을 서늘하게 만드는 것도 없지요. 버려지는 것만 해도 두려운 일인데……

그러나 아무리 강한 한 방이라 하더라도 결말 혼자서 그만한 힘을 가지기는 어렵습니다. 오히려 그만한 한 방을 뻗으려면 만화 「드래곤볼」에서 손오공이 원기옥을 만들듯, 기승전에서 골고루 힘을 모아 놓아야 합니다. 기승전이 제대로 구축되어 힘을 발하지 않으면, 토대가 약한 건물이 으레 그러하듯이 설령 아무리 놀라운 결말이라 한들 그런 힘을 쓰기도 전에 무너지고 맙니다. 그러므로 이 작품의 결말이 사람들이 말하듯이 제대로 마지막 한 방을 날렸다면 앞부분의 이야기도 제대로 세공되어 있다고 보아야 할 것입니다. 과연 앞부분부터 독자의 호기심을 불러일으키고 마지막까지 잘 이끌고 갑니다. 도저히 어울리지 않는 두 영역, 이성과 비이성의 가장 대표적인 영역이라 할 만한 물리학과 영혼과 사후세계를 접목시켜 도대체 무슨 이야기를 하려고 이러나 두고 보자는 마음으로 계속 다음 문장으로 눈을 가게 만듭니다. 이만하면 좋은 작품이라고 불러도 괜찮겠지요. 흡인력만큼 다 읽고 난 뒤에 좋은 이야기를 읽었다는 뿌듯함을 주는 건 또 없으니까요.

제가 생각하는 좋은 이야기가 가진 한 가지 매력이 더 있습니다. 그건 좋은 이야기란 독자 스스로 읽은 그 이야기로 그치지 않고 자신의 상상력이나 사유를 통해 이야기의 곁가지를 계속 만들어 나가게 한다는 것입니다. 이것은 마치 이야기 자체가 하나의 도화지가 된 것과 같아서 독자로 하여금 그 위에다 자신의 상상과 사유의 풍경을 마음껏 펼쳐 그리게 한다는 것이죠. 분명 이 작품을 읽은 분들 역시 저처럼 결말을 빌미로 이런저런 상상을 펼쳤을 것입니다. 아닌가요? 어쨌든, 이런 이유로 저는 이 작품을 좋은 이야기라 생각합니다. 모처럼 일상 속에서 잘 생각하지 않았던 것들을 작품 때문에 상상 속에서 한동안 가지고 놀아봤네요. 때로 이야기의 가치는 그것으로 충분하지 않을까요? 늘 몸을 내리누르는 일상의 중력에서 얼마간 자유롭게 만들어 줄 수 있다면.

그러고 보니 흔히 말하는 3대 SF 작가 중의 하나인 아서 클라크는 『유년기의 끝』이라는 소설에서 인류 최종 진화의 형태를 이 작품처럼 완전히 중력을 벗어난 순수 에너지가 되는 것으로 묘사한 적이 있지요. 중력에서 자유롭기에 인류는 마음만 먹으면 우주 어디에나 있을 수 있어 우주 전체를 자신의 놀이터로 삼습니다. 이처럼 중력에서 벗어난다는 것은 버려지는 것이 아니라 더 커다란 해방의 단계로 진입하는 것일 지도 모르죠. 우리가 자꾸 이야기를 찾고 즐기는 것이 비록 잠깐이나마 해방의 감각을 가지고자 하는 것이라면 저는 후자에 판돈을 걸고 싶군요. 연주를 위로하기 위해서라도.

고속버스

야간 버스라는 이질적인 공간에서 벌어지는 기묘한 이야기 — 영하

  누구나 한번쯤은 고속버스를 타봤을 것이고 익숙하다. 그러나 야간 버스는 이질적인 느낌으로 다가온다. 이 작품은 버스라는 익숙한 공간에 낯선 분위기를 더해 스릴러를 적절히 가미한 작품이다. 달리는 고속버스는 그야말로 개방형 밀실이다. 외부와 쉽게 교류할 수 있지만 한번 달리기 시작한 버스를 세울 수 없고, 도착지에 도착하기 전까지는 통로 없는 공간이기 때문이다. 특히 마지막 버스는 미묘한 긴장감이 더해진다. 이 익숙하고도 특수한 공간을 선정한 것만으로도 극의 분위기는 조성된다.

  물론 버스에 현실성이 떨어지게 다른 손님이 없지 않다. 그러나 주인공이 절대 소통하지 못할 장치를 넣음으로서, 긴장감을 더 고조시켰다. 그 일촉즉발의 상황에서 주인공은 수만 가지 생각을 하게 되고, 독자 역시 주인공을 따라서 경우의 수를 따지게 된다.

여기에 두 선택지 중 하나를 결정해야 하는 조건을 내미는데, 밀폐된 공간 안에 긴장감은 더욱 배가된다. 51:49가 아닌, 정확히 50:50의 확률의 문제를 받은 주인공은 갈수록 초조해지는데 그 과정 사이에 실마리를 풀 단서를 배치한다. 새로운 국면을 맞이하길 바라는 독자의 욕구를 충족하는 듯하나, 이야기는 결코 쉽게 독자가 원하는 방향으로 흘러가지 않는다.

작가는 극의 흐름과 강약 조절을 상당히 자유롭게 가지고 논다. 이야기에 매달려 따라가는 흔한 초보가 아니라, 극을 이끄는 주체자로서 능동적으로 진행하는 것이다. 짜임새 있는 구조에 비해 결말이 다소 미적지근할 수 있으나, 충분히 개연성 있고 설득력 있다. 보면 절대 후회는 없을 소설이다.

허수아비

이 작품에선 좋은 작품의 냄새가 난다 — 이재인

가끔 어떤 작품을 읽다보면, '아…….. 냄새가 난다.' 싶은 글이 있습니다. 「허수아비」가 딱 그렇습니다. 그래서 실은, 좀 더 나중에 리뷰를 쓰려고 했거든요. 근데 글에서 너무 냄새가 나서 리뷰를 아니 쓸 수 없지 뭔가요. 그러니 이 리뷰는 미필적고의에 의한 리뷰라고 해두겠습니다.

어머, 거기 지금 이 글을 읽는 그대. 민담이나 무속신앙 같은 것에 관심이 있나요? 남에 대한 어떤 소문은요? 그렇다면 아주 제대로 잘 찾아오신 겁니다.

사람이라는 동물이 그래요. 아닌 체하면서, 교양 있는 척, 근엄한 척 하면서도 사실 남 이야기 정말 좋아하거든요. 그 상대가 어쩐지, 어딘지 모를 음침하고 묘한 분위기를 풍긴다면 더더욱요.

수상한 냄새가 나는 사람과, 또 그 사람을 둘러싼 상황 말이에요.

꺼리는 사람들이 있는데, 나도 뭔가 엮일 것만 같은데, 희한하게 께름칙한 것이 뒤통수가 콕콕 당기는데. 그런데도 자꾸 실체를 확인하고 싶은 것 말입니다. 좀 무섭긴 한데……. 소문이 진짜인지 아닌지, 내가 본 것이 허상이었는지 아닌지 확인하고 싶은 그런 것 말이에요.

  노인과 노인의 허수아비들이 자꾸만 수상한 냄새를 풍깁니다. 시작된 장마에 굵은 빗줄기가 자꾸만 눈가를 때리거든요? 아이고, 읽는 제 눈이 다 침침할 정도로 말입니다. 읽고 있자니 괜히 시야를 확보하기도 힘든 기분인데, 이 음습한 비 내음은 또 얼마나 코끝에 달라붙는지……. 게다가, 배신 혹은 일탈이었을 것에 대한 대가는 냉정합니다. 내려다보는 눈길이 어찌나 마음을 선뜩하게 하는지요.
  끊임없이 들러붙는 비 내음과, 춤을 추듯 출렁이는 허수아비를 따라가다 보면, 결국 알게 되실 겁니다. 배명은 작가님의 허수아비에서 숨길 수 없는 좋은 작품의 냄새가 난다는 걸요.

이화령

쌈마이와 B급을 좋아하는 이에게 더 없는 선택 ─ 후안

이화령 고개─경상북도 문경시 문경읍과 충청북도 괴산군 연풍면 사이에 있는 고개.

이화령은 실존하는 명칭입니다. 줄거리는 간략하게 정리하면, 체이스 소설입니다. "야 4885 너지?"(영화 「추격자」의 대사) 같은. 살인마가 쫓고, 주인공은 달아나고. 독특하게도 이들의 체이스의 소재는 자전거입니다. 자전거 체이스. 글을 읽어보면 알겠지만, 이거 굉장히 전문적입니다. 자전거 '싸이킹'의 묘사가 제대로예요. 여기서 유추할 수 있는 부분은, 이거 작가의 경험이거나 '딘 쿤츠'처럼 4박 5일 틀어박혀 자전거에 대해 공부했거나인데, 후자는 이미 저자가 지나가는 말로 "저는 딘쿤츠 싫습니다" 하고 인증했고, 그럼 눈물과 땀이 얽힌 경험담인 거 바로 유추 가능하지 않겠습니까! 작가님의

'싸이킹' 경험을 토대로 표현한 건데…… 소설 속의 낯선 용어가 무슨 말인지 이해하지 않아도 술술 읽힙니다. 이건 바로 작가님의 장점인, 자연스러운 문장에 있습니다. 무척 잘 읽힙니다. montesur 님의 다른 글을 봐도 알겠지만 가독성이 굉장히 좋습니다. 저는 개인적으로 글을 읽음에 있어서 가독성을 1순위로 뽑아요. 그래서 아주 글이 읽기가 편하고 좋았습니다. 자연스레 전문 지식을 풀어내면서 글에 녹아 들어가는 부분 일단 좋았습니다.

　이 소설은, 음 비유하자면, 착실한 운전자가 시속 60키로미터 미만으로 서행하나 싶더니 갑자기 으헤헤 하면서 100키로로 폭주하다가 가로등 들이받고 잠잠해지는 그런 느낌입니다. (응?)
　이 글은 분명 처음 읽을 땐 욕을 내뱉으며 분노하는 무쏘 운전자가 지나가기까지 뭔가 일어날 것 같다는 두려움을 느끼게 합니다. 만약 흔한 식으로 진행하면 무쏘 운전자와 주인공의 자전거가 서로 부딪히는 대결의 장이 될 수도 있겠죠. 그런데 이런! 맥거핀이네요. 뭔가 자동차와 자전거의 상하관계, 그리고 이화령 고개라는 불온한 분위기를 풍기는 어둠의 장……을 예상하다가 한방 맞습니다.
　바로 '이화령의 별'의 등장을 통해서요. 그는 정말 독특하며 대단한 캐릭터입니다. 이화령 고개는 말 그대로 지명이자 이 작품의 배경이고, 소설은 '이화령의 별'이 등장하면서부터 이야기에 불이 붙기 시작합니다. 굉장히 매력적으로 느낀 게 이 '이화령의 별'이라는 캐릭터가 흔하디흔한 싸이코 살인마가 아닌, 근육질 마초남이면서 핑크를 좋아하는 중2병 환자라는 설정이었습니다. 확실히 캐릭터가 살면 글이 살아납니다. 살인마가 등장하면서 으레 분위기가 심각하게 바뀌기 마련인데, 「이화령」에선 살인마의 등장이 우리들에게 긴장감을 주면서도 한편으로는 뭔가 '병맛'을 느끼게 만듭니다. 이것이 이 글의 본질입니다. 악역의 매력을 제대로 살아 있다는 거지요. 아무튼 쌈마이와 B급을 좋아하는 저로서는 훌륭한 작가와 훌륭한 글을 알게 되었다는 기쁨이 큽니다.

단편들, 한국 공포 문학의 밤

1판 1쇄 펴냄 2017년 10월 19일
1판 5쇄 펴냄 2024년 9월 12일

지은이 | 배명은, 이산화, 왼손, 유사본, 사마란, 장은호, 지현상, 해도연, 엄성용, 우명희
발행인 | 박근섭
편집인 | 김준혁
펴낸곳 | 황금가지

출판등록 | 2009. 10. 8 (제2009-000273호)
주소 | 06027 서울 강남구 도산대로 1길 62 강남출판문화센터 5층
전화 | 영업부 515-2000 **편집부** 3446-8774 **팩시밀리** 515-2007
홈페이지 | www.goldenbough.co.kr

도서 파본 등의 이유로 반송이 필요할 경우에는 구매처에서 교환하시고
출판사 교환이 필요할 경우에는 아래 주소로 반송 사유를 적어 도서와 함께 보내주세요.
06027 서울 강남구 도산대로 1길 62 강남출판문화센터 6층 민음인 마케팅부

© 황금가지, 2017. Printed in Seoul, Korea

ISBN 979-11-5888-320-1 03810

㈜민음인은 민음사 출판 그룹의 자회사입니다.
황금가지는 ㈜민음인의 픽션 전문 출간 브랜드입니다.